아이돌을
키워보겠습니다

아이돌을 키워보겠습니다

2

이정하 장편소설

고즈넉 이엔티
GOZKNOCK ENT

아이돌을
키워보겠습니다 2

초판 1쇄 발행 2018년 4월 30일

지은이 이정하
펴낸이 배선아
펴낸곳 (주)고즈넉이엔티

출판등록 2017년 3월 13일 제2017-000022호
주소 서울시 강서구 공항대로 649 제성빌딩 303호
대표전화 02-6269-8166 **팩스** 02-6166-9199
이메일 gozknock@naver.com

ISBN 979-11-6316-002-1 04810
979-11-6316-000-7 (세트)

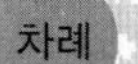

차례

제 7화
재도약

–아, 그리고 다른 애들한테 말하지 마! 사무실에 데리고 올 생각도 하지 말고. 너랑 정혁이 그 자식, 둘만 와야 해!"

전화를 끊고 나서 다행은 난감했다. 사장의 신신당부가 더 마음에 걸렸다.

무풍지대 문제로 전화를 한 것 같은데, 정혁만 데리고 오라니…. 그게 무슨 의미일까? 정혁이 리더라서 그런가? 괜히 생각이 많아졌다.

그때 상현의 목소리가 저 멀리서 들렸다.

"김다행! 내려가자!"

상현은 제 용건이 다 끝났다는 듯 크게 소리 질렀다. 그 뒤로 상현을 흐뭇하게 바라보는 여인이 있었다.

"저게! 아직도 누나한테 반말이야?"

다행은 상현을 향해 빽 소리 질렀다. 당연히 능글맞게 나올 거라 생각했던 상현이었다. 그런데 웬일로 그는 미안한 얼굴을 하며 입을 열었다.

"아, 맞다. 미안해… 요. 매니저 누나."

그답지 않은 태도에 도리어 당황한건 다행이었다.

"너 뭐야? 참나, 원래 하던 대로 해!"

민망한 나머지 다행은 상현의 등짝을 한 대 갈겼다.

"아우!"

상현이 괜히 앓는 소리를 내며 아픈 척을 하자 뒤에 따라오던 여인이 빙긋이 웃었다. 다행은 여인을 보자마자 한달음에 달려가 고개를 꾸벅 숙였다.

"새벽에 보살… 님을 만나지 못했다면 저는 정말 어떻게 됐을지 상상도 안가요. 정말 감사합니다. 이 은혜 잊지…."

"아이구, 은혜는 무슨 은혜!"

여인은 다행의 인사에 급히 손사래를 쳤다. 도리어 그녀는 다행에게 상현을 설득시켜서 고맙다고 말하는 듯 인자한 얼굴로 쳐다보고 있었다.

여인과 눈이 마주치자, 다행은 갑자기 마음이 무거워졌다. 불현듯 상현의 이야기가 떠올랐기 때문이었다.

오랜 공부 끝에 자신을 이기지 못하고 자살한 딸, 그리고 상현의 유모. 비구니 암자의 공양간 보살….

***

"야아, 형님 왔다! 잘 있었냐?"

“야, 이 자식들아!”

상현은 숙소로 들어가자마자 큰 소리를 지르며 장난을 쳤다. 그 모습에 다행은 눈살을 찌푸렸지만 이미 말리기엔 늦었다. 저 철없는 녀석을 보며 한숨만 연거푸 나올 뿐이었다.

그녀는 상현에 대한 걱정을 접고 빠르게 눈을 돌리며 정혁을 찾았다. 그를 찾아서 이지이지대출로 가는 게 우선이었으니. 그것 말고도 지난밤 정혁의 할아버지를 만났던 일이 떠올랐다. 그에게 물어보고 싶었다.

‘할아버지와 무슨 약속을 한 거야? 왜 나에게 이야기하지 않았어? 너는 어떤 마음을 가지고 있니? 주어진 기회가 끝나면 정말 떠날 거야?’

지난밤을 떠올리자 머리는 점점 더 복잡해졌다.

“차정혁!”

다행은 정혁의 방을 향하며 작게 그를 불렀다. 며칠 전 사이가 틀어진 상태에서 다시 그를 만나려고 하니 뭔가 어색했다. 특히 그가 준 쪽지를 떠올리니 부끄러운 마음까지 들어 차마 방으로 들어가지 못하고 근처를 서성였다.

“차… 정혁….”

그의 방문을 두드리려던 찰나, 그가 먼저 방에서 나왔다.

“너, 어디 갔다가 이제 돌아온 거야.”

잔뜩 뭔가를 벼리고 있는 정혁의 눈빛에는 다행에 대한 섭섭함으로 가득 차 있었다.

“어, 그게…. 상현이 찾으러 갔다 온다고 애들이 얘기 안했어?”

다행은 그의 얼굴을 보자마자 자연스럽게 변명했다. 그와 싸울 의도는 없었다. 하지만 매섭게 나오는 녀석의 태도에 괜히 우물쭈물

거렸다.

"그게 네가 할 일이야?"

"…어?"

"그게 매니저가 할 일이냐고, 사람이나 찾으러 다니는 게! 흥신소도 아니고."

정혁이 차가운 눈빛으로 다행을 쳐다봤다. 그의 속을 짐작하기 어려웠던 다행은 매몰차게 이야기하는 정혁에게 괜히 섭섭했다.

죽을 고비를 넘기며 다녀왔다. 그것도 팀 재건을 위해서. 물론 잘한 거 하나도 없는 밉상 녀석을 찾으러 가는 게 딱히 좋진 않았다. 그럼에도 불구하고 그 험한 길을 다녀온 것은 오로지 팀을 위해서였다. 그런데 리더라는 녀석이 저렇게 나오니 다행은 말문이 막혔다.

"흥신소라니…."

어이가 없어 정혁을 빤히 바라보던 찰나, 아래층에서 까불던 상현이 올라와서 정혁과 다행 사이를 끼어들었다.

"리더님! 내가 잘못한 거니 노여움을 푸시고…."

상현이 두 손을 모아 용서를 비는 포즈를 취하자 정혁은 그를 죽일 듯이 노려보았다.

"어디 갔었어."

"아…."

"어디 갔었냐고, 이 새끼야!"

험한 말이 대뜸 나오자 상현도 얼굴이 딱딱하게 굳어 정혁을 쳐다봤다.

"절."

"뭐?"

"절에 있었다고."

정혁의 차가운 말투에 상현은 약간 질린 듯 무덤덤하게 대답했다. 다행은 그 둘 사이에 껴서 어쩔 줄 몰라 할 뿐이었다.

"절에 있었…."

퍽! 상현이 정혁을 향해 아니꼽다는 듯 대답하는 찰나, 정혁의 주먹이 상현의 얼굴로 날아왔다. 그전까지 멱살을 잡는 둥 서로 삿대질을 하는 둥 자잘한 다툼은 있었지만 이렇게 직접적으로 폭력을 쓴 건 처음이었다.

"야, 말 같지도 않은 소리 작작해라. 절? 절 같은 소리하네."

정혁은 눈을 부릅뜨며 상현을 다시 노려봤다. 그러자 상현도 돌아간 고개를 다시 빳빳이 세워 정혁을 보았다.

"절에 갔다는 걸 믿든 안 믿든 그건 니 마음이지만, 내 얼굴을 치는 건 니 마음대로 하면 안 되지."

말이 끝나기 무섭게 상현의 주먹이 올라가자 다행이 소리를 지르며 그의 팔을 잡았다.

"하지 마! 제발, 제발 하지 마!"

그녀는 소스라치게 놀라며 양쪽은 모두 말렸다. 다행이 사정을 다 하며 양쪽을 말리자 정혁도 상현도 주저했다. 치고받으며 싸우려던 순간, 다행이 나서서 저지하자 둘 다 어쩔 수 없이 주먹을 내렸다.

"진짜 왜 이러는 거야? 이제 겨우 다 모였다고! 다음은 생각 안 해?"

정리하라는 의미로 꺼낸 다행의 말이었다. 그러나 정혁은 아직 분이 덜 풀린 듯 다시 입을 열었다.

"다음? 다음이 뭔데! 허구한 날 없어지는 새끼 하나 때문에 옆에 붙어 있어야 할 매니저가 없는데, 다음이라는 게 있어?"

가지 말라는 정혁의 당부에도 불구하고 상현을 찾아 떠난 다행이었다. 그랬을까, 그의 말이 가슴에 콕콕 박혔다.

"그래, 미안하다. 내가 그땐 정신 못 차리고 매니저 누나를 힘들게 했는데. 이제부턴 안 그럴게. 그럼 되겠냐?"

맞은 부위가 꽤나 아픈 듯, 눈을 찌푸린 상현이 한쪽 뺨을 어루만지며 다행에게 슬쩍 기댔다.

정혁의 눈동자가 흔들렸다. 그는 상현의 그런 태도가 신경 쓰였다.

"그런데 말이야…."

상현은 정혁의 표정이 미묘하게 변하는 걸 알아차렸다. 보란 듯이 다행의 어깨에 팔을 올리며 말을 이어갔다.

"매니저 누나가 너만 필요하고 너만의 매니저는 아니지 않냐? 그룹의 매니저지…. 그러니까 내가 앞으로 계속해서 착실하게 협조적으로만 나온다면, 나도 매니저가 필요한 거 맞겠지?"

무슨 궤변을 늘어놓는 건가 싶었다.

상현은 다정하게 그녀를 쳐다봤다.

"내가 매니저 누나하고 약속했거든, 앞으로 일탈 없이 제대로 연습하기로…."

***

닦달하는 사장의 연락 덕에 다행은 정혁과 상현 사이를 겨우 벗어날 수 있었다.

'도대체 그 녀석은 무슨 생각으로 그런 말을 뱉은 거야?' 상현의 이야기는 모든 멤버가, 그리고 다행이 정말 바라던 바였다. 박수치며 반가워해야 할 이야기였으나 이상하게도 정혁을 눈앞에 두고 이리 행동하는 상현이 부담스럽고 껄끄러웠다.

덕분에 다행은 이지이지대출로 가는 동안 끊임없이 정혁의 눈치를 봐야 했다. 어디서부터 단추가 잘못 채워졌을까…. 정혁의 상현을 찾으러 가는 걸 반대할 때 하지 말았어야 했나? 그가 작업하는 걸 옆에서 지켜봤어야 했나? 상현을 찾지 않고 숙소에서 연습에만 몰두했어야 했나? 다음 스케줄을 잡는데 더 신경을 썼어야 했나?

전혀 해본 적이 없던 영역이라 다행은 자신이 어떻게 행동했어야 맞는 것인지 도저히 판단이 서질 않았다. 정혁과 함께 이지이지대출로 오는 내내 무거운 침묵을 견뎌내야만 했다. 입도 뻥끗하지 않고, 오는 동안 다행에게 눈길 한 번 주지 않았다.

"이 자식들아, 내가 빨리빨리 오라고 했지!"

사장실에 들어가자마자 사장은 정혁과 다행을 향해 소리쳤다.

귀청이 떨어질 정도의 소리가 매섭긴 했지만 그래도 화가 나있거나 협박의 뉘앙스가 담겨있진 않았다. 도리어 기분 좋은, 그러면서 거드름이 섞인 음성이었다.

"매니저! 아침에 내가 그렇게 신신당부를 했는데, 지금 시간이 몇 시야!"

사장실에는 이미 손님이 와 있었다. 사장이 왜 닦달하는지 대충 느낌이 왔다. 다행은 누가 와있는지 확인하기 위해 목을 길게 뺐다.

'혹시, 도망간 아빠는 아닐까? 그랬으면 좋겠는데, 그렇다면 이 지긋지긋한 도돌이표 생활에서 벗어날 수 있을 텐데….'

하지만 다행의 기대는 깡그리 무너졌다. 그와 동시에 상상도 못한 사람이 이지이지 대출에 찾아왔다는 걸 깨달았다.

싱어송라이터로 유명한, 아니 그전에 여자 아이돌로 정점을 찍고 아티스트로 변신한 가수 해윤이 사장실 소파 중앙에 앉아있었다.

"아? 사, 사장님. 저 사람은…."

"그래. 내가 그래서 둘 다 빨리 오라고 했잖아!"

해윤. 그녀를 스치듯 본 적이 있었다.

'Milky Way'라는 그룹으로 마지막 인사를 하던 날이 D-solve의 컴백무대가 있었던 날이기에, 그 그룹에 속해 있던 그녀를 단번에 알 수 있었다. 단 한 번, 스친 기억임에도 불구하고 다행에게는 생생하게 남아 있었다.

"그, 그런데 저 분이 왜?"

다행은 해윤이 왜 이지이지 대출에 와 있는 건지 이유를 알 수 없었다. 사장의 얼굴을 한 번 봤다가 해윤을 향해 번갈아 시선을 옮겼다. Milky Way가 최고의 여자 아이돌 그룹은 아니었지만, 해윤은 최고의 여자 아이돌로 꼽혔다. 그런 그녀가 설마 급전이 필요한 것도 아닐 테고….

Milky Way의 다른 멤버라면 몰라도 해윤이라는 이름은 전 국민이 다 알 정도였으니 말이다. 그 정도의 사람이 왜 사채회사에 온 건지, 다행은 도무지 감을 잡을 수가 없었다.

"그게 말이지… 아하하하!"

사장 역시 지금 상황이 스스로가 생각해도 믿기 않다는 듯 아주 기분 좋게 웃어댔다.

해윤은 잠시 사장을 향해 눈길을 돌리더니 가볍게 미소 지었다. 이 뜬금없는 상황 속에서 오로지 얼굴을 딱딱하게 굳히며 심각한 건 정혁뿐이었다.

다행은 애써 정혁의 눈길을 피하며 사장을 향해 이 상황이 도대체 어떻게 된 거냐 물으려 했다. 그러나 다행이 입을 열기도 전에 해윤이 먼저 선수를 쳤다.

"그쪽이 매니전가요?"

다행은 자신을 향해 묻는 해윤의 질문에 당황한 눈으로 더듬거리며 대답했다.

"네? 저, 저 말인가요?"

"그럼, 여기에 그쪽 말고 누가 매니저같이 보이나요?"

말을 끝내며 작게 웃음을 터뜨리는 해윤의 모습에 다행은 묘하게 기분이 나빴다. 하지만 사장이 눈치를 주자 어쩔 수 없이 고개를 끄덕였다.

"네, 맞아요. 제가…."

"모자란 매니저."

다행의 대답이 채 끝나기도 전에 해윤은 조롱하며 다행의 말을 가로막았다. 그러나 옆에서 잠자코 듣고만 있던 정혁이 해윤과 사장을 향해 짜증을 냈다.

"아저씨, 뭐 때문에 호출하셨는지 용건을 정확하게 말해주세요. 그리고 그쪽은 무슨 일로 왔는지 모르겠지만 적당히 하고 돈 빌리러 온 거면 저기 저… 기분 나쁘게 생긴 아저씨하고 해결 봐요."

"용건을 꺼내기도 전에 그렇게 공격적으로 나올 필요는 없을 텐데?"

해윤은 정혁의 태도가 못내 맘에 들지 않는 다는 듯, 서운한 눈으로 그를 한번 쳐다보고는 다시 사장에게 눈길을 돌렸다. 사장은 예상대로 그럴 줄 알았다는 눈치였다.

"밥상을 차려줘도 제 몫 챙겨먹지도 못하고 차버리는 주제에, 진짜 말이나 못하면… 쯧!"

작게 한숨을 내뱉던 사장은 정혁을 향해 다시 말을 이어갔다.

"여기 해윤양이 너랑 같이 작업하고 싶다며 매니저도 없이 개인적으로 연락이 왔어. 자식아, 너는 지금 이게 어떤 기회인지 알고 그렇게 말하는 거야?"

사장이 두 눈을 반짝이며 말을 해도 정혁의 귀엔 아무것도 들리지 않았다. 그는 머리를 거칠게 쓸어 올리며 눈을 내리 깔았다.

"무슨 기회요? 그쪽이 대단하신 분이라는 건 아는데, 그렇다고 무명 연예인 사무실에 와서 막 던져도 되는 건 아니…."

"같이 작업하자고."

정혁의 말을 단칼에 자르며 해윤이 본론을 꺼냈다. 그녀는 자신의 네일을 감상했다. 그리곤 다소곳하게 두 손을 모은 채 정혁을 향해 시선을 옮겼다.

"무슨 작업?"

"무명이라고 그 말도 못 알아듣는 건 아니죠? 같이 곡 하나 내자고."

정혁은 자신의 귀를 의심하는 듯 고개를 갸웃거리며 해윤을 뚫어져라 쳐다봤다. 허튼 소리하면 가만히 두지 않겠다는 의사가 들어있었다.

"무명인데 뭘 보고? 뭘 보고 같이 곡 작업을 하자는 거지?"

정혁은 잔뜩 경계했다. 연예계라는 바닥이 서로가 먹고 먹히는 관계였기에 상대가 보낸 호의도 쉽게 받아들일 수 없었다.

해윤은 작게 실소를 터뜨렸다. 정혁의 태도가 순진하다는 듯. 그녀는 약간 뜸을 들이더니 다행과 정혁을 번갈아 쳐다보고는 입을 열었다.

"그쪽이 마음에 들었거든. 딱 내 스타일이라서!"

해윤의 말이 끝나기 무섭게 다행은 자신도 모르게 정혁에게 시선을 돌렸다. 그가 어떤 반응을 보이는지 확인 해야만 했다.

왜 그래야하는지 모르겠지만 그래야만 할 것 같은 기분이 들었다.

***

해윤은 도도하게 이야기했다. 사장실 안의 나머지 모두를 당황시킬 정도로.

그러더니 갑자기 눈을 반쯤 접고 씩 웃었다. 사장실 분위기가 자신 때문에 얼어있다는 걸 캐치했던 것이다.

"내 스타일이라서 같이 작업 해보자고 한 거예요!"

다행이 봐도 해윤은 참 예쁜 여자였다. 한때 '국민 여동생'이라는 수식어가 왜 붙었었는지 새삼 알 것 같았다.

조금 전까지 보여주던 그 고고하던 자세는 어디로 갔는지, 흔적조차 보이지 않았다. 그저 해맑게 웃는 해윤만 있었다.

해윤의 웃음은 남자를 아니, 사람을 홀릴만한 웃음이었다. 저 매력으로 Milky Way를 리드하며 몇 년간 정상을 유지했구나, 하는 생각에 감탄이 절로 나왔다.

그럼에도 불구하고 다행은 자신을 '모자란 매니저'라고 부른 그녀가 미웠다. 차마 웃는 낯으로 대응해줄 수 없었다. 정혁에게 도전적인 눈빛을 보내는 해윤의 모습이 왠지 거슬렸다. 무슨 이유인지는 모르겠지만… 싫었다.

정혁을 향해 열정 가득한 눈빛을 보내는 것도, 뚫어져라 쳐다보는 것도, 그에게 관심을 적극적으로 보이는 것도, 그 모든 게 다 싫었다.

왜 이런 마음이 드는지 알 수 없었다.

"날 언제 봤다고 마음에 들었다, 어쩐다 그러는 건데?"

정혁은 해윤의 웃음에도 안색하나 바뀌지 않은 채 무심하게 그녀를 보았다. 심드렁한 녀석의 태도가 마음에 들지 않은 사장은 미간을 잔뜩 구기며 계속 눈치를 줬다. 그러나 정혁은 미동하나 하지 않았다.

"야, 이 녀석아! 너 해윤 양을 언제 봤다고 그렇게 말을 편하게 놓…."

"아니요, 괜찮아요. 그게 저도 편하고… 뭐 가식 안 떨어도 되니깐 좋네요."

해윤은 당차게 손을 번쩍 올리며 정혁에게 핀잔을 놓는 사장을 가로막았다. 조금 전 화사하게 짓던 웃음은 싹 지운 채, 정혁을 관찰하듯 그의 얼굴에서 눈을 떼지 않았다.

"베스트 뮤직 25, 거기 녹화하러 왔을 때 무대 뒤에서 봤어. 데뷔 무대 치고는 꽤 당차던데?"

"음…."

정혁은 그때 상황을 떠올리듯 미간을 좁혔다. 갑자기 해윤은 다행을 향해 고개를 획 돌리더니 조금 한심하다는 눈빛으로 위아래를 훑었다.

'뭐, 뭐야?'

해윤의 태도에 다행은 당황했다. 모자라다고 이야기 한 것에 보태서 또 한 번 자신을 향해 펀치를 날리는 것만 같았다. 짜증이 쌓일 대로 쌓인 다행은 해윤을 향해 그 눈빛이 기분 나쁘다고 똑 부러지

게 말하고 싶었다. 하지만 그랬다간 정혁과 무풍지대에 해를 끼칠까 봐, 또 사장의 반응이 걱정됐다.

둘 사이의 묘한 기류를 읽은 정혁은 잠시 동안 뭔가를 생각하더니 해윤을 향해 물었다.

"곡 작업을 같이 한다는 게, 구체적으로 어떤 걸 원하는 거지? 니가 노래 부르고 우리 무풍지대가 백 보컬? 아니면 뭐 피처링? 뭘 하자는 건지…."

"우리? 그룹? 하하하!"

해윤이 기가 차다는 듯 웃자, 정혁의 눈이 세모꼴로 변했다.

"나는 너 하나만 말한 거지, 니 옆에 붙은 떨거지들은 이야기 한 적 없는데?"

'우리'라는 단어에 민감하게 반응하던 해윤은 도리어 정혁이 무슨 말을 하고 있냐는 듯 얕게 한숨을 내뱉었다. 그녀는 그가 상황을 정확하게 파악하지 못했다는 걸 눈치 채고 다시 입을 열었다.

"베스트 뮤직 25 무대를 보고 솔직히 놀랬어. 신인 중에서 무대를 즐기는 애는 잘 없거든. 완전히 무대 체질이라서 맘에 들었어. 랩도 곧잘 하고 그래서 같이 곡 하나 해볼까, 그렇게 맘먹고 기획사에 말도 안하고 찾아왔지. 그러니까, 나는 그쪽 떨거지들이 필요한 게 아니라 차정혁 너만 필…."

"아, 그럼 할 말 없네. 난 나 혼자서 따로 놀 생각이 없거든? 그리고 그쪽이 뭘 원하는지 모르겠지만…."

정혁은 해윤의 말을 잘랐다. 둘 사이에 미묘한 신경전이 펼쳐졌다.

사장은 안절부절 하며 그 모습을 지켜봤다. 다행은 잠시 고민했다. 해윤의 요구가 꽤 황당했다. 무풍지대가 아닌 차정혁 한정이라는 그 요구가…. 그룹의 미래를 생각하지 않을 수 없었다.

그러는 사이 해윤과 정혁, 그 둘을 잠시 관찰한 다행은 자신의 고민이 바보 같다는 사실을 깨달았다. 티격태격하듯 서로가 기싸움을 하고 있지만 저 강렬한 아우라가 잘만 얽히면 그럴듯한 뭔가가 나올 것 같다는 느낌, 그런 확신이 들었다.

하지만 해윤이 필요하다고 느끼면서도, 그녀가 껄끄러웠다.

정혁의 옆에 있으면 서로가 굉장한 시너지를 가져올 것을 알지만 그럼에도 둘을 붙여놓는 게 마음에 걸렸다.

이 모순적인 마음을 어떻게 해야 할지 다행 스스로도 당혹스러웠다.

정혁을 위해서라면, 그리고 지금 이 기회를 잡을 수만 있다면….

해윤과 잘만 엮이면 무명의 차정혁이 단숨에 핫한 스타가 될 기회일 텐데, 왠지 그냥 싫었다. 둘이 같이 작업을 한다고 생각하니 숨이 턱 막히는 느낌이 들었다.

"아…."

해윤이 아쉽다는 듯 자리를 털고 일어났다.

"그럼 뭐, 더 할 말이 없네…."

해윤이 허탈하다는 듯 반응하자 사장은 정혁을 죽일 듯이 노려보았다. 그는 갑자기 다행의 등을 툭툭 치며 니가 좀 해결 해보라는 신호를 보냈다. 다행은 차마 입이 떨어지지 않았지만 자신의 명줄을 쥐고 있는 사장의 닦달에 어쩔 수 없이 입을 열었다.

"해윤 씨, 혹시 무풍지대와 함께 작업할 생각은 전혀… 없나요?"

마음은 내키지 않았지만 어쨌건 그녀를 설득해보기로 했다. 하지만 해윤의 반응은 차갑기 짝이 없었다.

"매니저 씨, 당신이 나라고 생각해봐요. 득도 안 되는 일을 하겠어요? 아쉬울 거 없는 내가?"

해윤은 손사래를 치며 두 손을 허리춤에 갖다 댔다. 무풍지대와 함께할 생각은 전혀 없는 듯 했다.

"나도 댁같이 싸가지 없는 사람이랑 작업할 생각 없으니까…. 아윽!"

정혁이 뭐라고 한 마디 더 얹으려고 할 때, 사장은 그 꼴을 볼 수 없었는지 기어코 정혁의 등짝을 후려갈겼다.

"이 자식아, 아주 그냥 소금을 들이부어라 들이부어!"

정혁을 향한 사장의 짜증에 해윤은 난감하다는 표정으로 살짝 웃으며 어쩔 수 없다는 듯 어깨를 들썩였다. 그리곤 다시 다행을 향해 말했다.

"그쪽은 그룹에 애정이 있는 사람들이니 모두 잘 되면 좋겠죠? 그런데 데뷔 무대 결과가 어땠어요? 만족스러웠나요? 멤버들 단속은 잘 되고 있나요?"

해윤이 정곡을 찌르며 날카롭게 질문했다. 다행은 괜히 뜨끔해서 그녀의 눈길을 피했으나 연예인으로서, 전직 아이돌로서의 해윤의 안목은 절대 무시할 수 있는 것이 아니었다. 그녀는 무풍지대를 단 한 번 봤을 뿐이었지만, 그 안의 문제점을 꿰뚫어보고 있었다.

"거기다가 팀 말고 외부 잡음도 있었…. 아니에요, 어쨌든 난 차정혁 저 한 사람만 보고 온 거니까 하기 싫다면 어쩔 수 없죠."

해윤은 뭔가 속사정을 아는 것처럼 말했다. 하지만 금세 입을 다물고 일어섰다. 사장은 어찌할 바를 몰라 하며 그녀의 뒤를 쫓았다.

"저기, 다시 한 번 생각해보면 안 될까? 이쪽은 해윤 씨만 생각이 있다면 뭐, 언제든지…."

사장은 평소답지 않게 연신 끙끙거리며 그녀의 마음을 돌리려 애썼다. 하지만 해윤은 더는 할 말이 없다는 얼굴로 뭔가가 적힌 종이를 건넸다.

"아, 여기까지 온 건 순전히 제 멋대로 결정한 사항이니 혹시 더 이야기할 일이 있으면…."

해윤의 연락처였다. 혹시나 생각이 바뀌면 자신에게 곧바로 연락하라는 의미였다. 사장은 조심스럽게 종이를 건네받았다. 그리고는 다행과 정혁을 노려보았다.

해윤의 행동을 잠자코 지켜보던 다행은 마지막 순간까지 고민에 빠졌다.

어떻게 해야 할까, 사실 그녀가 왠지 마음에 들지 않았다. 말투든 태도든 뭐가됐든… 하지만 이렇게 좋은 기회를 놓칠 수 없었다. 우리나라 여가수 원탑인 해윤의 제안인데, 이 기회를 뻥 차버린다면 정혁 뿐 아니라 모두가 바보가 되는 꼴이다.

해윤이 무덤덤한 얼굴로 사장실 문고리를 잡았다. 그녀가 손잡이를 밀며 밖으로 나가려던 찰나였다.

한참동안 고민하던 다행이 결국 그녀를 향해 소리 질렀다.

"잠깐만요! 이, 이 녀석 해윤 씨가 원하는 곡 잘 쓸 거예요. 아니, 잘 써요! 둘이 같이 작업하면 분명 히트칠거예요. 내가 보장할게요, 꼭 무풍지대가 아니어도 되니… 제발 이 자식과 작업 꼭 해주세요. 부탁… 드려요…."

"김다행, 너 미쳤어?"

다행이 간절히 말했다. 그녀의 부탁에 해윤은 걸음을 멈췄다. 그와 동시에 정혁의 있는 대로 구겨졌다.

***

“어디 갔었어?”

다행과 정혁이 숙소로 돌아오자, 상현은 집을 지키고 있던 강아지 처럼 반갑게 튀어왔다. 몇 시간 전, 허둥지둥 정신없이 숙소에서 나가던 상황이 꽤나 궁금했던지 그들이 도착하자마자 사정을 캐물었다.

“이지이지 대출에 다녀왔어.”

다행의 대답에 상현은 그녀 앞으로 성큼 다가와 어디 다친 곳은 없는지 열심히 훑었다. 그녀가 빚에 쫓긴다는 것과 그걸 갚아야 한다는 사실을 모르는 사람은 아무도 없었다. 때문에 상현은 다행이 또 다시 사장에게 독촉을 받고 온 건 아닌지, 걱정스러운 눈빛으로 그녀를 바라보았다. 다행은 그 눈빛을 읽고는 고개를 작게 가로 저으며, 옆에 잔뜩 독이 올라있는 정혁을 애써 모른 척했다.

태영 역시 무슨 일인지 궁금해, 정혁을 향해 직접 질문을 던졌다.

“무슨 일로 갔다 온 거야? 호출 받고 급히 나가더니….”

그도 상현과 마찬가지로 다행에게 무슨 일이 있었던 건 아닌지 걱정했다. 어느 순간 숙소의 분위기는 다행을 중심으로 형성되어 있었다. 그런 공기를 감지한 정혁은 더욱 표정을 굳혔다. 그리고는 끝까지 대답하지 않았다. 그녀와 그 주변을 둘러싼 멤버들을 찬찬히 뚫어져라 지켜볼 뿐이었다.

“말 좀 해봐, 무슨 일이 있었는지!”

상현이 짜증을 내며 답답함을 호소했다. 다행은 무슨 말을 어떻게 해야 할지 난감했다.

해윤의 제안을 받았다는 건, 분명 향후 스케줄을 잡는데 유리할 것이 틀림없었다. 하지만 그게 나머지 멤버들도 다 함께 할 수 있는 것이 아니라, 오직 정혁만 하게 되는 것이라면? 그렇게 되면 녀석들의 불만은 어떻게 할까. 아니, 다들 심드렁한 반응을 보인다면? 머릿속이 복잡해서 쉽사리 입을 열 수가 없었다.

"해윤, 걔 알지? 이번에 〈하이, 유니〉 앨범으로 대박친…."

인상만 잔뜩 쓰던 정혁이 먼저 물꼬를 텄다. 그러자 뒤에 잠자코 듣고 있던 해욱이 말했다.

"걔 Milky Way 아니야?"

"맞아, 근데 재작년에 해체했지."

상현은 무슨 뜬금없는 내용이냐며 눈을 동그랗게 떴다.

"걔가? 해윤이 왜? 무슨 일인데?"

"걔가 같이 작업하고 싶다고 했어."

제 할 말만 하는 정혁 옆에 서서 입을 쩍 벌린 상혁의 표정이 정말 가관이었다.

"도대체 왜? 뭘 보고? 뭐 때문에 우리 같은 무명그룹이랑 같이 하고 싶다는 거야?"

상현은 그래도 주제를 파악하고 있었다. 베스트 뮤직 25에서 보여준 그들의 무대를 생각한다면 어디든 연락 올 가능성은 제로에 수렴했다. 탑 뮤지션이 도대체 뭐가 아쉬워서 협업을 하자는 건지, 상식적으로 이해할 수가 없는 게 당연했다.

"정확히 말하자면 우리가 아니야."

"그게 무슨 말이야?"

태영이 답답하다는 듯 짜증을 냈다. 정혁은 말을 하기 전에 작게 한숨을 덧붙였다. 스스로 생각해도 민망하고 미안한 상황이었다.

"나랑 하고 싶다는 소리였어."

"아…."

누가 봐도 당연한 이야기였다. 정혁의 무대가 멋졌다는 건 모두가 인정했다. 하지만 태영은 고개를 돌리며 끝내 불만을 숨기지 못했다. 받아들일 수 없다는 얼굴이었다.

다행은 이 상황을 지켜보고 있자니 처참한 기분마저 들었다.

모든 게 자신의 탓인 것만 같았다. 그래서 모른 척, 얼른 몸을 돌렸다. 어색한 상황에선 차라리 없어주는 게 낫겠다 싶었다.

"잠깐, 김다행. 나 할 말 있어!"

그러나 정혁은 그런 다행의 팔을 잡으며 막았다. 이미 이지이지에서 시달릴 만큼 시달린 다행은 모른 척, 말없이 잡힌 팔을 떼어냈다.

"할 말 있다고!"

정혁은 돌아서 나가는 다행을 팔을 꽉 붙들고 놓아주지 않았다. 그는 오히려 다행과 단둘이 이야기하고 싶다는 걸 모두에게 드러내며 그녀를 놓아주지 않았다.

"할 말 없어, 그만 해."

차갑게 말하는 그녀의 반응에도 불구하고 정혁은 물러날 생각을 하지 않았다.

"난 있어. 그러니깐 해야 돼."

태영이 먼저 나서서 정혁의 팔을 잡았다. 그는 다행의 팔에서 떨어질 생각을 하지 않는 정혁의 손을 뜯어냈다.

"매니저가 싫다고 하잖아. 왜 그래, 너? 왜 그렇게 네 멋대로 못해서 안달이야?"

트러블을 일으킨 적이 없던 태영이 이렇게 나오자 거실에 있던 모두가 당황했다.

"넌 빠져, 난 지금 김다행이랑 이야기 하고 있으니까!"

"할 말 없다고 하잖아!"

둘이 언성을 높이자, 다행이 다급히 말리며 정혁을 향해 말했다.

"그만 해! 무슨 이야긴지 들어줄 테니까, 쓸데없이 다른 사람한테 시비 걸지 마!"

분위기가 이상하게 흐르자, 상현이 둘을 말리려고 했다.

정혁은 자신과 다행 둘만이 가져야할 공기에 누군가가 비집고 들어오는 것 자체가 기분 나빴다. 그래서 급히 그녀의 팔을 잡고 자신의 방으로 끌고 들어갔다.

다행도 이참에 할 말은 다 해야겠다는 생각으로 정혁을 따라갔다. 그러나 그가 너무 급히, 세게 끄는 바람에 마치 억지로 따라 들어가는 모양새가 되고 말았다.

"천천히 좀 가!"

다행은 애써 침착하게 이야기했으나, 그의 태도가 못마땅해 결국 소리를 내질렀다.

쾅!

"야! 너 왜 이래?"

그녀의 눈시울이 붉어져있었다.

정혁의 조부를 만나 전혀 예상하지도 못한 이야기를 들었던 상황이 떠올랐다. 하지만 상현을 찾기 바빠 그가 준 쪽지만 들고 무작정 떠났다. 그리고 암자에서 가타부타 설명 없는 가사가 적힌 쪽지를 읽었다. 암자에서 겨우 데리고 온 상현과 보자마자 싸우는 걸 뜯어 말리며 급히 사장실로 불려갔다. 그리고 앞의 상황들을 제대로 풀지도 못한 채, 해윤의 제안을 들었다.

여기에 이르기까지 오해의 응어리가 다행의 마음 한편에 켜켜이 쌓일 대로 쌓였다. 건드리기만 해도 와장창 무너질 것 같았다.

정혁은 다행을 가만히 응시했다. 그 역시도 하고 싶은 이야기들이 산더미 같았지만 뭐부터 어떻게 말을 꺼내야 할지 몰라 난감한 얼굴을 했다.

"왜? 왜 같이 작업한다고 그랬어? 당사자인 내가 싫다고 했잖아!"

정혁은 우선 가장 화가 난 것부터 말을 꺼냈다. 사장실에서 다행이 나가던 해윤을 붙잡고 꼭 콜라보 해달라고 부탁하던 그 상황에 대해서.

"그게… 그게 어떻게 온 기횐데, 그걸 날려버려?"

"누가 그딴 작업 하고 싶대?"

"그래서 결국 다 엎었잖아!"

다행이 절규하듯 외쳤다.

그렇게 자존심 구겨가며 잡았었다. 자신을 향해 무능한 매니저라 말을 서슴지 않게 내뱉는 여자애에게 고개를 숙이며 그렇게 참을 인을 몇 번이나 그렸는지 모르는데, 저 자식은 단 한마디 말로 해윤의 제의를 결국 거절해 버렸다.

속에서 불꽃이 바짝바짝 튀어 올랐다. 어떻게 온 기횐데, 무풍지대에 대한 의리? 연예계에서 그게 뭐가 그렇게 중요한 건데? 다행은 씩씩거리며 정혁에게 소리 질렀다. 그러나 정혁은 꿈쩍도 하지 않고 다행을 가만히 바라보기만 했다.

"왜? 할 말 있다며. 가는 사람 막아가며 애들이랑 신경전까지 벌였잖아. 할 말 있다고 해놓고 왜 꿀 먹은 벙어리처럼 입 닫고 있는 건데?"

다행이 다시 한 번 닦달하자 정혁이 갑자기 앞으로 성큼 다가왔다. 갑자기 왜 이러는지 감을 잡을 수가 없어 다행은 순간 주춤거렸다.

"뭐, 뭐야? 할 말 있다고 해놓고… 왜? 생각해보니 아닌 거 같아서, 이제는 아예 말도 없이 주먹으로 위협하겠다 이거야?"

정혁은 다행의 대꾸에도 전혀 아랑곳하지 않고 다시 한 걸음 그녀 앞으로 다가갔다. 다행은 저도 모르게 긴장하며 떠들어대던 입을 다물었다. 정혁이 자신의 얼굴을 바싹 가져다 댔다. 순식간에 발생한 일이었다. 그녀는 당황해하여 고개를 휙 돌렸다.

"내 얼굴 봐, 내 눈 보라고."

"싫어! 뭐야, 변태야? 뭐하자는 건데?"

다행은 차마 그의 눈을 바라보지 못하고 고개를 돌린 채 대답했다.

"내가, 내가… 너 아닌 다른 여자한테 웃어주고, 행복해하면서 떠들어대면 좋겠어?"

"무슨 소리를… 하는 건데?"

그가 무슨 말을 하는 거지 도무지 알아들을 수 없는 다행은 돌렸던 고개를 다시 바로 세우고 그를 바라보았다.

"지금 너는, 내 속도 모르고… 어떤 마음인지도 모르고 다른 여자한테 내 곡을 주라고 닦달하고 있잖아!"

정혁의 말에 다행은 그의 속을 가늠할 수 없어 미간을 잠시 찌푸렸다. 그러나 곧 그게 해윤과의 일을 이야기하고 있다는 것을 알고 작게 한숨을 내쉬며 정혁을 타이르듯 입을 열었다.

"그게 아니라, 나는 매니저로서… 으읏!"

정혁은 다행의 잔소리가 시작하기도 전에 그녀의 입술에 자신의 입술을 포갰다.

***

"읍, 으읏…."

전혀 예상치 못한 일이었다. 정혁은 단단히 닫혀있는 다행의 입술에 가볍게 자신의 것을 포갠 채 그대로 그녀를 안았다. 다행은 어떤 반응을 취해야 할지 몰라 버둥거렸다. 정혁은 고개만 빠져나온 채 자신의 품안에 있는 다행의 얼굴을 잠시 바라보았다.

그녀의 양 볼은 새빨갛게 타올라있었다. 정혁은 그런 그녀가 귀여워 미칠 지경이었다.

"…왜 이래? 정신 나갔어?"

품안에 갇힌 다행이 정혁의 가슴팍을 거세게 치며 빠져나오려고 했다. 갑자기 그가 왜 자신에게 키스를 한 건지, 아무리 생각해도 이해할 수가 없었다. 각본대로라면 서로 싸워야만 했다. 싸우고 치졸하게 니 잘못 내 잘못을 가렸어야 했다. 그런데 갑자기 키스라니?

"이게 내 마음이니까, 백번을 말해도… 천 번을 써도… 너는 모르니까."

"뭐?"

다행이 고개를 들어 정혁의 눈을 바라봤다. 눈과 눈이 마주치자 전류가 흐르듯, 감전될 것 같았다. 다행을 바라보는 그의 눈빛에는 무언가를 갈망하는 감정이 진하게 스며들어 있었다.

"그 쪽지를 보고도 눈치 못 채는 사람은 너밖에 없을 거다…."

암자에서 내려오기 직전 그가 쓴 쪽지가 떠올랐다. 누군가를 향한 것인지 알 수 없는 절절한 가사….

처음 쪽지를 받아 들었을 때, 이 가사가 누구를 향해 쓴 것인지 궁금했다. 애절했기 때문이었다. 녀석에게도 마음 속 깊이 숨겨둔 사람이 있다는 걸 알았다. 저 녀석이 꽤나 진지하게 그리는 상대가 누굴까, 조금 궁금하긴 했다. 가사가 너무 예뻐서 그랬을지도 모른다. 그러다보니 알 수 없는 그 상대가 조금 부러웠다.

가사가 너무 예쁘다, 넌 천재다, 그런 칭찬을 꼭 해줘야겠다고 마음먹었다. 나중에 기회가 되면 그 상대가 누구냐고 슬며시 물어보면서….

"그게 너라는 거…."

"말도 안 돼…."

다행은 정혁의 말에 뭐라고 대답을 해야 할지 몰라 고개를 돌렸다. 그에게 안겨있었지만, 그의 얼굴까지 눈에 담을 자신이 없었다.

"얼굴 돌리지 말고, 나 좀 봐…."

정혁이 품안에 안긴 다행을 재촉했다.

다행은 그의 태도가 싫지 않았다. 아니, 그제야 자신이 느끼던 묘한 기분들이 단번에 정리되는 기분이었다. 스타를 좋아하는 것과 다른, 여자로서 남자에게 느낀… 사랑이라는 감정이었다.

여태까지 다행에게는 D-solve의 라이언뿐이었다. 그러나 그도 역시 스타에 불과했다. 몇 발자국 떨어져서 바라보기만 해야 하는 그런 우상, 그런데 정작 자신이 매니저로서 돕고 키워야하는 아이돌이 남자로 다가왔다. 비즈니스의 상대에게 이러면 안 되는 거다. 이런 아이러니가 어디 있을까. 서글픈 웃음이 터져 나왔다.

"그만, 이거 아니야. 이러면 안 된다는 거 알잖아. 너는 그냥 지금 매니저인 나한테 의지하고 싶은 마음, 그걸 사랑이라고 착각하는 거 같아…."

다행은 조심스럽게 두 손으로 정혁의 가슴팍을 밀어냈다. 그 마음을 받아줄 수도, 응해줄 수도 없었다. 이제 겨우 상현을 합류를 시켜 마음 돌리게 만들었는데, 여기서 정혁의 마음을 받아주고 둘이서 시시덕거릴 수는 없었다.

"그만."

정혁은 자신을 밀어내는 다행을 더욱 힘주어 끌어안았다. 부끄러움을 무릅쓰고 이렇게나 자신의 마음을 드러냈는데, 받아들이지 않는 그녀가 답답했다.

정말 자신에게는 티끌만큼도 마음이 없어서일까? 갑갑해졌다. 고백하면 뭔가가 나아질 것이라 생각했는데 오히려 목구멍까지 갑갑함이 들어찼다.

정혁은 다행을 다시 한 번 단단히 끌어안고는 그녀의 귓가에 작게 속삭였다.

"…내가 이러는 게 싫고, 철부지장난 같다 생각하면 마지막으로… 다시 말해. 밀어내고 거절해줘, 내가 이러는 게 부담스럽고 싫다고…. 그러면 이제 이런 짓 다시는 안할 거야. 다시는…."

그의 목소리는 간절하게 울리고 있었다. 품안에 안긴 다행은 고개를 들어 그의 얼굴을 잠시 보았다.

별빛이 쏟아지던…벙커에서의 그날 밤 보다 더욱 빛나고 있었다. 얼마 지나지 않은 날이었지만, 다행의 기억 속엔 아주 오래 전 일만 같은 그날이 갑자기 떠올랐다.

***

"잠깐만요! 이 녀석, 해윤 씨가 원하는 곡 잘 쓸 수 있어요. 아니,

잘 써요. 내가 보장할게요! 무풍지대가 아니어도 되니… 제발 이 작업 꼭 해주세요, 부탁드릴게요."

서너 시간 전.

다행은 지푸라기라도 잡는 심정으로 사장실에서 나가는 해윤을 향해 소리쳤다. 이런 기회를 놓칠 수 없었다.

"야!"

다행의 말이 끝나기 무섭게 정혁이 그녀의 어깨를 잡고 자신 쪽으로 거칠게 끌었다. 지금 무슨 소리를 하고 있는 건지, 듣고 있던 자신의 귀를 의심할 정도였다.

"너, 너 지금 뭐하는 거…."

"해윤 씨 앨범에 수록되어 있는 곡, 그 이상… 빰칠 정도로 잘 써요. 이건 매니저로서 제가 보장해요, 진짜!"

다행은 두 눈을 빛내며 해윤을 향해 강하게 말했다. 이 녀석이랑 콜라보라도 하게 된다면 정말 후회하지 않을 거라고 확신을 주듯 말이다.

해윤은 다행의 말에 고개를 갸웃거리며 나른하게 웃었다. 하지만 보이는 표정과 달리 그녀의 입꼬리는 파르르 떨리고 있었다.

"정작 당사자는 하기 싫어서 저렇게 몸부림치는데 그게 되겠어요?"

해윤의 말은 다행을 향한 질문이라기보다는 정혁의 의중을 떠보는 말에 가까웠다. 강력하게 거부하는 정혁의 태도에 어느 정도 마음을 접은 그녀였다. 하지만 그의 실력이 아깝고, 아쉬웠다.

"할 수 있어요, 제가 보여드릴 수…."

"시끄러워!"

정혁은 인정할 수 없다는 듯 해윤과 협상을 시도하는 다행을 잡고 자신의 등 뒤로 끌어당겼다. 그러자 옆에서 지켜보던 사장이 그의 등짝을 후려갈기며 질책했다.

"너, 이 새끼! 네가 뭘 안다고 지금 이러는 거야? 어? 정신 똑바로 안 차릴 거냐?"

사장은 다행이 사정사정하며 부탁하는 것을 보고 혹시나 하는 마음을 가졌으나, 바로 판을 깨는 정혁의 말에 뒷목을 잡으며 의자에 털썩 주저앉았다.

사장실 분위기가 엉망진창이 되자 사장은 사장대로, 다행은 다행대로 해윤의 얼굴을 제대로 볼 수가 없었다. 이 모든 일은 정혁이 만든 것이었다. 하지만 정작 당사자는 뻔뻔하게 해윤을 바라보며 그녀가 얼른 사무실을 나가주길 바란다는 눈빛을 보내고 있었다.

해윤은 어이가 없다는 듯 피식 웃으며 입을 열었다.

"왜 베스트 뮤직 25에서 그 꼴이 났는지 짐작이 가네요, 당사자가 저렇게 강하게 거부하고 있으니… 뭐 어쩔 도리가 없네요."

"됐고, 그쪽한테 써줄 수 있는 건 없으니까…."

마지막까지 미운 소리가 골라가며 해윤을 쫓아낼 작정을 한 정혁이었다. 그런 그의 태도에 해윤이 다시 물었다.

"바닥을 치고 일어날 방법이 따로 있나봐?"

정혁은 정곡을 찔린 듯 바로 대답하지 못하고 해윤을 가만히 노려보기만 했다. 그러자 그녀는 왜 정혁이 저렇게 난리를 치고 있는 건지 대충 알겠다는 눈치였다.

"아직 제대로 된 데뷔도 못했는데 벌써부터 저렇게 똥오줌 못 가리면 어쩌겠다는 건지… 그따위로 해서 이 바닥에서 어떻게 버틸지 잘 모르겠네, 실력이 아깝다. 참…."

그녀는 할 말을 끝내곤 문 밖으로 나갔다.

어안이 벙벙해진 셋을 남겨 두고….

그렇게 다행이 자존심을 접고 애원했었지만, 정혁의 고집 때문에 해프닝으로 끝나버렸다.

***

"대답해봐, 내 말에…."

다행은 그의 마음을 다 알아버리고 나니 차마 입이 떨어지지 않았다. 사실 좋았다. 만약 빚을 갚아야한다는 명목으로 만난 사이가 아니었다면, 오히려 다행이 바짓가랑이 잡고 놓아주지 않았을 지도 모른다.

하지만… 하지만 자꾸만 떠올랐다. 해윤의 마지막 이야기가….

-아직 제대로 된 데뷔도 못했는데 벌써부터 저렇게 똥오줌 못 가리면 어쩌겠다는 건지… 그따위로 해서 이 바닥에서 어떻게 버틸지 잘 모르겠네, 실력이 아깝다. 참….

정혁은 분명 무대에서 반짝반짝 빛을 낼 수 있는 남자였다.

만약 여기서 그래 좋아, 라고 대답한다면 별이 되어야 할 사람을 별똥별로 만들어버리는 게 아닐까, 무서웠다. 채권자와 채무자로 만나지 않았다면… 아이돌과 매니저로 만나지 않았다면 오히려 용기를 낼 수 있는 쪽은 그녀였을 텐데….

"모르겠어, 정말 모르겠어…."

"뭘 모르겠다는 거야? 이렇게까지 말 했는데!"

정혁은 안타까움에 다행을 다시 부서져라 끌어안으며 크게 한숨을 내쉬었다. 자신의 감정을 그렇게 알아 달라고 호소했지만 정확하게 말하지 않는 다행이 미웠다. 하지만 좋았다. 그래도 약속한 건 어쩔 수 없었다.

"마지막으로 물을게. 넌 내가 좋아, 싫어? 날 어떻게 생각하는 거야?"

"…."

다행의 두 눈이 흐려지기 시작했다. 뭐든 답을 해야만 했다. 하지만 여기서 어떤 방법을 쓰더라도 딱 들어맞는 대답을 할 수도, 고를 수도 없었다. 자칫했다가 자신의 말 한마디에 무풍지대에 해를 끼칠 수도 있을 것이고, 저 반짝반짝 빛나는 이의 앞길을 망쳐버릴지도 몰랐다.

"내가… 너 아닌 다른 여자를 향해 노래를 부르거나 가사를 써도 상관없어? 어?"

"…."

그에게 싫다고. 자신이 아닌 다른 사람은 싫다고 말하고 싶었다. 하지만 다행은 차마 입이 떨어지지 않았다. 눈앞이 자꾸만 흐려져 정혁의 눈도 코도 입도 모두 사라져가는 것만 같았다. 그의 품안에 껴있는 팔을 들어 가득 고인 눈물을 말끔히 닦아내고 싶었다. 그렇게 하지 않으면 눈앞의 정혁이 사라질 것만 같았다.

"됐어, 아무 말 하지 마. 대답은 이미 들었으니까."

다행의 얼굴을 빤히 쳐다보던 정혁은 다시 그녀의 입에 자신의 입술을 포갰다. 촉촉하게 젖어있던 두 눈과는 달리 다행의 입술은 까칠하게 메말라 있었다. 그동안 그녀가 얼마나 고생하고 있는지 알 수 있었다. 그는 메마른 그녀의 입술을 부비며 촉촉하게 적셨다.

다행은 정혁의 키스를 감당하기 어렵다는 듯 고개를 돌리며 작게 몸부림을 쳤지만 정혁은 두 손을 들어 그녀의 머리를 감쌌다. 다행은 숨쉬기가 어려웠다.

키스는커녕 볼에 뽀뽀 한번 받아본 적 없었다. 걸음마 연습도 안 된 아이에게 어서 달려보라고 채근하는 것과 다를 바 없었다.

전처럼 굳게 닫힌 다행의 입술은 열어보려는 듯 정혁은 그녀의 아랫입술을 작게 깨물었다. 그녀가 작게 탄성을 내뱉었으나 그 소리는 정혁의 입 안에서 울려 퍼질 뿐이었다.

작게 열린 그녀의 입 안으로 정혁은 자신의 것을 가득 넣었다. 메말라있던 그녀의 입술과는 달리 입 안은 차갑고 촉촉했다. 그녀의 혀를 가볍게 빨아들였다. 잔뜩 긴장하고 있다는 걸 알 수 있었다. 정혁은 그녀에게 취해 정신을 놓을 것만 같았다. 그 역시 능숙한 척 했을 뿐, 모든 것이 처음이었다.

"으읍!"

다행은 키스가 이렇게 황홀하다는 것을 처음 알았다. 그냥 연애의 절차이자, 스킨십에 불과하다고 생각했었다. 사랑하는 남자와의 키스가 이토록 강렬한 것인지 미처 몰랐다. 마치 강한 모르핀을 맞은 것처럼 정신이 몽롱해졌다. 그런 진통제나 각성제를 맞아본 적도 없으면서 그럴 것 같다는 생각이 들었다.

정혁은 품안에 있는 그녀를 안아들고 책장에 몸을 기댄 채 그대로 주저앉았다. 정혁의 허벅지 위에 앉은 다행은 혼미해지는 정신을 잡으려고 애썼다. 그녀는 게슴츠레하게 눈을 떠 정혁의 얼굴을 쳐다보았다.

처음 만남에서도 조각같이 생겼다고 감탄했던 그의 얼굴이었다. 그러나 자신의 입술을 느끼는 그의 표정에 다행은 저도 모르게 기분이 이상해졌다. 그의 감정이 자신에게 전염될 것만 같아 눈을 꼭 감았다. 다시는, 또 다시는 이런 기분을 느껴보지 못할 것만 같아서 무서워졌다. 이 모든 게 꿈인 것만 같았다. 그러자 서글퍼졌다.

다행이 갑자기 그의 머리를 감싸고 더욱 깊게 키스했다.

두려움 때문인지 다행은 작게 떨었다. 이를 눈치 챈 정혁이 다행의 입술에서 자신의 것을 살짝 떼고자 했다. 그러나 다행이 자신의 머리를 감싸며 더욱 깊게 키스를 하자 그녀의 리드에 이끌려 저도 모르게 다행의 티셔츠를 감아 올렸다. 시작된 흥분은 쉽게 멈출 수가 없었다.

하지만 황홀한 순간은 그리 오래가지 않았다. 호흡곤란이 올 정도로 입술을 맞춘 다행이 먼저 정혁에게서 몸을 뗐다.

"…"

그녀의 양 볼은 붉어질 대로 붉어져 터질 것만 같았다. 잔뜩 흥분해 있던 정혁은 갑자기 몸을 떼며 일어서는 그녀를 당황스럽게 바라보았으나 이내 그녀의 눈빛에서 정신을 차렸다. 잔뜩 고여 있던 눈물이 애처롭게 두 눈에서 흘러내리고 있었다.

신데렐라의 시계가 종을 울리고 있었다. 이루지 못할 꿈에서 깨어나라고 둘에게 경고하고 있었다. 다행은 그걸 받아들였다. 그와의 키스도 오늘이 마지막이라는 것을, 그리고 앞으로 다시는 이런 일을 만들지 않을 것을 다짐했다. 그의 마음을 알지만 애써 모른 척해야 했다.

다행은 고개를 아래로 푹 숙였다. 그의 눈을 바라볼 자신이 없었다. 좋아한다고 자신에게 속삭이던 그의 말에 '나도'라는 대답을 해줄 자신이 없었다.

정혁은 천천히 자리에서 일어났다. 하지만 그는 다행과 달랐다. 모든 환상이 깨진 다행과 달리 그는 오히려 더 단단해진 얼굴이었다. 이제는 모든 확신이 생겼다는 듯 조금 개운한 표정을 짓고 있었다.

"나는 나가볼게, 너도 나중에 식사할 때 나와…."

어색한 분위기를 어떻게 해야 할지 몰라, 다행은 조심스럽게 몸을 돌리고 방문을 잡았다. 그러자 정혁은 그녀를 향해 낮게 읊조렸다.

"네 마음 이제 다 알았으니까, 굳이 대답하지 않아도 돼. 이젠 니가 무슨 대답을 해도 상관없어. 난 전부 다 결정했으니까."

***

다행은 자신의 입술을 조심스럽게 더듬었다. 해욱이 없는 방 한가운데 덩그러니 앉아 조금 전 있었던 일을 다시 떠올렸다.

-네 마음… 이제 다 알았으니까 굳이 대답하지 않아도 돼. 이젠 니가 무슨 대답을 해도 상관없어. 난 전부 다 결정했으니까.

다행은 무슨 말인지 알 수 없는 소리를 늘어놓고 나간 정혁이 신경 쓰여 미칠 지경이었다. 도대체 무슨 결정을 했다는 걸까, 모든 걸 주도하고 리드하려는 걸 알지만 그래도 선을 아는 녀석이었다. 지금은 해윤과의 작업에 껴야하고 다행과의 관계에서 빠져야 했다. 그게 제대로 된 행동이었다.

그런데 뭘? 무엇을 결정했다는 건가?

촉촉했던 입술이 메마르자 다행은 울적해졌다. 바닥으로 고개를 처박고 기분을 다스려보려 했지만 그래도 우울했다. 자신이 자유로웠다면. 이지이지대출에 빚만 없었더라면 정혁의 마음을 수십 번이라도 받아줬을 텐데.

다행의 첫사랑이자 첫 키스였다.

아니, 설사 자유롭고 빚이 없었다 해도 반짝반짝 빛나는 녀석의 앞길을 멋대로 막을 수는 없었다. 몇 번이고 다시 생각해도 그럴 수는 없었다. 이렇게 봐도 저렇게 봐도 자신이 장애물처럼 느껴졌다.

똑똑똑

갑자기 방문 두드리는 소리가 나더니, 대답도 하지 않았는데 문이 멋대로 열렸다.

상현이 얼굴을 빼꼼히 내밀었다.

"누나, 밥 안 먹고 뭐해요?"

암자에 다녀온 뒤로 상현은 존댓말도 반말도 적절히 섞어가며 눈치껏 행동했다. 자신에게 어떻게든 말 한마디 더 걸어보려는 상현이 귀여워서 다행은 픽 웃고 말았다. 그러자 상현도 배시시 입 꼬리를 올리며 방안으로 들어왔다.

"아까 차정혁하고 무슨 얘기 했어? 왜 누난 안 나오고 저 새끼만 나와서 밥을 꾸역꾸역 처먹는 거야?"

상현이 정혁의 이름을 입에 올리자 다행은 괜히 얼굴을 붉혔다. 지금으로선 도저히 마주볼 자신이 없었다. 다행의 얼굴이 갑자기 상기되자 상현은 고개를 갸웃거리더니 그녀의 이마에 손을 짚었다.

"어디 아파? 열은 없는 거 같은데…."

상현의 스스럼없는 태도에 다행은 살짝 놀랐지만, 그가 다른 마음을 품고 하는 짓이 아니라는 걸 잘 알았기에 이마에 올려놓은 그의 손을 조심스럽게 끌어 내렸다.

"괜찮아."

"둘이 싸웠어? 왜 그러는데!"

싸웠다고 해야 하나, 아니면 일방적으로 몰아붙이는 걸 넋 놓고 있다가 당했다고 해야 하나.

그녀는 상현과 눈이 마주치자, 조금 전 있었던 일이 연거푸 떠올라 고개를 흔들었다.

"왜 그래, 내가 차정혁 손 좀 봐줄까?"

상현이 넉살 좋게 다행의 기분을 풀어주려 노력했다.

"됐어, 아무 일도 아니야. 정혁이 하고는 앞으로 어떻게 할지… 뭐, 그런 이야기를 했어…."

"…그래서 해윤하고 콜라보 한데?"

상현은 다행의 눈치를 보더니 조심스럽게 물었다.

"기분 별로지?"

무풍지대가 아닌 정혁만 하자고 한 것이니 기분아 나쁠 법도 했다.

"아냐, 솔직히 말해서 정혁이 제외하면 우린 뭐…."

쓸쓸하게 말하는 상현의 모습에 갑자기 해윤이 떠올랐다.

-그룹? 나는 너 하나만 말한 거지, 내 옆에 붙은 떨거지들은 이야기 한 적 없는데?

'떨거지' 다행은 그 말을 듣자 자신을 향한 이야기가 아니었음에도 화가 치밀었다. 이 단어가 절대 나머지 멤버들 귀에 들어가서는 안 될 것이다. 다행은 힘없이 고개를 숙였다.

"그래도 기분이 썩 좋진 않을 거야…."

누구보다도 마이너의 삶이 어떤지 잘 아니까…. 그녀는 앞으로 어떻게 해야 할지 답답한 마음에 차마 상현 쪽으로 쳐다보지 못하고 계속해서 고개를 숙이고 있었다. 그러나 상현은 도리어 위로해주듯 그녀의 손을 잡았다.

“누나, 다른 사람을 다 걱정하면서 정작 왜 자기 마음은 안 돌봐주는 거야?”

“그게 무슨….”

다행은 자신의 손을 꼭 쥐어 잡은 상현을 바라보았다. 그러다가 괜히 부끄러워져 그의 손에서 자신의 손을 빼내려고 했으나 쉽게 뺄 수가 없었다. 상현은 다행이 부끄러워한다는 걸 눈치 채고 빙긋이 웃으며 잡았던 손을 놓았다.

“차정혁하고 싸우고 나서도 잰 눈치도 안보고 멋대로 행동하고 저렇게 당당하게 밥까지 처먹는데… 누난 여기서 뭐하는 거야? 저 자식한테 화도 안나?”

“그건 걔가 잘못한 게 아니라….”

“그리고 지금도 봐, 해윤이랑 작업할 수 있는 게 우리가 아니라 차정혁이라는데… 저 새끼는 엄청나게 당당해. 누나는 우리가 빠졌다는 이유로 우리 걱정 때문에 밥도 못 먹고 있잖아. 내가 매니저라면, 내가 기획사 사장이라면 한 놈이라도 걸린 게 어디냐는 심정으로 미친 듯이 기뻐할 텐데 말이야. 다른 녀석들의 기분이 어쨌건….”

“….”

상현의 말이 틀리진 않았다. 하지만 그 복잡한 속을 다 드러낼 수 없는 다행은 다시 고개를 떨어뜨렸다. 단순히 그들에 대한 걱정뿐만 아니라 정혁과의 관계 역시 고민거리 중 하나였기 때문이었다. 상현의 말처럼 차라리 나머지 멤버들에 대한 걱정과 향후 대책을 강구하라고 하는 거라면 이토록 괴롭진 않았을 텐데….

“누나 기분부터 생각해, 자기가 제일 행복해야 주변도 다 행복해지는 거야. 그러니까 여기서 땅 파지 말고 밖에 나가서 밥이나 먹자!"

상현은 다행의 어깨를 가볍게 다독였다. 하지만 천근만근의 짐을 짊어지고 있던 다행은 쉽사리 자리에서 일어나지 못했다. 상현은 그런 다행을 향해 깊게 한숨을 들이쉬었다가 다시 그녀의 옆에 앉아 입을 열기 시작했다.

"누나, 누나는 인생의 신조나 아님… 뭐 좋아하는 말 같은 거 있어?"

"나?"

자신에게 그런 게 있었나?

스스로를 돌볼 시간은커녕 엄마의 죽음, 고등학교 졸업. 그 이후로 정신없이 살아왔다. 살아남기 위해 살았다. 겨우 누릴 수 있는 행복이란 D-solve 팬 페이지를 운영할 때와 라이언의 모습을 볼 때. 그때 말고는 늘 다행의 인생은 팍팍했다.

신조고 나발이고 그런 게 있을 수가 없지. 그런 게 있을 인생일 리가 없잖아?

"그래, 예를 들면 최고보단 최선을… 뭐 이런 고리타분한 거부터 시작해서 누나 같으면 돈이 최고다! 뭐 이런 거 아니야?"

"뭐야? 이 자식이!"

짓궂게 구는 상현의 머리를 콩하고 쥐어박자 상현이 혀를 날름거리며 웃었다. 긴장과 우울함이 약간 풀어지자 상현이 천천히 자신의 이야기를 시작했다.

"내 신조는 케세라세라(Que Sera Sera)거든. 누나도 들어본 적 있지 않아?"

"케세라세라…."

"될 대로 되라는 뜻이야. 어때, 나처럼 죽이지?"

상현은 신이 난다는 얼굴로 다행을 쳐다봤다. 그의 미소가 퍽이나 인상적이어서 다행은 자신도 모르게 미소 지었다.

"그런데··· 그 뜻만 있는 게 아니야. 모든 것이 잘 될 것이다. 뜻대로 이루어질 것이라는 뜻도 있거든. 이건 내 생각인데, 될 대로 되라는 마음으로 내가 원하는 대로 하다보면 끝내는 뜻대로 될 것이다··· 이거지! 흐흐흐···."

정말 자기 마음대로. 견강부회가 따로 없었다. 다행은 그마저도 상현답다는 생각에 낄낄거리며 웃음이 나왔다. 다행이 웃자 상현도 기분이 좋은 듯 다시 다행의 손을 꼭 쥐었다.

"나가자, 여기서 이러지 말고. 그리고 앞으로 무풍지대는 어떻게든 잘 될 거니까. 그 일 하나로 너무 걱정하지 말고! 우리도 누나한테 동정, 연민 받는 거 별로라고."

상현의 말에 다행은 용기를 얻은 듯 자리에서 일어났다.

***

"아까 최상현 그 자식이랑 방에서 무슨 얘기 했어?"

정혁은 쓰레기를 버리러 나가는 다행의 앞을 가로막으며 물었다. 이른 시간이라 다들 자고 있었던 게 천만다행이라 생각하며 그녀는 주변을 둘러봤다.

"넌 안 자고 왜 벌써 일어났어?"

"먼저 물었잖아, 어제 최상현 때문에 계속 신경 쓰였어. 넌 내가 곁에 다가가지도 못하게 잔뜩 인상만 쓰고 경계하면서··· 딴 녀석들은 마음대로 옆에 가도 괜찮은 거야?"

"…신경 꺼! 다른 사람 눈도 생각하라고!"

다행은 행여나 정혁이 또 돌발행동을 할까 서너 걸음은 떨어진 채로 거리를 유지했다. 그 모습에 정혁은 얼굴을 찌푸리며 불쑥 그녀 곁으로 다가갔다. 그러자 다행은 고개를 옆으로 돌리며 몸을 움츠렸다.

그녀의 행동에 정혁은 상처받은 얼굴로 양손을 번쩍 들며 긴장 풀라는 제스처를 취했다.

"안 해, 이제 니가 허락 안하면 안한다고… 그러니까 그렇게 경계하지 마. 나 상처받아."

그리곤 잽싸게 다행의 손에 든 쓰레기 봉지를 낚아채려고 했다. 하지만 다행은 손에 잔뜩 힘을 주고 놓지 않았다.

"내가 버리고 올게, 들어가서 좀 더 자!"

정혁이 다시 다행의 손에 든 쓰레기 봉지를 뺏으려고 했지만, 그녀는 꿈쩍도 하지 않았다. 그는 도대체 왜 그러는지 알 수가 없어 손에 힘을 풀고 그녀가 고개를 돌린 쪽을 향해 천천히 걸어갔다. 그녀 얼굴을 확인하려던 찰나였다.

"됐으니까! 쳐다보지 말고 들어가서 쉬라고…."

다행은 잽싸게 쓰레기 봉지를 들고 밖으로 뛰어나갔다. 두 볼이 벌겋게 타오르고 있었다. 정혁의 얼굴을 보면 자꾸만 그날 있었던 일이 생각나서 그를 쳐다볼 엄두가 나지 않았다.

"야, 김다행!"

뒤에서 자신을 부르는 정혁이 따라 나올까봐 냉큼 튄 다행은 숙소 대문을 열고 작게 숨을 몰아쉬었다.

"아휴, 저 자식은 진짜 사람 속도 모르고…."

초가을의 아침 공기를 크게 들이마시자 속 안이 서늘해졌다. 다행은 대문 앞에 가지런히 쓰레기 봉지를 놔두고 양팔을 쓱쓱 문질렀다. 가을이 왔음을 실감했다.

잡혀올 때만 해도 뜨거운 여름이었다. 그런데 벌써 가을이라니… 시간이 너무 빨리 흘렀다. 더불어 채권 만기일이 점점 다가오고 있었다. 아빠의 실종, 엄청난 빚, 그리고 상상해본 적 없었던 녀석과의 사랑. 모든 게 다 꿈만 같았다.

차가운 공기를 다시 한 번 크게 들이마시며 대문을 들어가려던 순간이었다.

"저기!"

숙소 맞은 편 골목에서 교복을 입은 여학생 하나가 헐레벌떡 뛰어왔다. 다행은 무슨 일인가 싶어 숙소 안으로 들어가지 못하고 학생을 기다렸다.

"무슨 일로…."

"저기, 여기 무풍지대 숙소 맞죠?"

어떻게 알아낸 것인지는 모르겠지만, 여자아이는 확신하듯 말했다.

"어, 그런데… 왜 그래요?"

다행은 직감으로 알 수 있었다. 자신이 D-solve팬으로서 몇 년간 해왔던 일처럼. 이 아이도 비슷한 일로 찾아왔다는 걸… 팬이라면 알 수 있었다.

"그, 저기… 정혁오빠는 언제쯤 나와요?"

학생은 10대답게 본론부터 이야기했다. 당돌한 모습에 다행은 잠시 놀랐다. 정혁의 이름이 나오자 반가우면서도 가슴 한편이 서늘해졌다.

"그건 왜…."

갑자기 학생은 뒤에 감춰놓은 편지와 선물상자를 꺼내들며 다행에게 쭉 내밀었다.

"언니가 매니저에요? 아님 코디? 숙소에서 나오는 거보니까, 어쨌든 여기서 일하는 사람 맞죠?"

"어, 그게… 어…."

대뜸 앞뒤 잘라먹고 따지듯 묻는 학생의 말에 다행은 당황한 나머지 얼버무리듯 대답했다. 그러자 학생이 두 손에 들고 있던 편지와 상자를 다행 쪽으로 더 가까이 내밀었다.

"정혁 오빠한테 전해주세요!"

"응? 왜? 그리고… 걔를 어떻게 아는 거야?"

데뷔 무대라고 해봤자, 고작 베스트 뮤직 25에 나온 게 전부였다. 그 외엔 무풍지대의 얼굴을 대중에게 보일 기회조차 없었다. 하지만 여학생은 잘 알고 있다는 듯 대답했다.

"저 원래 다른 아이돌 팬이거든요? 이젠 뭐 걔네 안 좋아하니까…. 암튼! 베스트 뮤직 25 녹화 방송 날 있잖아요, 정혁 오빠 무대 보고 완전 반해서 무풍지대 팬 하기로 했어요. 그날 오빠 진짜 개쩔었는데…."

여학생은 양 볼에 손을 얹고 그날을 다시 새기듯 멍하니 하늘을 바라보았다.

"그전에 누굴… 좋아했었는데?"

다행은 갑자기 묻고 싶어졌다. 베스트 뮤직 25를 보고 바로 무풍지대, 아니 차정혁으로 갈아탔다는 여학생의 이야기 때문에….

"아, 좀 쪽팔리는데… D-solve요."

"그, 그래?"

그 찰나의 순간동안 다행의 머릿속엔 많은 생각들이 스쳤다. 다행은 학생이 준 상자와 편지를 받아들고는 그녀가 자리를 뜨기까지 기다렸다.

학생은 선물을 건넨 뒤에도 계속해서 정혁을 찬양했다. 끝나지 않는 칭송에 다행은 눈치껏 선물을 잘 전해주겠다고 다독이며 그녀를 돌려보냈다.

"쓰레기 버리러 쓰레기 처리장까지 갔어?"

다행을 맞이한 건 소파에 앉아서 그녀를 기다리던 정혁이었다. 아까 자신을 밀치고 밖으로 급히 나간 다행이 언제쯤 돌아올까 하며 한참을 기다리고 있었다.

멍한 표정의 다행은 어딘가 홀린 사람처럼 정혁에게 편지와 선물박스를 던져주곤 힘없이 2층으로 올라갔다.

"이게 뭔데? 야, 얘기 좀 하자!"

복잡한 머리가 정리되지 않은 다행은 정혁과 말하고 싶지 않다는 표정으로 뒤에서 그가 외치는 소리도 무시한 채 정신없이 올라갔다.

-정혁 오빠 무대보고 완전 반해서 무풍지대 팬 하기로 했어요.

-그날 오빠 진짜 개쩔었는데….

학생의 목소리가 여전히 다행의 귀에 생생히 들리는 것만 같았다.

'하필 D-solve팬이었던 애가….'

'내가 차정혁의 마음을 받아주면, 녀석의 앞길을 막는 게 아닐까?'

망쳐버린 데뷔 무대였음에도 팬이 생겼다. 만일 성공적으로 데뷔했다면 지금은 상상도 못할 숫자의 팬이 생겼을 것이다. 어제 오늘 다행에게 터진 일련의 사건으로 인해 감당할 수 없는 무게를 짊어진 것 같았다.

마음 같아선 정혁이 해윤의 제안을 거절했으면 했다. 그리고 그게 현실이 되었을 때, 조금, 아주 조금은 안도했었다. 해윤과 같이 작업하지 않아도 되어서, 그리고 그녀를 위한 곡이 아닌 여전히 자신을 위한 가사로 남아줘서….

하지만 이대로 괜찮은 걸까? 이대로 두는 게 정혁에게도 무풍지대에게도 바람직한 일일까?

-누나 기분부터 생각해, 자기가 제일 행복해야 주변도 다 행복해지는 거야!

어제 저녁, 상현이 자신의 손을 잡으며 했던 이야기가 떠올랐다. 그 말이 고마웠다. 자신이 더 애쓰지 않아도 된다고 합리화해주는 것 같아서.

하지만 그게 맞는 일일까….

-저만 그런 게 아니라, 그날 제가 파던 아이돌 팬들도 다들 홀린 듯이 정혁오빠를 한참동안 바라보더라고요. 분명 나처럼 갈아타는 애들이 꽤 있을 걸요?

다행의 뇌리를 때리는 말이었다. 새로운 대상을 발견한 그 팬의 눈빛, 무한의 애정을 주겠다고 결심한 열의가 담겨있었다. D-solve의 팬이었던 자신이 누구보다 제일 잘 아는 눈빛이었다.

"…미치겠다, 진짜."

다행은 아래층 거실에 있던 정혁의 동태를 살폈다. 그가 자신을 다시 따라오는지 그대로 있는지 몇 번이고 확인했다. 그리고 그길로 복도 끝에 있는 정혁의 방이자 작업실로 발걸음을 옮겼다.

그전에 해윤이 자신에게 줬던 쪽지를 챙기는 걸 잊지 않았다. 그녀의 휴대폰 번호가 남겨진 종이를 들고 한참 고민했다. 자신이 멋대로 전화를 건다면 그녀가 받아줄까? 다행은 통화 버튼을 누를지 말지를 두고 한참동안 고민했다.

"여보세요?"

절대로 받지 않을 것만 같았는데 통화벨소리가 울린 지 얼마 되지도 않아 낮게 깔린 허스키한 여자 목소리가 들렸다. 마치 해윤은 차정혁 쪽에서 연락이 올 거라 확신이라도 하고 있었던 것 같았다.

"차정혁… 아니, 무풍지대 매니저예요. 하고 싶은 이야기가 있어요."

"다 끝난 얘기로 알고 있는데…."

쌀쌀맞기 짝이 없는 해윤의 목소리에 다행은 침을 꿀꺽 삼켰다.

"끄, 끝나지 않았어요. 하고 싶다고, 후회한다고 했어요. 그런데 자신의 입으로 거절했으니…저보고 대신 전하라고 했어요, 믹스테이프를요. 데모곡도 있어요. 그러니까…."

"차 번호 알려줄 테니까, 내가 말하는 시간이랑 장소로 나와요."

해윤은 차갑게 대답했다. 통화가 끝나자 다행의 손바닥은 땀으로 흥건히 젖어있었다.

단호하게 이야기하는 해윤의 목소리가 다행을 더 긴장하게 만들었다. 그리고 그녀의 손에는 정혁이 절대 알아서는 안 되는 '그것'이 있었다.

다행은 침을 삼키며 자신이 지금 미친 짓을 하고 있다는 사실을 몇 번이나 되새겼다.

"타요."

해윤이 말한 장소에 나가자마자 다행의 눈앞에 새하얀 벤츠 한 대가 나타났다. 운전석에 타고 있던 해윤은 창을 내린 후 재촉하듯 다행에게 말했다.
"빨리!"

***

문득 차안에 놓인 방향제가 무엇인지 궁금했다. 비싼 차만큼이나 고급일 것이라는 생각이 들었다. 그만큼 해윤의 차안 공기는 향기롭고 사람의 기분을 들뜨게 만들었다.

"회사는 모르는 일이라서… 일단 조심스럽게 행동할 수밖에 없었어요."

해윤은 변명하듯 말했다. 자신의 일에 안 되는 것이라곤 없는 것처럼 굴던 여가수가 몸을 사리는 모습이 신선했다. 그러자 다행은 그녀가 왜 이 일에 이렇게 공을 들이는 것인지 궁금해졌다.

"가지고 왔어요? 당사자가 원한 건 맞는 거죠?"

해윤은 거침없이 다행에게 손을 내밀었다. '그걸' 달라는 소리였다. 다행은 순간 망설였다. 연락을 한 것도 자신이었고 보자고 한 것도 이쪽에서 먼저 했지만, 그럼에도 이게 맞는 건지 모르겠다는 생각이 들었다. 그리고 정혁이 느낄 배신감도 함께 걱정거리로 다가왔다.

"…당사자한테 제대로 말 안했죠?"

다행이 주춤거리는 걸 알아차린 해윤이 입꼬리 한쪽을 올리며 웃었다. 마치 다행의 무모함을 탓하듯, 다행은 해윤에게 간파 당하자마자 사실대로 고개를 끄덕였다.

"매니저가… 그렇게 행동했다간 곧 잘릴 것 같은데?"

잘릴 수가 없었다. 오히려 족쇄인걸. 차라리 이참에 정혁도 무풍지대도 이지이지대출도 자신에게 해고를 통보해줬으면 하는 마음까지 들었다.

해윤의 말에는 묘한 조소가 담겨 있었다. 하지만 다행은 그녀의 말에 아랑곳하지 않고 주머니 안에 든 것을 만지작거렸다. 줘야할지 말지… 결국 다행은 이를 악물고 주머니에서 조그마한 USB를 꺼냈다.

"이번에 만든 신곡이라고 했어요. 믹스테이프라 정식 녹음은 안 했고…."

다시 다른 주머니에서 주섬주섬 뭔가를 꺼냈다. 정혁이 자신에게 줬던 가사였다. 암자를 내려오면서 펼쳐봤던 쪽지… 원본을 건네줄 순 없었다. 다행이 따로 원래 쪽지에 쓰였던 가사를 그대로 옮겨 적었다.

정혁이 자신에게 준 그 종이가 아님에도 불구하고, 다행은 해윤에게 그 가사를 건네줄 때 마음 한편이 찌르르하니 아팠다.

넘기기 안타까운 심정이었던지 다행의 손에 잔뜩 힘이 들어가자 해윤은 쪽지를 쉽사리 가져올 수 없었다. 그녀는 소리가 날 정도로 다행의 손가락 사이에 끼어진 종이를 힘주어 뽑아냈다.

"음…."

가사를 들여다보던 해윤은 빙긋 웃었다. 만족한다는 의미였다.

"약간 유치한 부분만 손 좀 보면 될 거 같은데, 이대로도 좋을 거 같네요. 무대에서만 잘하는 게 아니라, 싱어송라이터로서의 자질도 충분히 있고…."

해윤은 빨리 곡을 들어보고 싶은지 이제 받을 걸 다 받았으니 다행이 차에서 내려줬으면 하는 눈치였다. 하지만 다행은 계속 머뭇거렸다.

"더 할 말 있어요? 어차피 무대에서 검증은 했으니까 곡만 확인하고 바로 사무실로 연락 줄게요."

"저…."

"뭔데요?"

"궁금한 게, 그냥 무대를 끌어당기는 힘이 있다는 말이나 매력적이라는 말 이런 건 알겠는데 그거 말고 왜 그렇게 차정혁한테 관심을 가지는지 그게…."

"그게 궁금해요? 관심을 가지는 게 혹시나 흑심은 아닌지?"

다행이 차마 다 꺼내지 못한 말을 확실히 짚고 넘어가겠다는 듯, 해윤이 시원시원하게 입을 열었다.

"만일 흑심이라면… 그러니까 내가 사적으로 마음에 들어서 이러는 거라면 그쪽은 여태 있었던 거 다 없을 건가요?"

"그건…."

당연히 싫었다. 차정혁의 앞날을 위해서 기꺼이 감수해야함에도 불구하고 싫었다. 개인적인 관심으로 이렇게 적극적인 자세를 취하는 것이라면 그녀에게 주었던 USB와 가사를 도로 가져가버리고 싶었다.

"…제가 어떻게 할 수 있는 부분은 아니죠, 해윤 씨가 사적인 감정을 가지는 걸 떠나서 객관적으로 봐도 찾아오기 힘든 기횐데…."

"말은 그렇게 하면서 표정은 어디 지옥에 다녀온 사람 같은데요? 하하하."

해윤이 경쾌하게 웃으며 다행을 바라보았다. 그러나 그것도 잠시, 그녀는 미소를 싹 걷고 딱딱하고 도도한 얼굴로 입을 열었다.

“지금 우리나라 아이돌 시장이 얼마나 큰 줄 알죠? 그냥 가요시장도 아니고… 특정 장르의 음악도 아니고… 그냥 아이돌이라는 특수한 시장.”

다행은 해윤이 무슨 말을 꺼내려고 하는지 쉽게 감을 잡을 수 없었다. 그래서 잠자코 듣고 있었다.

“그런데 이 시장도 진짜 웃긴 게, 소수의 몇 안 되는 애들만이 시장을 독식 하고 있어요. 뭐, 나도 그 덕을 본 사람이니까 할 말은 없지만, 그래도 비정상적인 구조잖아요? 결국 독식하고 남은 10프로로 무풍지대 같은 중소아이돌이 파이 싸움을 해야 하는데, 거기에 차정혁 같은 애가 껴있으면 아깝다 이거죠. 누가 봐도 90프로 쪽 파이를 차지할 만한 능력을 가지고 있는데… 다른 떨거지에 껴서 급 떨어지게 있는 거, 난 그런 거 괜히 보기 싫더라고요.”

원론적인 말만 잔뜩 늘어놓은 해윤은 거기서 입을 다물었다. 다행은 그게 답이 아니라는 것을 본능적으로 알 수 있었다. 이유라고 했지만, 와 닿지 않았다. 단지, 그것뿐? 그 이유만으로 적선에 가까운 일을 한다고? 돈 놓고 돈 먹기라는 이 시장에서?

다행은 엄마가 늘 하던 이야기를 떠올렸다.

‘이유 없는 호의, 친절에는 늘 의심을 품어라’라는 말.

엄마가 아빠와 이혼을 한 후, 귀에 딱지가 앉도록 들어서였는지 해윤의 이야기가 도무지 납득이 가지 않았다. 그냥 자선사업 같은 프로젝트였으니까.

“말하는 게 뭔지는 알겠는데, 그래도 선뜻 이해가 되지 않네요….”

다행은 용기를 내서 다시 물었다. 어쩌면 해윤이 정혁의 곡과 가사를 이용해먹고 그를 버릴 수도 있을 거라는 생각까지 들었다.

해윤은 다행의 이야기에 작게 한숨을 내뱉었다. 그녀는 운전석 앞으로 고개를 돌려 멍하니 바깥을 바라봤다.

"무슨 답을 원하는지 모르겠지만, 내 진심을 알고 싶다 이거죠?"

"…."

"진짜 그 내막을 알고 싶어요?"

앞을 하염없이 바라보던 해윤은 천천히 고개를 돌리며 다행의 눈을 똑바로 쳐다봤다. 그녀의 눈빛에는 복잡한 감정들이 잔뜩 뒤엉켜 있었다.

***

"무슨 답을 원하는지 모르겠지만, 내 진심을 알고 싶다 이거죠?"

"…."

"진짜 그 내막을 알고 싶어요?"

다행은 운전석에 타고 있는 해윤의 얼굴을 조심스럽게 바라보았다. 그녀의 눈빛은 이글이글 타오르고 있었으나 어딘가 서글퍼보였다.

"내가 아이돌이니 파이니, 이런 이야기를 잔뜩 늘어놔서 이 여자가 무슨 꿍꿍이로 이러나 싶은 생각이 들었죠?"

다행은 고개를 작게 끄덕였다.

"내가 몇 가지 물어보고 싶은데, 묻는 말에 대답할 수 있어요?"

"무슨…."

해윤이 빙긋 웃으며 다행을 향해 몸을 돌렸다.

"아이돌 시장, 그러니까 우리나라 남자 아이돌 시장에서 아까 내가 이야기했던 90프로 이상의 파이를 나눠먹는 회사가 얼마나 되는 것 같아요?"

"그건…."

남자 아이돌 탑을 차지하고 있는 D-solve K 엔터, 그리고 K 엔터가 내놓는 아이돌의 분위기를 묘하게 벤치마킹해서 내놓는 워너비 엔터….

워너비 엔터와 K 엔터는 모종의 관계가 있다는 소문이 업계에 자자했다. 워너비의 메인 실장이 K 엔터 이사의 동생이라는 등의 그런 이야기 말이다. 즉 두어 개의 엔터가 시장을 독식하고 있는 형태였다.

"생각해보니 손가락에 꼽히는 몇 개를 제외하곤 거의 없다 싶죠?"

"그, 그렇네요…."

"그래서 PLAY같은, 그 틈에 낄 수 없는 엔터는 울며 겨자 먹는 심정으로 여자 아이돌을 꾸준히 내놨죠. 저도 그 틈에 껴서 몇 년간 무난하게 활동했었고, 그런데 매니저 씨도 그 정도는 알죠? 남자 아이돌이 가져오는 수익과 여자 아이돌이 가져오는 수익은 천지차이인 거. 그리고 그 둘이 활동할 수 있는 수명 차이도…."

해윤은 이야기를 하다말고 다시 크게 숨을 들이쉬었다. 그리곤 입을 열었다.

"그리고 다른 거 하나만 물어볼게요."

"무슨…."

"무풍지대 데뷔 무대… 그때 차정혁을 제외한 나머지 멤버들 무대 매너가 별로긴 했지만, 편집이 왜 그렇게까지 엉망이었는지 의심은 해봤어요?"

다행은 해윤의 질문이 끝나자마자 숨이 턱하니 막혔다. 그녀도 그 일에 대해 나름 의구심을 가지며 끝까지 알아보려 하던 참이었기 때문이었다.

"보통은. 그 정도로 인지도도 있고 퀄리티도 있는 프로그램에서 무대를 그렇게 개판으로 만들지는 않거든요. PD가 정신이 없는 사람이 아니고선… 절대 그렇게 안 해요. 특히 베스트뮤직25에선 신인도 고르고 골라서 데뷔시키기로 유명하거든요? 그런데 왜…?"

"자, 잠깐…."

다행은 머리가 터질 것만 같았다. 실마리가 풀리는 것 같았지만, 반대로 뭔가 듣지 말아야할 걸 들은 기분이었다.

"매니저 씨도 이미 그 정도 의문은 품고 있었나보네요, 하긴 그 정도도 생각하고 있지 않았으면 때려치워야지."

"…그래요, 그렇다고 해요. 그럼 해윤 씨 말대로라면 그 PD가 작당하고 무풍지대 무대를 악의적으로 편집했다, 이거네요."

"그게 아니라면 K 엔터가 개입했거나…."

"…네?"

"정말 최악의 경우는 라이언이 중간에서 그 짓을 부추겼거나…."

"네? 누구요?"

'라이언'이라는 말이 나오는 순간, 다행은 자신이 알던, 자신이 좋아하는 '그 사람'이 맞는지 확인하기 위해 해윤에게 반문했다.

"D-solve의 그 라이언."

"그, 그 분이 왜 여기서 나오는 거예요?"

다행은 당황해하며 말을 더듬었다. 그러자 해윤은 눈을 치켜뜨며 다시 앞 유리창으로 고개를 돌렸다.

"우리 PLAY엔터도 당해봤으니까, 그리고 내가 지독하게 당해봤으니까….”

***

다행과 정혁은 차 안에서 그들이 가야할 곳의 간판을 가만히 쳐다보았다. 위풍당당하게 서 있는 건물이 보였다. 여자 아이돌 그룹을 잘 만들기로 유명한 PLAY엔터 건물이었다. 해윤도 PLAY의 손을 거쳐 탑 아이돌이 된 후, 그룹해체와 함께 무사히 싱어송라이터로서 자리매김하는데 성공했다. 해윤 자체의 능력도 있었지만 PLAY의 기획력과 입김이 없었다면 불가능한 일이었다. 그렇게 자신의 입지를 다진 해윤은 PLAY에게 어마어마한 이익을 가져다주었다.

"너 진짜 대단하다 정말….”

해윤을 만나고 온 뒤로 이틀이 지난 후에 드디어 정혁은 사건의 전말을 모두 알았다. 해윤의 마지막 말이 '회사는 어차피 내가 하자는 대로 할 테니 3일 안에 연락 하겠다'였으니까…. 정말 그 말대로 됐다. 정혁은 무서울 정도로 화를 냈고, 다행을 철저하게 외면했다.

그런 정혁을 어르고 달래며 데리고 여기까지 오게 되었다. 건물에 들어가기 전, 정혁은 복잡한 얼굴로 다행을 쳐다봤다.

"그래, 내 잘못이야. 내가 내 멋대로 그랬어.”

"내가 알아서 한다고 그랬잖아! 그런데도 못 믿어?"

"믿어, 나는 언제나 널 믿는다고! 그런데 다음 기회는 언제 와? 언제 다음 기회를 노릴 건데?"

그녀는 애써 정혁의 시선을 모른 척 한 채 그의 말을 받았다.

"하….”

정혁의 미간은 펴질 생각이 없는 것 같았다. 무엇보다도 다행이 자신을 믿지 못해서 한 일이라고 판단한 듯 그녀에 대한 섭섭함과 서운함을 숨기지 않았다.

"나도 널 믿어, 정말이야. 그리고 네가 쓴 곡… 내 멋대로 손대서 정말 미안해. 너한테 해서는 안 될 짓 한 거 알아. 근데 이번 기회 놓치면 다음까지 너무 길어져. 알잖아? 이지이지에서 아무리 돈을 대주고 너희 부모님들이 푸시를 해준다 해도… 이 바닥은 결국 인맥과 마케팅이야. 체계가 잡히지 않은 곳에서…."

"그래서 내가 어떻게든 알아서 하겠다는 거잖아!"

잘 구슬리고 달래보려는 다행의 말을 끊으며 정혁은 포효하듯 화를 냈다. 그러자 다행도 더는 답이 없다는 듯 한숨을 쉬었다.

"어떻게 할 건데? 해윤과 콜라보 하는 거 말고 다른 답이 있어? 당장 무슨 대안이 있냐고."

다행은 이야기를 듣지 않으려는 정혁을 향해 애써 서러운 감정을 감추고 냉담하게 물었다. 질척거리며 감정을 드러내는 게 아마추어 같이 느껴졌다.

정혁은 분을 삭이지 못해 씩씩거리면서도 제대로 된 답을 하지 못했다. 딱히 괜찮은 대안도 다른 탈출구도 없는 게 현실이었다.

"현실적으로 판단하자, 제발."

"그렇다고 내가 무풍지대를 버리고 나 혼자 해? 나 혼자 잘 먹고 잘 살아 보자고?"

"그건 버리는 게 아니야, 이 바보야!"

최대한 이성적으로 말하고 또 말하려고 했던 다행이었다. 그러나 그녀도 결국 폭발하고 말았다.

"먼저 성공해서, 네가 어떻게든 살아남아서 다른 애들을 끌고 가야할 거 아니야! 넌 리더잖아, 그 정도도 감수 못하고 이 판에서 어떻게 아이돌을 하겠다느니 그런 소릴 하는 거야? 다른 연습생들은 이런 기회가 없어서 아쉬울 지경인데, 넌 진짜…."

말을 하다 보니 저도 모르게 울컥 가슴 속에서 뭔가가 치밀어 올랐다. 곰곰이 생각해보니, 무풍지대의 최대 약점이자 최대 단점은 다들 헝그리 정신이 부족하다는 것이 아닌가 싶었다.

다행의 질타를 가만히 듣고 있던 정혁이 안전벨트를 풀었다. 그녀가 원하는 대로 기꺼이 해주겠다는 얼굴이었다.

"너도 내려."

"뭐?"

정혁은 보조석에 앉아있던 다행을 덮치며 그녀의 안전벨트를 억지로 풀었다.

"작업은 둘이서 해, 난 매니저잖아. 거긴 내가 갈 자리가 아니야!"

다행은 가지 않겠다고 소리 지르며 정혁이 잡은 손목을 힘주어 비틀었다. 그러나 꽉 쥔 그의 손아귀에서 빠져나가기란 쉬운 일이 아니었다.

"날 성공시키려고 그랬다고 그랬지? 그럼, 끝까지 책임져. 어디에 가든 내 옆에 있고 무슨 일이 있든 날 지켜봐! 나한테 떨어질 생각 따위 죽어도 하지 마!"

"무슨 그런… 너 진짜 왜 이… 읍!"

정혁은 분이 풀리지 않는 듯 다행의 입술에 키스를 퍼부었다. 그녀는 그의 입술을 거부하듯 고개를 돌렸다. 그러자 정혁이 다행의 손목을 잡고 그녀의 얼굴을 고정시켜 빠져나갈 수 없게 만들었다.

"으, 으읏! 하지…."

"너도 네 멋대로 했잖아! 나 몰래 내 곡을 훔쳐서 그 망할 여자한테 갖다 줬잖아, 나도 내가 하고 싶은 대로 할 거야!"

찰싹!

다행은 남은 손을 겨우 들어 올려 정혁의 뺨을 쳤다. 그녀의 눈시울은 잔뜩 붉어져 있었다.

"그거랑 지금 이게 같아? 너 그 정도 밖에 안 돼? 도대체 왜 이렇게 꼬인 거야!"

다행에게 뺨을 얻어맞은 정혁은 정신 조금 든 듯 그녀의 손을 풀어냈다. 그의 얼굴도 붉게 상기되어 있었다.

"그 가사… 누구한테도 줄 생각 없었고 누구를 향해 부를 생각도 없었어. 오직, 너를 생각하며 쓴 거고 너를 생각하면서 만든 거야. 그걸 깬 건 너야, 그거 잊지 마."

"…."

정혁은 자신의 할 말을 끝내고 다시 다행을 향해 고개를 돌렸다. 놓았던 그녀의 손을 다시 굳게 잡았다. 정말 그의 말대로 일거수일투족을 다행과 함께할 생각인 것 같았다.

다행은 더는 정혁을 질타하지도 몸부림치지도 않았다. 이미 해윤이 정혁과 콜라보 하기를 원하는 '진짜 이유'를 들었을 때부터 어느 정도 각오하고 있었던 일이었다.

***

"시작 할까요?"

해윤은 자신만이 쓸 수 있는 개인녹음실로 정혁과 다행을 데리고 갔다. 그녀는 점점 자신의 의도대로 상황이 전개되는 것에 만족하고 있었다.

정혁에게 자신이 수정한 가사를 보여주었다. 그러자 정혁은 미간을 찌푸렸다. 해윤이 편곡한 곡 분위기 역시 마음에 들지 않은 것 같았다. 하지만 해윤은 정혁의 반응에도 전혀 아랑곳하지 않고 이런 식으로 밀고나가겠다는 의지를 보였다.

"같이 해보자고 말은 그렇게 해놓고 이건 뭐, 결정은 내가 할 테니 넌 따라만 오라는 식이잖아."

그가 불만스럽게 탁자 위를 두드렸다. 이대로는 자신이 원하는 방향으로 갈 수 없다고 생각한 듯 적개심을 드러냈다.

"난 이게 좋은데? 그리고 솔직히 가사도…."

"가사는 절대 안 돼, 절대!"

해윤은 기 싸움에서 밀릴 생각이 없었다. 하지만 가사에 대해 언급하는 순간, 정혁의 얼굴이 싸늘하게 바뀌었다.

"곡 분위기, 그래 네 멋대로 바꾸는 거 까진 일단 두고 보자 이거야. 근데 가사? 가사 건드렸다간 나 너랑 이 더러운 작업 안 해."

살벌하게 말하는 정혁의 태도에 다행은 그를 말려야할지 말아야할지 좌불안석의 상태였다.

-이게 내 마음이니까, 백번을 말해도 천번을 글로 써도… 너는 모르니까.

-그 가사… 누구한테도 줄 생각 없었고, 다른 누구를 위해서 부를 생각도 없었어. 오직, 너를 생각하며 쓴 거고 너를 생각하면서 만든 거야.

다행을 위해 쓴 그 가사를 바꿀 생각은 손톱만큼도 없었다. 다행은 그를 더 잘 알기에 이 상황을 어떻게 해결할지 난감했다.

그러는 동안 해윤이 정혁 앞으로 다가왔다.

“너, 몇 살이야?”

“…그건 왜?”

“빨리 대답해, 너 몇 살이기에 말꼬리를 어디 갖다 팔아먹고 그렇게 짧게 말 해?”

해윤은 정혁 앞에 성큼 다가가서 그의 얼굴을 향해 삿대질을 했다. 관리를 잘 받은 날카로운 손톱이 불빛에 반짝거렸다.

“스물 하나, 왜?”

“이게 진짜….”

해윤은 정혁을 가리키던 손가락을 말아 감고 주먹을 들어 올리는 시늉을 했다.

“나보다 어린 주제에, 확!”

정혁은 어이없다는 표정으로 해윤을 가만히 바라봤다. 기가 막혀 코웃음을 쳤다. 정혁의 코웃음 치자 해윤도 민망했던지 괜히 한쪽 입 꼬리를 올리며 슬쩍 미소를 지었다. 둘 사이의 긴장이 자연스럽게 풀리며 어색하던 공기가 걷히자 생각보다 좋은 그림이 나왔다.

녹음실 소파에 떨어져 앉아있던 다행은 둘 사이에 흐르던 분위기가 미묘하게 바뀌자 씁쓸했다. 괜한 생각이라는 걸 알고 있었지만, 그래도 다른 여자와 붙어있는 정혁의 모습이 낯설었다.

그런 다행의 속을 읽기라도 한 듯 정혁은 다행을 향해 곁눈질을 하더니 다시 자세를 고쳐 앉았다.

“그래도 안 돼, 가사는. 그쪽이 나보다 연장자건 선배건 간에.”

"그래?"

해윤은 다행이 보란 듯이 정혁을 향해 잠시 손짓했다.

정혁은 어리둥절한 눈으로 쳐다볼 뿐이었다. 해윤은 그런 그의 반응이 답답하다는 듯 소리쳤다.

"아우, 잔말 말고 녹음실에 잠깐 들어와!"

"뭐?"

아직 곡의 분위기나 컨셉을 정하지도 않았는데 대뜸 녹음실로 들어오라는 해윤의 말에 정혁은 어이가 없었다.

"빨리!"

닦달하는 해윤 때문에 정혁은 일단 다행을 잠시 쳐다보다가 어쩔 수 없이 녹음실로 들어갔다. 다행은 작업실 한편에 놓인 소파에 앉아 잠자코 지켜보았다. 자꾸만 속이 탔다. 도대체 해윤이 왜 저러는 건지 이해할 수 없었다.

'나한테 이야기했던 걸 들어보면, 해윤 씨는 사심 같은 거 없을 텐데….'

정혁을 끌고 들어간 해윤은 다행을 향해 슬며시 웃으며 녹음실 문을 닫았다. 다행의 눈동자가 불안하게 흔들렸다.

***

"너, 저 여자애 좋아하지?"

"뭐?"

녹음실에 들어오자마자 해윤은 정혁의 옆구리를 쿡 찔렀다.

"미쳤어? 왜 이래?"

해윤의 능글맞은 행동에 정혁은 기겁을 하며 그녀를 쳐다봤다.

"맞잖아, 밖에 있는 매니저 좋아하는 거."

"황당한 소리 하지 마, 정말…."

정혁은 급히 얼굴을 붉혔다. 해윤에게 자신의 마음을 들킨 것 같아 어쩔 줄 몰라 했다.

"야, 내가 척하면 척이야. 니가 가사 포기 못한다는 것도 매니저 쟤 때문이지?"

해윤은 눈을 가늘게 떴다. 정혁에게 이제쯤 인정해라는 듯.

"맞아, 근데 걘 아니야."

"그게 무슨 말이야?"

해윤이 눈을 동그랗게 뜨며 물었다.

"나는 좋아서 미칠 거 같은데, 매니저는 아니라고."

정혁의 대답에 해윤은 다시 뭔가를 가늠하는 듯 눈을 가늘게 떴다.

"음, 아닌 거 같은데…."

해윤은 고개를 갸웃거렸다. 정혁의 일방적인 짝사랑이 절대 아니라는 확신이 있었다.

"어쨌거나, 왜 부른 거야?"

정혁은 짜증 가득한 얼굴로 해윤을 바라봤다. 그러자 해윤은 정혁을 뚫어져라 쳐다보면서 입을 열었다.

"웃어."

"뭐?"

"웃으라고 이 자식아."

"너 진짜 돌았어?"

"지금 밖에 있는 매니저 짝사랑한다며? 그럼 날 보고 웃으라고."

"뭔 소리야, 이게 진짜."

정혁은 해윤이 계속 장난치고 있다고 생각했다. 그는 그녀의 장난질에 휘말리기 싫다는 듯 고개를 흔들며 녹음실을 나가려고 했다.

"짝사랑 한다며, 그럼 저쪽도 확실하게 알려줘야지."

"이미 신경 안 써도…."

해윤은 갑자기 정혁의 어깨에 머리를 기댔다. 정혁은 화들짝 놀래며 그녀의 머리를 어깨에서 빼내려고 했으나 해윤은 돌처럼 쉽게 움직이지 않았다.

"야! 너 미쳤어? 지금 뭐하는 거야?"

"어휴, 이 멍충아! 녹음실 밖에 니 매니저 얼굴 한 번 봐라. 시퍼렇게 질렸네."

"저건…."

"짝사랑이라고? 웃기지도 않아."

해윤의 밀어내려고 하던 정혁은 녹음실 밖에 있는 다행을 얼굴을 눈으로 확인했다. 다행은 소파에서 벌떡 일어날 정도로 당황해하고 있었다.

"좀 더 매니저 반응 알고 싶어? 그럼 나한테 어디 키스라도 해봐, 히히."

해윤의 장난이 갈수록 심해지자 가만히 있던 정혁이 작게 한숨을 내쉬었다.

밖에 그들을 지켜보던 다행은 새파랗게 질려 어쩔 줄 몰랐다. 도대체 해윤이 진짜 원하는 게 뭔지 알 수 없었다. 3일 전 자동차 안에서 이야기했던 자신의 의도, 그 의도와는 전혀 관계없는 짓을 일삼고 있었다.

"도대체 뭐하는 짓이야…."

다행은 당장이라도 녹음실 안으로 뛰어 들어가고 싶었지만 행여나 일이 어그러질까봐 꾹꾹 누르며 애써 모른 척 했다.

***

녹음실에서 당혹스러운 장면을 목격한 다행은 뭐라 반응할 수 없었다.

잠시 후, 아무렇지도 않게 나오는 해윤 뒤로 죄진 사람 마냥 다행의 눈치를 보며 정혁이 녹음실에서 나왔다. 둘은 어색하게 아무 말도 하지 않았다. 해윤은 그 모습을 보며 비웃었다.

본격적으로 컨셉 논의를 하던 와중에도 다행은 둘을 몰래 번갈아 봤다. 무슨 일이 있었는지 묻고 싶었지만, 이미 정혁을 정리하자고 결심한 터라 참고 또 참았다.

"네 맘대로 바꾼 컨셉, 너무 맘에 안 들어. 이런 식으로 할 거면 나랑 콜라보는 왜 하자고 한 거야?"

편곡 담당자와 함께 해윤이 잡은 컨셉을 듣던 정혁이 또 짜증을 냈다. 해윤은 그의 불만을 수용할 생각이 없는 것처럼 눈을 깜빡거렸다.

"맞아, 넌 힙합 쪽 색깔이 너무 강해. 근데 내 쪽으로 따라오는 게 대중한텐 더 먹혀. 내 말 들어!"

해윤이 확신하듯 말하자, 정혁은 절대 그렇겐 못하겠다고 못을 박았다.

"안 돼, 이런 식으로 할거면 내 곡이랑 내 가사가 왜 필요해?"

“Parallel love 이거 좋아, 그리고 저음의 목소리도 좋고. 그런데 넌 왜 대중성은 왜 고려를 안 해? 상품으로서의 가치도 생각해야지.”

가만히 듣고 있던 다행은 해윤의 말에 일리가 있다고 생각했다. 정혁의 스타일을 무시하는 게 아니었다. 단지 해윤과 함께 곡을 내기엔 장르도 부르는 가수의 컨셉도 맞지 않았다. 미묘하게 불협화음을 이루고 있었다.

“대중성? 넌 싱어송라이터로서 자존심도 없어?”

정혁은 해윤의 말을 여전히 수긍 못하겠다는 듯 되받아쳤다. 그러자 해윤은 말이 안 통한다는 표정으로 한숨을 쉬었다.

다행은 그런 정혁이 안타까웠다. 심보가 글러먹은 것도 아니고 나쁜 것도 아닌데 가끔 자기와 의견이 안 맞으면 이상하게 고집을 부리곤 했다.

“흠흠….”

다행은 작게 헛기침을 했다. 정혁은 다행이 뭔가 할 말이 있는 것처럼 목을 가다듬자 어색한 눈으로 그녀를 바라보았다. 해윤이 둘을 자세히 관찰하고 있다는 사실도 잊은 채.

“왜, 무슨 일 있어?”

“아니, 그런 게 아니라… 내가 음악에 조예가 깊은 것도 아니고, 그냥 대중가요나 즐겨듣는 입장이긴 한데….”

“끝까지 말해 봐요.”

해윤은 다행의 이야기에서 해결책을 찾으려는 듯 그녀를 재촉했다. 다행은 조금 민망한지 어색하게 웃으며 말을 이었다.

“왠지 차정혁이 매니저 말은 들을 거 같으니까 얼른 해봐요, 내 기대에 어긋나지 않았으면 좋겠네.”

해윤은 부탁인지 협박인지 알 수 없는 말을 던졌다. 그러자 정혁은 그녀를 노려보고는 다시 다행에게 시선을 고정했다.

"어, 음… 정혁이 너한텐 좀 미안하지만 해윤 씨 말이 맞는 거 같아."

"뭐?"

"아, 말이 통해서 너무 좋다."

녹음실 안의 세 명은 제각기 하고 싶은 말을 내뱉었다. 그러다보니 그 꼴이 좀 우스꽝스러웠다.

"왜? 저 여자 말이 왜 맞다 고 생각하는 건데?"

"어, 그러니까…."

다행은 정혁이 따지자 당황했다.

"천천히 느끼는 대로 말해줘요, 그게 대중의 입장일 테니까."

해윤이 싱긋 웃으며 다행이 말을 할 때마다 공감과 만족을 드러냈다. 그럴 때마다 정혁은 잔뜩 약이 올라서 해윤을 노려봤다.

"네가 쓴 원곡도 좋은데… 확실히 힙합 느낌이 강해서 가사랑 안 맞는 느낌이라고나 할까… 가사는 좀 더 애절한 느낌인데… 그에 비해서 비트가 너무 강해. 해윤 씨가 미디엄 템포로 바꾼 게 듣기엔 더 말랑말랑하고 좋아. 그냥, 이건 내 개인적인 생각이야."

"…."

정혁은 자신이 쓴 곡에 대한 프라이드 때문에 굽힐 생각을 쉽사리 할 수 없었다. 그래도 다행의 이야기에 어느 정도 수긍한 듯했다.

"아, 몰라! 멋대로 해라, 해!"

"그리고, 한 가지 더 이야기하고 싶은데…."

다행은 한 마디 더 보탰다. 조금 더 미안한 표정으로.

"정혁이 네 비중을 조금 줄여서 콜라보 보다는 피처링 수준으로… 그리고 해윤 씨 노래가 더 메인으로 가는 게 좋을 거 같아. 그게 듣기도 좋고, 또 저음의 네 목소리가 신비감? 같은 걸 줘서 사람들의 호기심을 자극하거든. 그래서 그 쪽으로 가는 게 어떨까 싶어. 그, 근데 이건 내 개인적인 생각이니까 너무 신경 쓰지 마…."

다행이 정혁을 설득시키는 걸 넘어 나름대로의 방안을 내놓자, 해윤이 기분 좋게 웃었다.

"내가 지난번에 매니저 씨 모자라다고 말한 거 취소할게요. 지금 이야기한 거 괜찮네, 좋아!"

해윤의 칭찬을 받아서 기분이 좋기도 했지만 떨떠름한 얼굴로 못내 수긍하는 정혁을 보자 마음이 착잡해졌다. 하지만 조금 전 녹음실에서 있었던 일을 생각하면 괜히 녀석이 미웠다. 이 들쭉날쭉 하는 마음을 어떻게 잠재워야 할지 몰라 서글펐다.

'내가 생각한 방식이 먹히지 않으면 어쩌지, 그러면 정말 해윤의 서브노릇이나 하다가 끝날 수도 있을 텐데….'

콜라보가 아닌 피처링으로 곡을 진행시킨다면 정혁의 입지는 좁아진다. 해윤만 이득을 보게 될 수도 있었다. 결국 정혁의 곡만 뺏기는 결과가 된다면, 그걸 원한 게 아닌데….

말을 꺼내놓고도 자신이 괜한 이야기를 한 것 같았다. 하지만 문득 해윤이 자신에게 했던 이야기가 떠올랐다. 만약 그 이야기가 거짓이 아니라 진짜라면, 해윤이 생각하는 큰 그림이 바로 그 때문이라면. 일단은 그녀를 믿고 가기로 마음먹었다.

자신이 만든 곡의 분위기자체가 통째로 바뀐 것도 모자라 피처링을 하는 걸로 대충의 포지션이 정해지자 정혁은 꽤나 난감하다는 얼굴을 했다. 이러려고 콜라보에 응한 게 아니었는데 라는 생각이 얼굴에 적나라하게 드러나 있었다. 문제는 포지션을 정하는데 아이디어를 낸 것이 다행이라는 점이었다.

"으음…."

다행은 자신이 쓴 가사를 다시 훑어보던 정혁 옆에 조심스럽게 다가갔다.

"내가 쓸데없는 이야기 했지? 미안해…."

조심스럽게 말하는 다행을 향해 정혁은 고개를 흔들었다.

"무슨 소리야, 내가 생각해도 좋은 아이디어야. 운에 맡겨야만 하지만… 만약에 곡이 좋아서 뜨기만 한다면, 신비감 조성하는 거 나쁘지 않은 거 같아. 문제는 곡이 떠야 한다는 건데…."

"미안해, 내가 오지랖 부려서."

해윤이 녹음실 엔지니어와 컨셉을 맞추는 동안 괜히 의기소침해져 정혁의 눈치를 살폈다. 하지만 그는 오히려 먼저 말을 걸어줘 고맙다는 눈빛을 보냈다. 조금 전 녹음실에서 이상한 짓을 하고 나와 내심 다행에게 죄진 기분이었다. 다행의 눈동자가 흔들리는 걸 모조리 다 보았다. 그럼에도 왜 말이 쉽게 나오지 않았는지 자책 중이었다.

정혁은 탁자 아래로 손을 내려 그녀의 손을 꼭 잡았다. 다행은 당황한 나머지 얼굴이 붉어졌다. 그녀의 표정을 본 정혁은 손가락을 세워 조용히 하라는 신호를 보내자 다행은 벌어진 입을 다물었다. 자연스럽게 아무 일도 아닌 것처럼 행동했지만, 둘만이 공유하는 묘한 공기를 해윤에게서 숨길 수 없었다. 누군가가 말했듯이 가난, 기침 그리고 사랑은 숨기려 해도 숨길 수 없었으니까….

그 둘을 잠시 바라보던 해윤은 그제야 정혁이 그 난리를 쳤던 게 이해가 갔다. 그가 왜 자신의 가사를 다른 사람에게 쉽게 주지 않으려고 버텼는지도 알 것 같았다. 해윤은 둘을 보며 작게 웃었지만 안색은 어두워졌다. 뭔가를 떠올리듯 불안하게 둘을 바라보았다.

녹음실 세팅을 끝내자 해윤은 차정혁에 손짓하며 들어오라는 신호를 보냈다. 정혁은 고개를 끄덕였다. 들어가기 직전 그는 다시 다행의 손을 꼭 잡았다. 테이블 아래에서 남모르게 잡은 손 때문에 다행은 차마 녹음실 쪽으로 고개를 들고 볼 수 없었다.

녹음실로 들어간 정혁이 자신의 파트를 녹음하는 동안 해윤이 나와 조심스럽게 다행 옆으로 다가왔다.

"지난번에 차에서 했던 이야기 기억나죠?"

해윤이 갑작스럽게 말을 걸자 다행은 당황했다. 하지만 그게 무슨 의미인지 알기에 고개를 작게 끄덕였다.

"둘이 그렇고 그런 사이라는 거 알겠는데, 되도록 티는 내지 마요. 이 바닥에서 연애는 진짜 독이라는 거 알죠?"

"네?"

다행은 그녀가 그토록 빨리 눈치 챌 거라고 예상하지 못했다. 얼굴은 붉어질 대로 붉어졌다. 차마 고개를 들지 못하고 다행은 해윤의 눈을 피했다.

"…그, 그게…."

"차라리 인기 많은 여자연예인하고 얽히기라도 하면 재 이름이라도 띄우는데… 매니저랑 정분났다고 하면, 아휴! 그건 더 더럽게 얽혀…."

해윤이 다행의 속내를 긁듯 차갑게 이야기했다. 그러나 다행도 이를 악물고 그녀의 말을 받아쳤다.

"…아니에요, 그런 거 절대 아니에요!"

다행은 속에서 울컥 솟아오는 뜨거운 것을 가까스로 삼키며 해윤을 노려보았다.

"내가 뭐라고 하는 건, 일반적인 이야기가 아니라고요. 나도 남 연애하는 거 관심 없어. 그런데 재를 띄우고 싶고, 재 앞길 막고 싶지 않으면… 빌미를 만들지 마요."

"…."

"베스트 뮤직 25에서 당할 만큼 당했잖아요, K 엔터나 라이언이 다른 기획사 출신들 골로 보내버리는 방식 중에서 제일 좋아하는 게 뭔지 알아요? 바로 매니저 씨랑 저기 저 자식처럼 비밀 연애하는 거, 비밀로 하면 모를 줄 알죠? 사람까지 써가며 다 알아내요. 그걸로 목줄 잡아 흔드는 거죠."

"…."

D-solve의 '라이언'이라는 소리를 들을 때마다 가슴이 철렁 내려앉는 것 같았다.

해윤의 경고가 사실이라면, 진짜 라이언이 그런 짓을 하고 다는 거라면, K 엔터가 계획적으로 훼방을 놓는 것이라면…. 그렇다면 다행이 과거 D-solve의 열성 팬이었다는 사실을, 심지어 라이언의 개인 팬 페이지 운영자였다는 사실을, 어떻게 말해야할지 눈앞이 캄캄해졌다.

그리고 일주일 후, 해윤은 기습적으로 미니앨범을 공개했다.

메인 곡은 당연히 정혁과 함께 작업한 Parallel love였다. 새벽에 공개한 앨범은 순식간에 스트리밍 사이트인 '뮤직 박스' 앨범 차트 1위를 찍었다. 시간이 꽤 지난 후에도 해윤의 미니앨범에 담긴 수록 곡 4곡은 차트 10위 안에 계속 머물렀다.

특히 Parallel love는 1위를 찍으며 지붕에서 내려올 생각을 하지 않았다.

제 8화
한낮의 꿈

"이야, 내 이럴 거라 예상했다! 하하하. 아이고, 이제야 숨이 좀 쉬어지네!"

스트리밍 사이트 '뮤직 박스'의 지붕을 연일 찍고 있는 Parallel love 때문에 이지이지 사장은 기분 좋은 웃음을 터뜨렸다. 갑작스러운 사장의 호출에 다행은 잔뜩 긴장했으나, 싱글벙글 미소를 거두지 않는 사장의 얼굴에 마음 속 깊은 곳에서 안도했다.

"일이 잘 풀려서 다행이네요…."

한 달이나 시간을 줬지만, 베스트 뮤직 25 사건을 해결하지 못한 다행은 지레 불안을 느꼈다. 만기일이 하필 오늘이었던 것이다.

'베스트 뮤직 25 이야기를 꺼내면 어쩌지? 해윤 씨 말처럼 라이언과 K 엔터가 개입되었다고 이야기해야하나?'

다행은 여전히 불안한 기색을 숨길 수 없었다. 사장의 입에서 자신을 질책하거나 추궁하는 이야기가 나올까 두려웠다.

"어이, 김다행 씨! 우리 매니저!"

"네, 네?"

"아니, 뭘 그렇게 쫄고 그래?"

"그게…."

베스트 뮤직 25 건을 말해야 할지 말아야 할지 고민하던 순간, 사장이 먼저 입을 열었다.

"오늘 부른 건, 내가 칭찬하려고 그런 거야."

"네?"

자신에게 채찍이 아닌 당근을 준다는 소리에 다행은 눈이 휘둥그레져 사장을 바라보았다. 사장은 연신 싱글벙글 웃으며 리모컨을 찾았다.

"해윤 씨한테 들었어, 정혁이 그 나쁜 자식이 안 한다고 퇴짜 놓은 거, 다행이 니가 가서 겨우 설득시켰다며? 껄껄, 아이고! 이제야 돈을 좀 돌려받은 기분인데?"

"아, 네…."

사장의 이야기에 다행은 한시름 놓으며 어색하게 웃었다. 하지만 뒤에 무슨 이야기가 나올지 몰라 어색하게 서서 사장실을 둘러볼 뿐이었다. 사장이 쥐고 있던 리모컨 버튼을 꾹 눌러 TV를 켰다.

"오늘 너도 칭찬할 겸 해윤 씨 미니앨범 기자회견이 있다고 해서 한 번 보려고. 하하하, 이 참에 무풍지대 녀석들도 하나같이 빵! 떠야하는데."

사장은 채널을 돌려가며 기자회견이 나오는 채널을 찾기 위해 애를 썼다. 하지만 채널을 찾기가 쉽지 않아 신경질적으로 버튼을 눌렸다. 그러자 다행이 다가가 조심스럽게 손을 내밀었다. 다행의 행동이 리모컨을 달라는 뜻을 의미한다는 걸 알자 사장은 헛기침을 몇 번 하더니 리모컨을 내밀었다. 다행은 연예프로그램 채널 몇 개를 돌리더니 해윤이 나오는 곳을 정확하게 틀었다.

"어, 그래!"

해윤의 얼굴을 보자마자 사장이 환호성을 터뜨렸다.

"이야, 역시 해윤이야!"

다행은 자신과 처지가 180도 다른 해윤의 모습을 보며 씁쓸하게 웃었다. 그랬다, 실물에서도 광채가 날만큼 예쁜 해윤은 TV 속에서도 요정 같았다.

[이번 앨범 컨셉은….]

해윤은 일주일 전 기습 발표한 미니앨범에 대한 설명을 하는 중이었다. Milky Way 때부터 말 잘하고 센스 있기로 유명한 그녀다운 모습이었다.

[솔로로 나오고 나서 주로 발라드 쪽으로 그리고 좋은 뮤지션들의 도움을 받아 그동안 안정적으로 활동해왔습니다. 그래서 이번에….]

이번 미니앨범의 색깔은 기존에 활동하던 해윤의 스타일과는 확실히 달랐다. EDM이 주축이 된 실험적인 음악뿐만 아니라 여러모로 색깔을 달리해서 시도하려는 노력이 보였다. 특히, 정혁과 함께 작업한 Parallel love는 가벼운 팝 발라드 장르로, 나른한 매력을 가진 해윤의 보이스와 중간 중간 묵직한 정혁의 랩이 잘 어우러졌다는 평가를 받았다.

다행은 자신이 잘한 일을 한 거라고 스스로 계속 되뇌었다. 정혁만 일단 뜬다면 무풍지대도 다음이라는 기회가 있을 것이었다.

하지만 어째서 일까… 해윤과 작업했던 상황, 그리고 결과물. 이 모든 것이 그저 마음에 걸리고 섭섭했다. 정혁이 자신을 향해 썼던 가사였는데, 그래서 누구에게도 주고 싶지 않다고 고집을 부렸었는데…. 해윤이 정혁에 대해 털끝만큼도 사심이 없다는 걸 알면서도 우울했다.

[질문 받겠습니다.]

해윤이 마이크를 잡은 채 나지막이 이야기했다. 미니앨범에 대한 소개를 대충 끝낸 것 같았다.

"…제발 정혁이에 대한 것이 나와야 할 텐데…."

사장은 긴장되는지 침을 한번 꿀꺽 삼키고 뚫어져라 화면을 쳐다보았다. 아니나 다를까 기자 중 누군가가 앨범에 관한 감상을 대략적으로 말하더니, 피처링을 한 래퍼에 대해 물었다.

[신인입니다.]

해윤은 가볍게 미소를 지으며 깔끔하게 대답했다.

[PLAY 엔터에서 미는 신인입니까?]

기자가 해윤의 답에 연이어 묻자, 해윤이 고개를 가로저으며 짓궂은 표정을 지었다.

[아뇨, 저희 엔터에서는 남자 아이돌을 신인으로 내놓았다가 쓴맛을 몇 번 봐서… 대표님, 이렇게 대답해도 저 안 미워하실 거죠? 하하하.]

해윤은 기자의 물음에 대답을 끝낸 후 경쾌하게 웃었다. 그러자 자리에 있던 PLAY 관계자와 좌중이 작게 웃었다. 하지만 해윤의 대답은 도리어 더 궁금증을 낳았다.

[같은 소속사도 아니면 어떤 신인인가요? 앨범에 MPJD라는 표시만 있을 뿐, 다른 정보가 없어서 더 궁금하네요.]

[음….]

TV속의 해윤은 어떤 대답을 해야할 지 난감해 하고 있었으나 다행은 알고 있었다. 그녀가 지금 상황을 즐기고 있다는 걸.

[말씀해주세요, 누굽니까?]

다른 테이블의 기자가 해윤에게 덧붙여 질문하는 것 같았다. 그 기자가 이야기를 꺼내자 다른 사람들도 웅성대기 시작했다. PLAY 관계자들은 해윤의 표정을 확인했다.

"어이, 매니저. 어떻게 될 거 같아? 우리 정혁이에 대해서… 어떻게 이야기할 거 같아?"

사장은 TV에 빨려 들어갈 듯이 집중했다. 그는 해윤이 다음 질문을 어떻게 받아칠지 잔뜩 기대하며 그녀를 바라봤다.

해윤은 바로 대답을 하지 않았다. 그런 그녀의 태도가 더욱 논란을 불러일으켰다. 엔터 관계자들은 해윤이 왜 그렇게 행동하는지 몰라 난감하다는 표정을 지었고 그 자리에 참석한 기자들은 계속해서 웅성거렸다. 사회자는 해윤이 답이 없자 눈치껏 이 상황을 정리하기 위해 마이크를 들었다.

[하하, 여러분. 해윤 씨가 미니앨범도 기습적으로 발표했던 것처럼 같이 작업한 분 역시 기습적이고, 이벤트적인 성격으로….]

그때였다. 한참을 뜸들이던 해윤이 눈을 반짝이며 사회자의 말을 가로막고 대답했다.

[제가 개인적으로 반한 사람입니다.]

"컥, 커컥! 콜록…."

해윤의 이야기가 끝나기 무섭게 TV를 보던 사장이 숨이 넘어갈 정도로 심하게 기침을 했다. 밖에 있던 가드가 급히 뛰어 들어와서는 다행을 죽일 듯이 노려보자 사장이 손사래를 쳤다.

"아무 일도 아니니까 빨리 나가, 어서!"

급박히 돌아가는 상황에서도 다행은 해윤의 이야기에 넋이 나간 채 그 자리에 못 박힌 듯 서 있었다.

'개인적으로 반한 사람이라니….'

해윤은 정혁에게 사심이 없다고 분명히 말했다. 정혁의 무대를 보고 멋있었다고, 그래서 같이 작업해보고 싶었다고, 그것뿐일 것이다. 아니, 그렇게 믿고 싶었다.

그러는 동안 기자회견은 계속 진행되고 있었다.

[그럼 연인입니까?]

[아뇨, 저 혼자 좋아하는 거니 연인은 아니죠! 하하, 하지만 제가 먼저 작업하자고 프러포즈 할 정도로 멋있고 능력 있는 사람입니다.]

해윤의 대답이 갈수록 가관이었다.

"콜록콜록, 매니저… 내가 모르는 사이에 차정혁 그자식이랑 해윤 씨랑 무슨 일 있었냐?"

"아니요…."

여전히 넋 나간 얼굴로 TV를 멍하니 바라보던 다행은 순간 현기증을 느꼈다.

여태까지 계속해서 정혁의 마음을 밀어냈었다. 하지만 다른 여자, 그것도 아이돌 출신의 국민 여동생… 자신과 비교할 수 없이 잘난 여자가 정혁을 좋아한다고 공개적으로 고백하자 마음이 무너져 내리는 것 같았다.

'왜지? 어째서….'

"차정혁 그 새끼는 이 상황을 아냐? 정말, 둘이 무슨 일이 있었던 거야?"

사장은 급히 탁자에 있던 냉수를 벌컥벌컥 들이키며 이마를 짚었다.

"하, 이걸 의원님께…."

사장은 뭔가를 말을 하려다 입을 굳게 닫았다. '의원님'이라는 말에 다행은 사장을 향해 시선을 돌렸다.

'의원님?'

아마도 정혁의 조부를 말하는 것 같았다. 다행은 그날 있었던 일에 대해서도 사장이나 정혁에게 묻고 싶은 게 많았다. 하지만 그럴 타이밍이 아니라 걸 알았다. 머릿속이 복잡한 다행을 두고 사장은 약간 지친 얼굴로 리모컨을 버튼을 눌러 TV를 꺼버렸다.

"어이, 매니저! 넌 이 상황에 대해 어떻게 생각해?"

"정말 전 하나도…."

울컥해서 말을 더 잇지 못했다. 그냥 자신이 초라했다. 정혁이 자신을 좋아한다고 구걸하듯 이야기할 때, 그때 받아줬어야 했나 싶은 생각이 들었다. 아니면, 아직 자신도 정혁에 대한 마음에 확신이 없는 상태에서 해윤의 공개고 백을 듣고 마음이 변한 건가… 하는 생각마저 들었다.

'내가 가질 수 없으니 아까운 건가….'

뭐가 됐든 초라한 건 마찬가지였다.

"저도…어떻게 된 상황인지 정확하게 모르니까… 숙소로 가서 알아보겠습니다."

다행은 대충 얼버무렸다. 이지이지 사장 역시 알겠다는 듯 손짓으로 나가라는 신호를 보냈다. 다행은 빠르게 사장실을 나가려고 했다. 그때, 사장이 갑자기 그녀가 나가는 것을 막았다.

"아, 잠깐!"

다행은 나가다 말고 사장을 향해 고개를 돌렸다.

"내가 널 부른 건 그거 때문이 아니야. 그… 김대호, 그 새끼를 봤다는 놈을 찾았다."

***

숙소 거실에서 해윤의 기자회견을 보던 무풍지대 멤버들은 모두가 할 말을 잃었다.

"저게 무슨 말이야? 개인적으로 반한 사람이라는 게… 차정혁 너 맞지?"

정적을 깬 것은 상현이었다. 그는 정혁이 있는 쪽을 쳐다봤다.

"나도 몰라, 도대체 어떻게 된 건지…."

정혁역시 황당한 얼굴로 화면을 봤다. 그의 표정에 태영은 전에 없던 심각한 얼굴을 했다. 그런 표정은 다른 멤버들도 처음 봤다.

"지금 이 상황, 이 사태, 그리고 앞으로의 일… 전부 책임질 자신 있냐?"

태영이 정색 하며 말하자 해욱은 그를 말렸다.

"박태영, 말을 왜 그렇게 하냐? 솔직히 정혁이가 해윤 씨랑 콜라보 하기로 결정한 것도 전부 그룹 띄워보려고 하는 거잖아."

"그러니까, 내 말은 진짜 그렇게 희생하듯이 한 게 맞는 건지 묻는 거잖아. 그냥 저 계집애랑 재미 보려고, 잰 체나 하려고 한 거 아니야?"

평소의 태영 답지 않은 말투와 단어 선택에 상현 역시 당황한 얼굴로 그를 말렸다.

"야, 박태영 너 왜 이래! 방금 니가 한 말은… 너답지 않잖아. 왜 그래…."

그랬다. 오랫동안 알고 지낸 그들의 입장에서 지금 태영의 모습은 그 답지 않았다. 그만큼 태영은 마음도, 모습도 변하고 있었다.

태영 스스로도 자신이 왜 이렇게 화를 내고 있는지 이해할 수 없었다. 매너하면 박태영이었는데… 그건 멤버들조차도 모두 인정하는 사실이었는데, 이렇게 급 떨어지는 말을 했다는 게 자신도 당황스러웠다. 단지, 김다행. 매니저라는 그 여자를 생각하면 차정혁을 치고 싶다는 생각이 들었다.

"넌 그럼 넌 내가 어떻게 해줬으면 좋겠어? 어? 뭘 바라서 그따위로 말하는 건데."

정혁이 태영을 노려봤다. 태영은 정혁의 대꾸에 한참동안 그를 응시했다. 거실에 또 정적이 흘렀다.

사실 그들은 알고 있었다. 지금 태영이 왜 그렇게 화가 난 것인지, 그리고 태영을 왜 강하게 말리지 못하는 것인지… 얽히고설킨 감정의 중심에 바로 다행이 있기 때문이라는 걸 어렴풋이 알고 있었다.

"내가 뭘 바라는지 분명하게 이야기하면 넌 그대로 할 거냐?"

얼어붙은 공기를 깨고 태영은 다시 천천히 정혁을 바라보며 이야기했다. 그 말은 거의 협박에 가깝게 들렸다.

"뭐 하자는 건데, 지금. 내가 왜 네 말대로 해야 하는 건데?"

정혁 역시 자리에서 벌떡 일어나 태영 앞으로 다가갔다.

"뭘 바라는지 이야기하라며, 나도 이제 더 이상 니가 멋대로 하는 거에 장단 맞추기 힘들다. 정말."

언성을 높인 적이 거의 없던 태영이었다. 다들 다행의 이름이 나오지 않길 조심하고 있는 상황에서 태영이 먼저 정혁에게 화를 내자 분위기는 더욱 얼어붙었다.

"야야, 이러지 말자. 박태영! 어?"

"장단? 누가 맞춰달라고 그랬냐? 누가 부탁한 적 있어?"

누가 언제 배려를 부탁한적 있었나, 지가 알아서 지구방위대를 자처한 주제에. 정혁은 태영의 말에 기분이 더러워졌다. 그 입에서 '김다행'이라는 이름이 나오면 가만히 두지 않을 생각이었다.

"그만 좀 하자! 아직 무슨 일이 일어난 것도 아니고. 정혁이도 모른다잖아!"

이런 분위기가 넌더리난다는 듯 해욱 역시 한마디 보탰다.

철컥, 쾅!

일촉즉발의 상황에서 갑자기 숙소 현관문이 열리고, 다행이 새파랗게 질린 얼굴로 들어왔다.

다행의 등장에 태영과 정혁이 움직임을 멈추고 그녀에게 다가갔다.

"와, 왔어요?"

조금 전에 잔뜩 화가 난 사람이 맞나 싶을 정도로 태도를 바꾼 태영이 먼저 그녀에게 말을 걸었다. 하지만 다행은 아무 말도 하지 않은 채, 그저 넋 놓고는 자신의 방으로 향했다. 그런 그녀의 모습이 아까 해윤의 기자회견과 관련이 있다고 생각한 네 명은 어떻게든 그녀를 잡으려고 했다.

"자, 잠깐만… 매니저 누나! 일단 앉아서 냉수 한잔하고 이야기 좀 합시다. 응? 누나도 기자회견 봤지?"

상현이 사람 좋은 웃음을 지으며 위층으로 올라가던 다행을 잡았다. 그러자 그녀의 몸은 인형처럼 휘청거리며 넘어질 뻔 했다. 그 순간을 놓치지 않고 정혁이 다행을 잡았다.

"왜… 왜 그러는 건데? 왜 그래?"

새파랗게 질린 얼굴을 하며 아무 대답도 하지 않는 다행이 답답한지 정혁이 다그쳤다.

"무슨 일 있어? 왜 또 사장이 뭐라고 그래?"

"좀 시끄럽게 굴지 마!"

태영은 다행의 앞에서 예의바르게 굴고 싶었던 마음을 버리고 정혁에게 짜증을 냈다. 모두가 잔뜩 날이 서 있었다.

"봤대…."

"응? 뭐라고?"

다행이 천천히 입을 열자 모두 귀를 기울이며 그녀가 말하는 것에 집중했다. 하지만 기력을 모두 소진한 표정의 그녀는 자신을 잡고 있던 정혁의 팔을 치우며 다시 천천히 방으로 올라가려 했다.

"말을 똑바로 해봐, 응? 해윤이 기자회견 때문에 그래? 그거 전부 걔 멋대로 말하고 있다는 거 알지? 네가 더 잘 알잖아!"

정혁은 답답한 나머지 자신이 다행에게 하고 싶은 말부터 잔뜩 늘어놨다. 태영은 그런 정혁의 태도에 인상을 잔뜩 구기며 그의 팔을 쳐냈다.

"그만 좀 해!"

다행이 미간을 구겼다. 정말, 모든 걸 모든 걸 놓고 싶은 심정이었다. 하지만 정혁은 태영의 말에도 아랑곳 하지 않고 다시 다행을 잡았다.

"말해, 뭐야? 왜 그러는 거야?"

"하…."

다리에 힘이 빠진 다행은 그 자리에 주저앉을 것만 같았다. 사장에게서 그 이야기를 듣고 난 후 숙소까지 무슨 정신으로 돌아올 수 있었는지 기억이 나질 않았다.

"말을 좀 해봐. 응? 제발…."

"아빠, 우리 아빠를 본 사람이 있다고 사장이… 그랬어."

다행은 마지막 남은 힘을 쥐어짜내듯 이야기했다.

네 명이 모두 아연실색한 얼굴로 그녀를 쳐다보았다. 다행을 사채업자에게 팔아넘긴 그 애비라는 작자가 누군지 모르겠지만… 어쨌건 진짜 보증 채무를 진 장본인이 나타났으니, 다행은 일단 한 발 물러날 수 있게 됐다. 하지만 그걸 떠나 '아빠'라는 존재가 다행에게 있어 어느 정도의 영향력을 가지는지 알 수 없기에, 모두 말을 조심할 수밖에 없었다. 파렴치한이라도 일단은 피붙이니까….

그리고 다른 말로 '이제 매니저 업무를 더는 보지 않아도 된다'는 걸 의미하기도 했다. 상현과 태영은 할 말을 잃은 채 다행의 반응만 바라볼 수밖에 없었다.

"…아빠?"

상현이 확인하듯 다시 물었다.

"응, 김대호 말이야…."

다행은 씁쓸하게 웃었다. 그녀는 미소를 한 번 보이기 위해 얼마나 많은 에너지가 필요한가를 체감했다. 이 상황에서 자신은 아무렇지 않다고, 괜찮다고 수번을 이야기해도 이 녀석들에겐 먹히지 않을 걸 알기에… 할 수 있는 건 웃는 얼굴을 보여주는 것뿐이었다.

다행은 할 말이 다 끝났다는 듯, 다시 위층을 향해 움직였다.

"잠깐, 잠깐만! 김다행…."

정혁은 그 틈을 놓치지 않고 다행의 팔을 다시 잡았다. 하지만 그녀는 말할 기운도, 대꾸할 힘도 없었다. 그저 조용히 위층에 올라가서 사장이 했던 이야기에 대해 생각해 볼 시간이 필요했다.

"나 그냥 좀…. 먼저 올라갈게."

더 이상 방해하지 말라는 의미였다. 하지만 정혁은 여전히 할 이야기가 남은 듯, 그녀의 팔을 놓지 않았다.

"올라가기 전에 내 이야기 좀 들어."

정혁은 끝까지 그녀를 가로 막아섰다. 다행은 조금 지쳤다.

"정혁아, 그냥 매니저 누나 쉬게 해주자."

상혁이 보다 못해 입을 열었다. 이미 태영은 화가 날대로 화가 난 상태였다. 다행이 조금이라도 짜증을 내면 정혁을 뜯어말릴 준비가 되어 있었다.

다행은 나름 힘겨웠지만 자신을 애처롭게 보는 정혁의 모습에 그의 이야기를 듣기로 마음먹었다. 사실, 아빠의 근황도 그녀에겐 충격이었지만 해윤의 기자회견 해명을 듣고 싶었다. 도대체 녹음실 안에서 무슨 일이 있었는지….

"뭔데? 길게 하진 않을 거지?"

다행의 반응에 정혁은 안도하는 눈빛으로 고개를 작게 끄덕였다. 하지만 그 옆에 있던 태영의 얼굴은 일그러질 대로 일그러졌다.

***

"일단 난, 그 여자랑 아무 관계없어."

정혁은 다행에게 변명할 여지조차 없다는 눈빛으로 당당하게 말했다.

다행도 다 알고 있었다. 해윤의 꿍꿍이가 뭔지는 모르겠지만, 정혁은 그럴 리 없다는 것을. 가사를 바꾸려는 해윤의 시도에도 강력하게 반발했던 정혁이었다. 다행이 그를 모를 리가 없었다. 하지만 녹음실 안에서 있었던 스킨십은 말할 수 없이 섭섭했다. 그것조차 해윤이 의도한 것일 수 있겠지만….

"알아, 알고 있으니까… 해명하지 않아도 괜찮아."

"해명하는 거 아니야! 나는 정말 너 말고는…."

"알았어, 알고 있으니까 그냥 오늘은 여기까지만 하자."

해윤의 기자회견도 퍽 충격적이었으나 오늘 사장에게서 아빠에 대한 소식을 들은 후, 해윤의 폭탄발언이 점차 머릿속에서 지워져 가고 있었다.

"아버지는 어디 계신데? 아저씨 쪽에서 찾았다고 하면. 위험한 거 아니야?"

정혁은 조심스럽게 이야기를 꺼냈다. 다행을 걱정해서도 있지만, 사채업 특유의 집요함을 잘 알고 있기 때문이기도 했다.

"인천부두에서 누가 봤다는 제보가 들어왔나 봐."

"찾을 수 있을까?"

"모르겠어, 그냥 그 말만 해서…."

-내가 널 부른 건 그거 때문이 아니야. 그… 김대호, 그 새끼를 봤다는 놈을 찾았다.

-인천부두에 있는 놈이 그 자식을 봤다고 하던데, 그 옆에 구해라로 보이는 새끼도 있었대. 이게 무슨 횡재야? 하하하, 너 이번에 잘

하면 애들 뒤치다꺼리 그만해도 될 것 같다.

사장이 기뻐하며 내뱉던 말이 떠올랐다.

아빠, 김대호… 그를 찾으면 좋을까? 찾게 된다면 나에게 좋은 일이 생길까….

변하는 건 없을 것 같았다. 여전히 어마어마한 액수의 보증 빚이 남아 있을 것이고, 그리고 죽을 만큼 움직여야 생활비를 벌 수 있는 건 마찬가지일 것이었다. 다행은 작게 한숨을 쉬며 눈을 감았다. 언제부터 이 녀석들과 지내는 게 이렇게 익숙해져 있었던 걸까.

"니가 여기에 있고 싶다면… 너희 아빠가 나타나도, 그냥 있어."

정혁은 아주 조심스럽게 다행의 눈치를 보며 속삭였다. 그녀의 심기를 거스르지 않기 위해 최대한 애쓰는 말투였다.

"아니, 아빠가… 아니, 채무자랑 보증인 나타나면 난 이제 다 털고 나가야지. 안 그래?"

다행은 최대한 씩씩하게 아무 일도 아닌 듯 이야기했지만, 눈에 남은 고민들은 다 지우지 못했다. 그런 다행을 지켜보던 정혁은 그녀 곁으로 가서 힘주어 안았다. 다행은 숙소에 남아있는 다른 멤버들에게 이런 모습을 들킬까 두려웠다. 그래서 작게 몸부림쳤다.

"이러지마, 이러면 안 될 것 같아…."

"뭐가?"

"누가 볼 수 있잖아."

"그게 무슨 상관인데? 내가 좋아서 하는 행동인데!"

"…그러면 안 되는 거잖아."

정혁은 조금 머뭇거리더니 다행을 향해 이야기했다.

"해윤 일은 정말 신경 쓰지 마, 나는 너 말곤 관심 없어."

"그건 나도 알아."

"이건 내 욕심인데…."

"무슨…."

"너희 아버지가 나타나도, 가지 마. 떠나지 않았으면 좋겠어. 지금처럼 매니저든 뭐든 아니, 아무것도 안 해도 좋으니까… 눈앞에서 사라지지만 않았으면 좋겠어."

할 말을 끝낸 정혁은 두 팔에 더욱 힘을 주며 다행을 감싸 안았다.

***

"…MPJD의 차정혁 맞죠?"

다음 날, 해윤과 스튜디오 녹음 일정이 있었던 다행과 정혁에게 누군가가 다가왔다.

"누구십니까?"

정혁은 경계하듯 굳은 얼굴로 답했다. 그러자 약간 화색을 띄며 질문하던 누군가는 급하게 마주보는 복도를 향해 소리쳤다. 다른 누군가를 급히 부르는 소리였다.

"야, 맞는 거 같아! 제대로 찾았다. 여기 주차장! 빨리 카메라 들고 와!"

갑자기 골목에서 여자 하나와 무거운 카메라를 짊어진 남자 하나가 뛰어나왔다. 그들은 숙소 주차장으로 돌진하듯 뛰어 정혁을 향해 플래시를 터뜨렸다.

찰칵! 찰칵! 찰칵!

"이게 지금 뭐하는 짓입니까?"

어안이 벙벙한 다행을 옆에 두고 정혁은 화를 내며 자신에게 접근해온 사람들을 향해 소리 질렀다.

"해윤의 짝사랑 상대 아닙니까, 이번에 Parallel love 같이 작업한? 같이 작업한 거 맞죠?"

"어디서 뭘 알고 왔는지 모르겠지만 비켜요!"

"오, 맞는 거 같아. 빨리 찍어! 이거 특종이야!"

정혁의 대꾸에 맨 처음에 말을 걸었던 남자가 소리쳤다. 그러자 정혁이 카메라를 손바닥으로 가렸다.

"그래서 어쩌라고요? 그게 무슨 상관인데 이렇게 함부로 남의 집 앞에 와서 행패를 부리는 겁니까?"

"행패라니요!"

옆에서 휴대폰으로 녹취를 따던 여자가 앙칼진 목소리로 정혁의 말을 받아쳤다.

"우리는 데일리 엔터테인먼트라는 잡지사에서 나왔어요, 그쪽 취재를 하러 온 건데 말하는 본새가…."

거만하게 말하는 여자를 말리며 앞에 서 있던 남자가 다행을 손가락으로 가리켰다.

"이 여자 분은 정혁 씨 여자 친구입니까? 그래서 해윤을 거절했던 거고요?"

"무슨 소리?"

"여자 친구가 아니라 매니접니다, 매니저!"

넋이 나가있던 다행은 여자 친구라는 소리에 퍼뜩 정신을 차렸다. 그녀는 최대한 단호하게 말했다. 그러자 정혁이 씁쓸한 눈빛으로 그녀를 쳐다보았다.

"어디 제보를 받았는지 모르겠지만, 이런 식으로 불쑥 튀어나와서 찍은 사진은 전부 초상권 침해입니다."

다행은 단호하게 말하고는 정혁의 등을 밀어 그를 차로 집어넣었다. 어째서 이런 용기가 나왔는지 알 수 없었다. 아마도 해윤과 얽혔다는 가십을 듣는 순간, 자신도 모르게 응축된 분노가 터져 나왔던 것 같았다.

"얼른 들어가!"

다행이 급하게 소리를 치자 엉겁결에 정혁은 운전석에 올라탔다. 지프가 거대한 엔진소리를 내며 주차장을 가로지르자 그를 취재하려던 기자와 촬영기사는 어이없는 표정으로 길을 터줘야만 했다.

***

"해윤 씨, 도대체… 이 상황을 어떻게 받아들여야 할지 모르겠네요. 그전에 말씀하신 거랑 이야기가 다르잖아요."

다행이 PLAY 엔터로 오기 직전의 상황을 설명하며 해윤에게 따지듯 물었다.

"어떤 말이 다르다는 거죠?"

정혁이 잠시 자리를 비운 사이, 해윤은 머리를 다듬으며 무덤덤하게 대답했다. 그녀는 이미 대충 예상하고 있다는 듯 다행으로 시선을 돌렸다.

"사심 같은 거… 없는 줄 알고 있었거든요."

"아! 그것 때문이었구나?"

해윤이 연기하듯이 반응하자 다행은 화가 났다.

"당연히 전 무풍지대 매니저로 이런 일을 관리해야하는 입장이고, 또 사장님께서 그다지 달갑게 생각하지 않으셨습니다."

"본인이 개인적으로 기분 나빠서 하는 말이 아니고?"

해윤은 능글맞게 웃으며 다행의 속을 긁었다.

'도대체 무슨 속셈으로 이러는 걸까?'

"제가, 지난번에 그 문제에 대해선 확실히 한다고… 개인적 상황과는 얽지 마시라고 이야기했었는데요?"

다행은 해윤과 자신의 사이가 갑과 을의 관계라는 걸 알지만 그럼에도 불구하고 기분 나쁜 티를 내고 말았다. 하지만 해윤은 그런 다행의 반응을 전혀 신경 쓰지 않고, 되려 엉뚱한 걸 되물었다.

"숙소 앞으로 기자들이 찾아왔을 때, 어떻게 반응했어요? 응?"

눈에 재미를 가득 품고 추궁하듯 묻는 해윤의 얼굴은 무섭기까지 했다.

"차정혁에 대해서 궁금해 하는 거, 다 알려줬어요? 구구절절, 판이라도 깔고 설명했나?"

그녀는 양손에 깍지를 끼고 집요하게 물었다. 그 위압적인 태도에 숙소 주차장에서 마주쳤던 그 상황에 대해 하나도 빠짐없이 불어야만 할 것 같았다.

"…그런 소릴 뭣 하러 해요? 저보고 여자 친구냐고 묻기에 매니저라고 말했어요. 초상권 침해하니깐 함부로 사진 찍지 말라고 그랬고요, 아무리 기자라도 기본적인 예의가 있어야 할 거 아니에요."

"오호!"

해윤이 굉장히 만족스럽다는 표정으로 박수를 쳤다.

"뭐, 뭐죠…."

"잘했네!. 다행? 매니저 씨 이름 다행 맞죠? 진짜 다행이네! 매니저 씨는 어떤 때는 어쩜 저렇게 멍청한 사람이 무슨 매니저 일을 하겠다는 건가 싶기도 하다가, 지난번 일이나 오늘 같은 날은 기가 막히게 잘 대처하고…. 참, 신기해. 계산 한 거예요? 아님 본능적으로 나온 건가?"

"그게 무슨 말이죠?"

다행은 해윤의 반응에 당황스러웠다. 도대체 이 여자가 무슨 소리를 하나 싶었다. 정신이 널뛰기를 하는 것도 아니고….

"떡밥을 잘 던져줬네, 보통 무풍지대 같은 중소 신인, 아니 신인이라고 하기도 민망할 정도의 무명이라면… 기자들이 찾아왔다든가, 궁금해 한다든가, 이러면 보통은… 막 오버해서 알려주고, 따로 약속도 잡으려고 애쓰거든요? 어떻게든 애를 알려야 하니까. 근데, 그럼 재미없어 해요. 기자가 애쓰지 않아도 상대가 술술 불어버리는데 무슨 재미가 있어? 하하하."

다행은 해윤이 도대체 무슨 소릴 하는 건지 감을 잡을 수 없어 멍하게 그녀를 바라보았다.

"지금 매니저 씨가 한 행동, 그게 잘한 거라니까요? 뜨고 싶으면… 걔네를 긁어요. 기자들이 기자 짓을 하게끔 만들라고. 절대 다 알려주지 말고."

"그게…."

"그렇게 기특하게 행동 해놓고, 왜 말을 못 알아먹지?"

"네?"

"앞으로 계속 기자가 붙을 건데. 오늘처럼 행동하라고요. 내가 저 녀석을 맘에 뒀다고 폭탄발언을 했잖아요, 이미 시작된 거라고요.

차정혁 띄우기. 아직도 감을 못 잡겠어요?"

녹음실에 먼저 들어 가있는 정혁을 손가락으로 가리키며 해윤은 차분하게 이야기했다.

"기자들한텐 말이죠, 두 가지만 해주면 돼요. 돈을 주거나 아니면 호기심을 불어넣거나. 돈 먹일 생각이 없으면 궁금하게 만들거나, 그게 아니면 돈을 주면서 소설 잘 써달라고 하든지."

해윤, 그녀가 왜 기자회견에서 그런 이야기를 꺼냈는지 다행은 대충 감이 왔으나 그럼에도 여러모로 확인해야만 하는 부분이 있었다.

정혁은 해윤의 단순 콜라보 대상이 아니었다. 그가 아이돌로 데뷔했다는 사실을 잊으면 안 된다. 아이돌인데… 과연 데뷔하자마자 염문설이 터지는 걸 좋아하는 팬이 있을까? 그게 정혁에게도 무풍지대에게도 좋은 일일까?

다행의 마음이 무거워지려던 찰나, 해윤이 녹음실에 다시 들어가기 직전 그녀의 어깨를 두드리며 입을 열었다.

"걱정 마요, 오늘 일 덕분에 이제 차정혁 말고 무풍지대도 알아서 뜰 테니까."

해윤의 말에 다행은 또 한 번 당혹감을 감추지 못하고 그녀를 바라만 봐야했다. 해윤이 만든 가십이 어째서 무풍지대와 연관이 있다는 건지… 도무지 접점을 찾기 어려웠다.

해윤은 이 모든 것을 예상하고 있었던 것일까. 그게 아니라면 각본을 미리 짠 후 움직였던 것일까.

아니나 다를까 그녀와의 미팅이 끝나고 이틀도 채 되지 않아, 연예 가십 기사 및 전문 채널에서 정혁의 신상이 하나씩 밝혀졌다. 더

불어 MPJD라는 이니셜이 무풍지대라는 것도 함께 밝혀졌다. 관련 기사가 뜬 지 반나절도 채 지나지 않아 스트리밍 사이트에 무풍지대의 데뷔곡이 등장하며 순위를 역주행 했다.

이 모든 것이 연예계에서 해윤이 가지는 지분과 그녀가 기자들에게 던진 적당한 먹잇감, 그리고 정혁이 가진 매력에서 시작된 일이었다.

-앞으로 계속 기자가 붙을 건데, 오늘처럼 행동하라고요. 내가 저 녀석을 맘에 뒀다고 폭탄발언을 했잖아요. 이미 시작된 거라고요, 차정혁 띄우기. 아직도 감을 못 잡겠어요?

해윤이 예언한대로 모든 것이 스피디하게 진행되고 있었다. 그녀가 미니앨범 기자회견에서 폭탄선언을 한지 72시간도 되지 않은 상황이었다.

***

"이게 무슨 일이야? 도대체 어떻게 된 일인거야? 좋아해야 하는 거 맞지? 그렇지?"

상현은 '뮤직 박스'를 들락거리며 몇 번이나 확인했다. 한 달 전의 그가 맞나 싶을 정도로 무풍지대에 대한 자부심을 드러내고 있었다.

"좋아하면 돼, 우리가 부른 노래고 우리가 추는 춤인데."

해욱이 도도하게 말했다. 그는 당연히 누려야 할 유명세가 생각보다 늦게 찾아왔다는 말투로 모니터를 훑었다.

"우리 그냥 이대로 있으면 안 되는 거 아닌가…. 벌써 연습 안 한지 2주가 넘었는데, 만약에 갑자기 어디서 섭외라도 들어오면 어떡해?"

가장 이성적으로 판단하는 태영이 입을 열었다. 아직 일어나지 않은 있는 일에 대해 가장 현실적인 판단을 내리고 있었다. 아이러니하게도 '만약'에 관한 이야기지만.

그들을 잠자코 지켜보고 있는 다행이었으나, 속이 시끄럽고 잠도 제대로 자지 못할 만큼 생각이 많았다. 태영의 말대로 만약 다음 스케줄이라도 덜컥 잡히는 상황이 온다면 어떻게 해야 할지도 갑갑했다. 그 뿐만이 아니었다. 앞으로 무풍지대 스케줄이 계속해서 잡히면 코디와 메이크업도 고민해봐야 할 문제였다. 이런 상태로는 아무것도 할 수 없었다.

고민은 돌고 돌아, 결국 매니저의 역할에 대한 것까지 향했다. 주먹구구식으로 어쩌다 맡게 된 이 자리에 누군가 더 전문성 있는 사람이 들어와야 하는 건 아닌지, 다행은 갑자기 두려워졌다. 자신처럼 어설픈 사람이 계속 이 자리에 있다간 무풍지대에 도움 되는 게 아무 것도 없을 것 같았다.

"뭘 그렇게 고민해?"

잔뜩 움츠린 자세로 미간을 찌푸리고 있는 다행을 보고 정혁은 다른 멤버들이 눈치 채지 못하도록 살짝 손을 들어 그녀의 어깨를 감쌌다.

"이러지 마…."

그녀는 어깨에 걸쳐진 정혁의 손을 쓰윽 빼며 고개를 가로 저었다. 정혁이 해윤과 작업을 한 이후로 둘 사이는 늘 아슬아슬했다. 해윤의 경고가 머릿속에 항상 맴돌았다.

"미안…."

평소의 정혁이었다면 뻔뻔하게 손을 내리지 않았을 터였을 것이다. 하지만 해윤과의 작업 이후로 자신과 무풍지대가 알려지기 시작하자 불같은 성격을 누르며, 더는 구설수에 오르지 않으려고 애쓰는 게 눈에 보였다.

다행은 그런 정혁이 고맙기도 했지만 한편으로 섭섭하기도 했다. 그냥 예전처럼 무대포로 자신을 밀어줬으면 하는 마음도 있었다. 스스로가 참 간사하다고 생각했다.

이런 다행의 속내와는 달리 정혁의 마음을 매일 타들어갔다. 해윤, 그 계집애랑 무슨 이야기를 나눴던 건지 모르겠지만, 스튜디오에 다녀온 이후로 얼굴이 어두웠다. 그리고 자신과 계속 거리를 두려고 했다. 속이 탔다. 하지만 뭐가 됐든 그녀가 원하는 대로 해주기로 결심했다.

"앞으로 어떻게 하는 게 좋을지 모르겠어…."

다행은 정혁을 향해 조용히 속삭였다.

앞으로와 모르겠다는 말 속에는 많은 것이 내포되어 있었다. 별안간 스타의 가십거리에 휘말린 정혁과 무풍지대의 일, 그리고 사장에게 추적당하고 있는 아빠… 그리고 자신.

멤버들이 상현의 노트북 앞에서 계속 갱신되고 있는 스트리밍 차트를 신기하게 보며 즐거워하는 것과 달리 다행의 얼굴은 먹구름이 잔뜩 낀 상태였다.

따르릉 따르릉

훈훈한 분위기 속에서 갑자기 다행의 휴대폰이 울렸다. 사장이 준 전용 핸드폰에 사장의 번호가 아닌 모르는 번호가 뜨자 다행은 고개를 갸웃거리며 통화 버튼을 눌렀다.

"여보세요?"

조심스럽게 상대를 확인하자 노트북 화면을 주시하고 있던 멤버들도 다행을 쳐다봤다. 무슨 일이냐는 표정으로 상현이 가장 먼저 일어나서 그녀 곁으로 다가왔다.

[나, 해윤.]

해윤이 이 번호를 알고 있다는 사실에 조금 당황하던 다행은 금방 정신을 차리고 답했다.

"네, 근데 번호는… 사장님한테 물어보신 거예요?"

[맞아요, 내가 이지이지에 전화해서 다행 씨 번호 알려달라고 했거든요.]

"무슨 일로… 정 급하면 정혁이한테 바로 연락을 할 수도 있을 텐데."

[그런데 휴대폰을 여러 개 쓰나 봐요? 지난번에 나한테 전화했던 번호가 아니던데?]

"그건…."

일전에 해윤에게 연락했던 번호는 다행이 숙소에 들어오기 전부터 쓰던 핸드폰이었다. 물론 사장이 압수했던 걸 정혁이 몰래 빼준 폰이었다.

[아아, 무슨 이야긴지 알겠으니까 걱정 마요. 뭐 매니저가 핸드폰이 여러 갠 건 흔한 일이고, 암튼 내가 전화한 건 그거 때문이 아니라….]

해윤의 이야기를 천천히 듣던 다행은 잠시 놀라더니 옆에 앉은 상현을 비롯해서 태영, 해욱, 정혁을 차례대로 쳐다보았다. 그러더니 몇 번 고개를 끄덕이며 알겠다는 대답만 연신했다.

"…무슨 일인데? 응? 말해봐."

옆에서 상현은 답답한지 다행의 팔을 흔들며 그녀를 보챘다. 다행은 상현에게 눈을 몇 번 깜박이며 알겠다는 신호를 보냈다. 전화가 끊어지기 전까진 기다려달라는 듯 말이다.

전화를 가까스로 끊은 다행은 잠시 한숨을 쉬며 멤버들을 향해 입을 열었다.

"정혁이 말고도 너희들, 지금 일단 PLAY 엔터로 가봐야 할 것 같아."

"그게 무슨 소린데? 그리고 얘넨 왜?"

정혁은 앞뒤를 잘라먹은 다행의 말에, 무슨 뜻인지 잘 이해가 되지 않는다는 표정으로 되물었다.

"이지이지 사장님이… 너희들 관리 권한을 PLAY 엔터 쪽에 넘겼대."

"뭐?"

다행의 말이 끝나기 무섭게 멤버들의 입에서 당황한 음성이 튀어나왔다.

***

"아, 물론 관리 권한이라는 게, 대단한 건 아닙니다. 요즘은 자회사라는 개념으로 불리기도 하고, 이지이지 대출은 어감이 좋지 않으니까 일단 이지이지 엔터라고 부르겠습니다. 이지이지 엔터가 연예계 쪽은 처음이니 우리 PLAY 엔터가 관리를 하는 게 좋지 않을까 해서 결정 했습니다. 그쪽 사장님께서도 흔쾌히 수락하셨고요."

PLAY 엔터의 실장은 유창하게 설명했다. 그럼에도 불구하고 멤버들의 표정에는 의문이 가득했다. 그럼 무풍지대의 소속사는 대체 어디란 말이지? 하는 물음표 말이다.

그들의 생각을 제때 읽은 해윤이 웃으며 입을 열었다.

"실장님이 이야기했잖아, 별거 아니라고. 모든 권한은 여전히 이지이지가 가지고 있어. 우리는 관리만 할 뿐이고."

그녀는 실장이 알아서 잘 할 것이니 믿고 따라오라는 뜻으로 은근하게 윙크를 했다. 그러자 상현은 얼굴이 붉어져 고개를 숙였고, 태영은 미간을 찌푸렸다. 정혁은 아예 처음부터 시선을 다행 쪽으로 고정하고 있었기에 해윤이 어떤 짓을 하든 상관하지 않았다. 그 상황에서 목석처럼 있는 사람은 해욱 뿐이었다.

"그럼, 뭐 숙소를 변경해야한다든지… 아니면 다른 조치를 취할 게 있을까요?"

다행은 매니저의 입장으로 앞으로의 계획을 물었다. 여전히 모든 권한은 이지이지 대출에 있다고는 하지만, 무풍지대와 정혁에 대한 관리를 PLAY로 넘겼다는 말에 자신의 위치도 어떻게 될지 궁금했다. 그리고 두려웠다.

"우리 숙소보다 더 좋은 곳은 찾기 어려울 텐데…."

태영은 넌지시 숙소를 바꾸기 싫다는 뜻을 내보였다.

"아, 숙소는 변경할 필요 없습니다. PLAY 엔터랑 거리도 적당하고… 또 누가 그런 좋은 위치에 구해준 건지 모르겠지만, 보안상태도 좋고요. 하지만…."

실장은 해윤과 정혁을 번갈아가며 쳐다보더니 머뭇거리며 말을 멈췄다.

"하지만? 무슨 문제라도 있습니까?"

태영이 실장의 태도가 미심쩍다는 듯 추궁하듯 물었다. 그러자 실장은 약간 난감하다는 눈빛으로 침을 꿀꺽 삼켰다.

"그게… 지금까진 아마 최적의 장소였을 겁니다. 조용한 주택가,

그것도 고급 주택가. 인적이 드문 곳이죠. 하지만 이제부터 슬슬 기자가 찾아갈 거고… 또 알음알음 팬들이 몰리기 시작하면 그곳에 사는 기존 주민들로부터 항의를 받을 겁니다. 그게 반복되면 결국 제 발로 나올 수밖에 없는 순간이 찾아올 거예요."

실장은 흔히 있는 일이라는 듯 차분하게 이야기했다. 하지만 무풍지대 멤버들의 표정은 묘하게 변했다. 누구도 숙소를 다른 곳으로 옮길 거라고 생각하지 못했기 때문이었다.

"아, 하지만… 이지이지 엔터 사장님께서 멤버들이 원하는 방향으로 최대한 맞춰서 관리해달라고 신신당부하셨기에…."

"그럼, 저흰 지금 숙소에서 옮기고 싶은 생각이 없어요."

태영이 먼저 딱 잘라 이야기했다. 그는 무풍지대가 인기를 얻는 것 이전에 누군가가 자신에게 이래라, 저래라는 식으로 지시하는 걸 싫어했다.

"음, 그렇다면 저희도 굳이 강요는 하지 않겠습니다만… 앞으로 팬들이 무작정 찾아오고 시끄럽게 굴고 또 사생활까지 침해할 가능성이 있을 텐데, 그래도 괜찮나요?"

실장은 옆에 앉아있는 해윤의 눈치를 은근히 보며 그녀에게 답을 얻길 원하는 것 같았다. 그러자 해윤이 고개를 작게 끄덕였다. 다행은 PLAY의 내부 실권자는 해윤이 아닐까 싶은 생각이 들었다.

실장은 갑자기 휴대폰을 꺼내들어 화면을 켠 후, 동영상 업로드 전문채널인 'U TV'앱에 접속했다. 다행과 무풍지대 멤버들은 실장이 뭘 하려고 하는지 의문이 담긴 눈으로 그를 지켜봤다. 그는 MPJD라는 이니셜로 검색하여 가장 상위에 있는 영상을 켰다.

무풍지대의 데뷔 영상이었다. 베스트 뮤직 25 방송에서는 엉망진창으로 편집되었던 그 무대였다.

"누군가가 찍은 영상 같은데 조회 수만 무려 십만 단위입니다. 솔직히 인기 아이돌 영상 조회 수로는 그렇게 큰 숫자가 아니지만, 무풍지대의 경우는 완전 다르죠."

누군가가 U TV에 올린 영상은 베스트 뮤직 25에서 보던 무풍지대의 모습과 사뭇 달랐다. 상현의 실수만 잔뜩 찍힌 베스트 뮤직 25와 달리 U TV 영상은 멤버들의 매력이 잘 담겨있었다.

"무풍지대 같은 중소 아이돌은 기획력도 없고, 또 팬이 생길 루트도 어려울 텐데…."

실장의 지적에 괜히 주눅이든 다행과 달리 네 명의 멤버는 불쾌한 기색을 지우지 못했다. 태생부터 곱게 자랐기 때문이었을까, 실장이 자신들을 그런 식으로 언급하는 것에 대해 기분이 나쁜 듯했다. 그 모습을 흥미롭게 쳐다보던 해윤은 고개를 살짝 저으며 비웃었다. 실장도 분위기가 험악해진 것을 눈치 채자 입을 잠시 다물더니 다른 말을 꺼내며 급히 화제를 전환했다.

"데뷔 무대가 썩 좋지 않았음에도 불구하고 이런 팬 영상이 올라왔다는 게 놀라운 사실입니다. 자, 여기 조회 수 말고 댓글 수를 봐주세요."

댓글 수가 대략 500개가 넘어가고 있었다. 비난의 댓글도 있었지만 응원하는 댓글이 대부분이었다.

"백만 단위가 넘어가는 영상에도 이정도의 댓글은 쉽지 않죠. 더군다나 이건 대중적인 영상도 아니고… 최근 정혁 군과 해윤 양의 염문설이 터졌다고 해도 아직 정혁 군이나 무풍지대가 공개적으로 밝혀지지 않은 상태에서 이 정도는…."

다행은 실장의 말을 자르며 단도직입적으로 이야기를 꺼냈다. 도대체 PLAY가 무풍지대에게 뭘 원하는 지가 궁금했다.

"그러니까, 숙소이야기부터 시작해서… 영상까지 무슨 이야기를 하고 싶은 건지 정확하게 말씀 해주세요."

다행의 말에 해윤이 시원하다는 표정을 지었다.

"확실히 매니저 씨가 감이 있어. 나도 이렇게 서론 긴 거 별로 안 좋아하는데, 그래도 우리 엔터 실장이니깐 끝까지 들어주는 게 예의라서 말이죠. 하하하…."

그녀는 탁자를 몇 번 톡톡 두드리더니 말을 이어갔다.

"사실, 처음에 차정혁하고 콜라보 하자고 했던 건 전적으로 내 뜻이었어요. 회사와 상의 없이 내가 무작정 찾아갔고, 내가 무작정 들이댔던 거죠, 맞아요. 그런데 회사는 그런 나를 믿어줬고요. 이제 내 고집으로 할 수 있는 영역은 넘어섰어요. 회사에선 나와 차정혁이라는 유닛을 넘어서 무풍지대라는 그룹이 과연 이익이 남는지, 가능성이 있는지 셈을 하지 않을 수 없었죠. 실장님 이야기는 결국 그 소리에요. 당신들이 비전이 있다고 이야기 하는 거, 그 말 한마디가 꽤 길었죠?"

해윤이 이야기를 끝내자 실장은 자신의 말주변 없음을 탓하듯 얼굴이 붉어졌다. 무풍지대 멤버들은 그제야 만족스러운지 잔뜩 찡그린 얼굴을 폈다. 다행도 알아들어다는 듯 고개를 몇 번 끄덕였다.

"그러니까, 앞으로는 꽤 곤혹스러운 일이 생길 거라는 거예요. 단순히 기자가 쫓아오는 걸 떠나서 말도 안 되는 소문도 따라다닐 거고, 기막힌 일도 발생할 거예요. 그 정도 각오는 하고 있으라는 걸 말해주고 싶었어요. 뭐, 최대한 회사 쪽에서 관리할 거지만."

해윤은 멤버들에게 경고하듯 말했다. 조금 전 멤버들의 태도와 감정을 여과 없이 드러내는 버릇도 조심하라고 지적하는 듯했다.

그녀가 말을 끝내자 다행도 무풍지대 멤버들도 모두 알아들었다는 듯 고개는 자동적으로 끄덕였다. 하지만 딱딱하게 굳은 표정들은 어찌할 수 없었다.

***

"우리가 생각보다 대단한 존재였네?"

숙소로 돌아온 상현은 기분이 좋은지 연신 히죽거리며 PLAY 엔터에서 있었던 일들을 몇 번이나 곱씹었다. 태영이 어두운 낯빛으로 아무 말 없이 가만히 있자 그의 옆구리를 치며 괜히 장난을 걸었다.

"야, 넌 왜 아까부터 계속 똥 씹은 표정이야?"

"마냥 좋은 게 아니야. 활동도 중요하지만… 그만큼 우리 사생활도 중요하다고!"

"지금 당장 어떻게 되는 건 아니잖아. 너 최근 들어서 엄청 까칠하다? 도해욱도 가만히 있는데 네가 왜 그러냐?"

상현은 옆에 가만히 앉아서 차를 홀짝이며 마시는 해욱과 찌푸리고 있는 태영을 번갈아봤다. 늘 중재자 역할을 하던 태영의 모습은 어느 샌가 찾아볼 수 없게 된 것에 신기하다는 반응이었다.

언제부턴가 해욱의 까칠함이 태영에게 전염된 듯했다. 상현의 핀잔에 해욱은 무심하게 한 마디 했다.

"난 무풍지대가 성공하고 정혁이가 원하는 음악을 할 수만 있다면, 크게 상관없어."

"열녀 났다, 열녀 났어."

상현은 해욱의 말이 역겹다는 듯 게워내는 포즈를 과장되게 했다.

제일 시니컬했던 해욱이 최근 들어 별말 없이 있는 게 신기했다. 정말 녀석의 말처럼 정혁과 무풍지대의 성공을 위해서라면 기꺼이 자신의 성질을 죽이기라도 하겠다는 태도였다. 해욱이 그렇게 말하자 정혁이 은근히 상현을 놀리듯 말했다.

"진짜 시작은 지금부터야. 일단 너, 최상현. 혹시 모르니까 오늘 저녁부터 바로 안무 연습 들어가. 우리 데뷔곡 그렇게 썩히기 싫으면 말이야."

정혁이 부드럽게 상현을 쳐다보며 말했다. 그러자 상현은 거수경례를 하며 정혁의 말에 복종하겠다는 포즈를 취하며 웃었다.

멤버들끼리 쿵짝거리며 장난을 치는 동안 맞은편에 앉아있던 다행은 아까 봤던 영상을 다시 보기위해 U TV앱에 들어갔다.

무풍지대 팬으로 추정되는 촬영자가 올린 영상은 꽤나 쓸 만했다. 팬으로서 왕성하게 활동했던 시절의 감각을 되찾듯, 그녀의 손이 작게 떨렸다. 무풍지대의 홍보 루트만 잘 뚫으면 굳이 PLAY의 힘을 빌리지 않고도 해결책을 찾을 수 있을 것 같았다.

무풍지대에게 팬이 있다는 것도 실감이 나지 않았다. 며칠 전, 숙소 앞에 여학생이 찾아왔던 일이 떠오르긴 했지만, 그와 별개로 베스트 뮤직 25의 데뷔 무대가 전부인 상황에서 멤버 하나하나 단독 영상을 찍어준 게 신기할 따름이었다.

촬영자 역시 정혁의 팬인 듯, 대부분 그에게 초점을 맞추고 있었다. 영상을 통해 본 정혁의 모습은 정말 멋졌다. 그 당시에도 반할 것 같았는데 영상으로 보자 그날의 감회가 다시 떠오르는 것 같았다. 눈앞에 앉아있는 그를 슬쩍 한 번 올려다보다가 다시 고개를 숙여 영상에 집중했다.

그렇게 넋을 놓고 영상에 집중하고 있던 순간, 뭔가 느낌이 이상했다. 영상 끝부분에서 뭔가 이상한 걸 본 것 같았다.

"…어?"

이상한 기분이 들었다. 마치 보면 안 될 것을 본 느낌이랄까, 다행은 설마 하는 표정으로 영상을 처음으로 돌렸다.

영상에서 잠시 눈을 떼서 다음 맞은편에 앉은 정혁과 나머지 멤버들을 아주 조심스럽게 바라보았다. 그들은 여전히 서로 장난치며 이상한 낌새를 눈치를 채지 못한 것 같았다. 그녀는 다시 휴대폰으로 고개를 돌려 처음부터 천천히 영상을 보았다. 아주 꼼꼼하게, 하나라도 놓치는 것 없도록….

끝부분 즈음에 상현이 연달아 실수를 하자 촬영자는 카메라 포커스를 급히 다른 멤버 쪽으로 돌렸다. 그 순간이었다. 아주 찰나의 순간, 길어봤자 1-2초 정도의 시간이었다. 영상 제작자가 급히 화면을 돌리느라 무대가 아닌 무대 밖 촬영 현장을 잠시 찍은 장면이었다.

"헉…."

엉망진창이 된 베스트 뮤직 25의 데뷔 무대가 아직도 다행의 머릿속에 생생했다.

악질적인 편집이 누구의 잘못일까, 누구의 의도일까… 혹은 누가 그토록 집요하게 무풍지대를 괴롭힌 것인지 늘 생각만 했었다. 섣불리 추측할 수 없었다. 설사 자신이 들었고, 스치며 본 것이라 해도 확인할 수 있는 증거가 없으니 함부로 떠벌릴 수 없었다. 입 밖으로 꺼냈다간 그게 현실이 될 것만 같아서였다. 그리고 오늘, 영상을 보며 다행의 생각으로만 남아 있던 의혹이 확신이 되고 말았다.

녹화 무대 밖에 서 있던 라이언은 잦은 실수를 번복하는 상현을 정확히 가리키며 PD를 향해 뭔가를 말하고 있었다.

***

그 짧은 순간, 라이언은 무풍지대 무대를 향해 손가락으로 뭔가를 가리키고 있었다.

영상 촬영자 역시 의도하고 찍진 않았을 것이다. 상현이 예상치 못하게 실수를 했고, 촬영자는 그걸 영상에 담지 않기 위해 급히 앵글을 돌렸다. 그래서 앵글의 범위가 넓어졌고, 그 안에 라이언과 PD의 모습을 담고 말았을 뿐이다.

"하…."

다행이 작게 한숨을 내쉬며 다시 맞은편에 앉은 그들을 바라보았다. 뭔가 미묘한 낌새를 차릴까봐 한숨조차 크게 내뱉을 수 없었다.

'미쳤어, 미쳤다고! 도대체 라이언은 무슨 이유로 PD와 이야기를 했던 거야? 그것도 하필이면, 무풍지대 무대를 가리키면서….'

마음을 다스리기가 힘들었다. 다행은 자신이 죄지은 사람인 것 마냥 멤버들을 똑바로 쳐다볼 수 없었다. 빠르게 뛰박질 하는 가슴을 부여잡았다. 다행의 얼굴이 급격히 창백해지자 맞은편에 앉아있던 태영이 눈치를 챘다.

"무슨 일 있어요?"

예상하지 못한 태영의 물음에 다행은 화들짝 놀라며 손을 저었다.

"아, 아니요! 아무 일도 없어요."

하필, 유일하게 캠코더 내용물을 알고 있는 태영이 질문을 던지자 다행은 현기증이 왔다. 양다리를 걸친 사람으로 낙인찍힐 뻔 했던 것을 눈감아준 태영이었다. 당황해 하는 다행의 모습에 태영은 더욱 이상하게 그녀를 쳐다봤다.

"다행 씨…."

"아, 갑자기 전화가 오네?"

다행이 슬쩍 자리에서 일어났다. 더 앉아있다간 분명히 뭔가 실수를 하고 말 것 같았다.

"왜 그래?"

"아무것도 아냐, 나 좀 잠시만…."

뒤에서 정혁이 부르는 소리가 들렸지만 다행은 애써 모른척하며 2층으로 올라갔다.

'불행인지 다행인지….'

이 말은 다행이 듣기 싫어하는 소리였다. 자신의 이름이 들어갔기에 괜히 거슬리기도 했거니와 꼭 일이 이상하게 꼬일 때 이런 소리가 나오기 때문이었다. 하지만 지금은 다행의 입에서 저절로 그 말이 튀어나왔다.

"휴, 진짜…."

다행은 손에 들린 휴대폰을 가만히 쳐다봤다. 사장에게 뺏긴 후 정혁이 찾아주지 않았다면 여전히 이지이지 대출 사장실에 있을 자신의 휴대폰이었다. 지난번 정혁의 일로 해윤과 연락을 주고받은 걸 빼고는 알람시계처럼 사용하던 휴대폰이었다.

갑자기 전화가 걸려오자 다행은 놀랄 수밖에 없었다. 이번에도 해윤 쪽에서 연락한 거라 생각했다. 하지만 그녀의 번호가 아니었다.

"웬 전화야…."

[032-885-XXXX]

전화번호는 발신자가 불분명한 번호였다.

"뭐야?"

다행은 정혁이 찾아준 자신의 휴대폰을 가만히 들여다보았다.

이이잉 잉이이잉….

다시 진동이 울렸다. 그것도 사장이 준 것이 아닌 자신의 폰으로….

"도대체 어디서 자꾸 전화가 오는 거야?"

다시 핸드폰이 울렸다. 다행은 화면을 가만히 응시했다. 아무래도 이상했다.

[032-885-XXXX]

"뭐야, 도대체 032가… 어디더라?"

-인천부두에 있는 놈이 그 자식을 봤다고 하던데… 그 옆에 구해라로 보이는 새끼도 있었대.

지난번에 사장이 이야기 하던 인천부두가 갑자기 떠올랐다. 순간, 머리가 새하얗게 변했다. 온몸이 부들부들 떨렸다.

어쩌면… 그래, 어쩌면 그 인간일지도 몰랐다. 아빠, 김대호. 그 인간 말이다.

화면에 보이는 통화 버튼을 급하게 밀었다. 받아라, 제발 받아라.

진작 알아차리지 못한 자신을 탓하며 발을 동동 굴렀다. 이대로 끊어져서는 안 된다.

통화버튼을 누르자마자 뚜뚜- 하는 소리만 들린 채 끊어졌다. 손발에 힘이 쭉 빠졌다. 들끓던 피가 한 번에 다 빠져나간 것 같은 기분이었다.

"왜, 왜··· 전화 한 거야?"

그녀는 재다이얼을 눌렀다. 다시 걸어보면 혹시나 받을까, 혹시나 인천부두에서 봤다고 하던데···. 032는 인천, 어쩌면 정말 아빠일지도 몰랐다. 갑자기 눈물이 왈칵 쏟아졌다.

다시 건 전화는 발신음만 계속 울릴 뿐이었다. 그렇게 받으라고 애원하며 속으로 외치고 외쳤는데···. 그게 끝이었다.

***

"엔터 쪽으로 올 때, 기자가 붙거나 팬들이 악질적으로 굴지는 않았습니까?"

PLAY 엔터에서 두 번째 회의가 잡혔다. 관리 권한이 옮겨지면서, 무풍지대는 이지이지 대출이 아닌 PLAY 엔터로 출퇴근을 해야만 했다.

번들번들한 얼굴에 눈썹 뼈가 툭 불거져 나온 실장은 손가락에 낀 반지를 뱅글뱅글 돌리며 무풍지대를 향해 이야기했다. 해윤이 없어서일까, 지난번 회의 때보단 훨씬 더 적극적이고 대범한 태도였다.

"기자 몇이 인터뷰 요청을 했지만 거절했고, 악질적인 팬은 없었습니다. 아직 뭐, 우리가 그렇게 대단한 것도 아니고···."

정혁이 입을 열기도 전에 태영이 딱 잘라 말했다. 실장은 애매하게 웃었으나 달가운 표정은 아니었다.

정혁은 애매한 눈빛으로 태영을 쓸어보았다. 언제부터 저 녀석이 저렇게 행동하게 된건지 머릿속으로 녀석의 속을 가늠해 보는듯한 눈빛이었다.

"뭐, 다행이네요. 하하하, 그런데 조만간 저희 쪽에서 차정혁과 해윤, 이 콜라보 말고도 무풍지대의 진짜 데뷔 무대도 따로 준비하고 있으니까, 그동안 안무랑 노래 연습은 저희 엔터에 오셔서 준비했으면 합니다."

실장은 멤버들을 향해 단호히 말했다. 그의 의지가 확실하게 드러났다.

"저희 숙소 지하에도 연습실이 있는데 굳이 PLAY까지 와서 연습해야하는 이유가 있나요?"

태영이 실장에게 불만을 토로했다. 그의 속내를 파악한 실장은 빙긋이 웃었다.

"누가 봐줄 겁니까?"

"네?"

"너희들이 연습하는 걸 누가 보고 누가 고쳐주고 누가 지적 하냐고."

"그건…."

"이지이지 엔터… 그 사채 회사가 그런 전문성을 가진 집단이 있나? 지금 너희가 그렇게 나오면 곤란할 텐데?"

전부터 무풍지대 멤버들이 마음에 들지 않았던 실장은 경고하듯 멤버들을 향해 말했다. 그의 얼굴은 조명 빛을 받아 더욱 번들거렸다.

"어쨌거나 나는 PLAY 엔터로부터 너희들을 관리해야한다는 업무를 지시 받았어, 좋은 말할 때 따라와 줬으면 좋겠다."

어느 순간 말이 짧아진 실장은 인상을 잔뜩 찡그린 채 멤버들을 차례로 둘러보았다. 그리고 마지막으로 다행을 쳐다봤다.

"그리고, 해윤한테 이야기를 좀 들었는데… 그쪽이 로드매니저라면서?"

"아, 네."

"하!"

실장은 다행의 머리부터 발끝까지 쭉 훑으며 그녀를 찬찬히 관찰했다. 다행은 실장의 반응에 자연스럽게 움츠러들었다. 도대체 무슨 의도로 저러는 건지 알 수 없지만, 실장이 무풍지대와 자신에게 적대적이라는 건 본능적으로 알 수 있었다.

"개나 소나 로드매니저네…."

"우리 매니저 누나, 개나 소 아닙니다. 말조심하시죠."

태영의 얼굴이 붉어지며, 입을 열기도 전에 상현이 먼저 말을 꺼냈다. 숙소 이야기까지만 해도 잠자코 듣고 있었지만, 더이상 참을 수 없었다.

태영에 이어 상현까지 말을 받아치니, 실장은 가관이라는 표정으로 그들을 노려봤다.

"너희들 아이돌 되고 싶어서 여기 온 거 아니야? 그것도 허접한 녀석이 아니라 진짜 잘나가는 녀석들이 되고 싶어서 온 거 아니냐고! 어디서 말대답이야?"

이전에 해윤과 동석했을 때의 모습이 아니었다. 그는 교만했고, 고압적이며 자신이 흐름을 주도하길 바라는 듯했다.

다행은 자신 때문에 판이 깨지는 게 싫었다. 그녀는 상현의 어깨를 잡으며 그를 말렸다.

"처음부터 제가 옆에서 봐줬고 또 없는 지식으로 이래저래 준비해서… 나름 호흡을 잘 맞췄다고 생각했는데…."

"다시 생각해보지 그래요, PLAY에 더 유능하고 잘하는 매니저들도 많으니… 스스로 매니저로 계속 남을지 말지 다시 잘 판단해보십시오. 이지이지 사장님 이야기에 따르면 원래부터 매니저가 아니었다고 들….”

“아니요, 처음부터 저희 매니저로 왔습니다. 그러니까 그 사항에 대해선 더 이상 뭐라고 말하지 않으셨으면 좋겠습니다.”

태영의 이마에 힘줄이 툭 불거졌다. 상현과 태영이 양쪽에서 난리를 치는 동안에도 정혁은 그저 가만히 팔짱만 낀 채 상황을 지켜볼 뿐이었다.

“리더, 넌 어떻게 생각해?”

보다 못한 상현은 침묵을 지키고 있는 정혁을 향해 짜증 섞인 목소리로 물었다. 다행의 일이라면 물불을 안 가리고 덤비는 녀석이 어째서 오늘만큼은 꿀 먹은 벙어린가 싶을 정도였다.

“리더라면 이 상황에 대해 나름 판단을 해서 움직여야할 거 아니야!”

“그만해.”

상현의 불만에 정혁이 짧게 받아쳤다. 모두 예상하지 못했던 것인지 정혁을 믿고 따르겠다고 단언하던 해욱조차 놀란 눈으로 정혁을 바라보았다.

“우린 아직 전문가가 아니야, 일단 들어보자고.”

그의 담담한 어조에 다행은 왠지 모를 섭섭한 감정이 밀려왔다. 이성적으로는 정혁의 행동과 말이 옳다고 판단했지만, 서운한 마음을 숨길 수가 없었다.

왜 상현이나 태영처럼 화를 내주지 않는지, 좀 더 강하게 실장을 막아주지 않는지….

“그래도 말 통하는 녀석이 하나는 있어서 다행이네, 아무튼 한 번 잘 생각해봐. 니들 여기 놀러오는 거 아니야. 지금 하는 태도를 보니 데뷔 무대를 그 꼴로 한 이유를 잘 알겠네, 쳇!"

실장은 정혁을 제외한 나머지 멤버들의 눈빛이 거슬렸던지, 할 말만 남기고 재빨리 회의실 밖으로 나갔다.

***

"맞아, 매니저… 개나 소나 하는 거 아니야. 여태까진 제대로 케어해줄 사람도 봐줄 곳도 없었으니까 그랬지 이제는 PLAY에서 케어해준다고 하니까, 좋은 거잖아…."

"누나, 이상한 소리 하지 마. 그럼 우리 매니저 그만두려고 그래?"

"그건…."

"다행 씨. 그건 아니라고 생각해요. 처음부터 같이 했었고 지금도 같이 하고 있는데, 왜 바꾸려고 해요."

PLAY 엔터에서 로드매니저를 다시 구하겠다는 이야기를 듣고 난 후, 다행은 마음이 착잡해졌다. 여길 뜨고 싶어서 탈출할 때도 있었지만, 어느 순간 숙소가 자기 집 같았고 멤버들이 가족 같았다. 하지만 녀석들의 앞날을 위해 좀 더 연예계를 더 잘 아는 매니저가 붙는 게 이들의 위한 일이라는 생각이 들었다.

"나는 임시로 들어온 거니까…."

"너 하고 싶은 대로 해. 남고 싶으면 남고, 매니저 그만두고 싶으면 그만둬도 좋아."

정혁이 그녀의 말을 자르며 단호하게 말했다.

"야, 차정혁. 너 왜 말을 그 따위로 하냐?"

상현이 짜증을 내며 그에게 핀잔을 줬음에도 정혁은 꿈쩍도 하지 않고 가만히 다행을 바라보기만 했다.

"저 녀석 말 들을 필요 없어요! 난 우리 사생활을 다행 씨 외에 다른 사람에게 드러내는 것도 싫고, 다른 사람은 필요 없어요…."

태영은 정혁에 대한 화를 눌러가며 다행에게 고백하듯 말했다. 졸지에 거실의 분위기는 의견 충돌로 인해 난리가 났다.

"너희들 진짜 연예인 하고 싶고, 정말 성공하고 싶어서 하는 거 맞냐? 어?"

참다못한 정혁은 태영을 향해 노려보며 입을 열었다. 태영은 자신의 말에 계속 딴지를 거는 정혁이 아니꼬웠다.

"너 PLAY에서부터 태도가 왜 그따위야? 해윤이랑 콜라보로 좀 뜨니까 이제 우리 같은 건 하찮게 보여? 말을 왜 그렇게 해?"

"…하, 내가 지금 떴다고 유세부리는 거처럼 보이냐? 어? 니 눈에는 그렇게밖에 안보여?"

"그만해! 그만하라고. 매니저 문제는 내가 결정할 거니까, 제발 그만 좀 하자!"

다행은 둘을 가까스로 말렸다. 그녀의 마음도 태영과 같아서, PLAY에서부터 정혁에 대해 섭섭하게 느끼고 있었다. 하지만 틀린 말이 아니었고, 그게 현실이었기에 애써 서운한 마음을 눌렀다.

"다행 누나가 매니저를 그만두기라고 한다면 어쩌려고 너 말을 그렇게 하냐? 사람 섭섭하게!"

상현이 옆에서 한 마디 더 거들자 정혁은 이마를 잔뜩 찌푸리며 입을 열었다.

"재가 매니저였다는 거, 처음부터 누가 정한적도 없었고 그냥 빛

갚기 위해서 시작한 거야. 그 누구도 걔한테 매니저 해라, 마라 강요할 수 없어!"

'빚 갚으려고….'

정혁의 말이 틀린 건 없었다. 현실을 말했다. 다행은 그저 채무자에 불과했다. 하지만, 여태까지 지지고 볶고 싸우며 그렇게 정들었던 마음은 오로지 빚이라는 끈에 의해 묶여 있었던 걸까…. 눈물이 맺혔다. 다행은 얼굴을 멤버들에게 보이지 않기 위해 고개를 숙이고 이를 악물었다.

그때, 다행의 주머니 속에 들어있던 휴대폰이 울렸다. 사장이 준 폰이 아닌, 다행이 가지고 있던 것이었다. 진동이 요란하게 울리자 순간 모두의 이목이 다행에게로 쏠렸다. 그녀는 머쓱한 얼굴로 주머니 안을 더듬었다.

주머니를 더듬는 순간, 아무래도 아빠에게서 온 전화가 틀림없는 것 같다는 생각이 들었다. 그냥, 본능적으로 머릿속에 아빠가 떠올랐다.

이이이잉 이이잉….

주머니를 더듬을수록 핸드폰이 주머니에 달리 단추와 부딪혀 더욱 요란한 소리를 냈다.

본능적으로 이 전화가 누구에게서 온 것인지 인지한 다행이 급히 자리에서 일어났다.

"…미안하지만, 나 먼저 올라갈게."

정혁은 다행의 눈가에 눈물이 맺힌 것을 발견하고 잡으려 했다. 하지만 다행은 잽싸게 손을 피하며 위층으로 올라갔다. 쿵쿵거리는 발소리를 내며 급히 사라진 다행의 뒷모습을 바라보던 멤버들이 고개를 돌려 서로를 쳐다봤다.

특히 태영은 정혁을 향해 시선을 돌리며 날카롭게 그를 노려보았다.

"너, 진짜 할 말 안 할 말 구분 못하고 그냥 내뱉는 거, 그거 언젠가 터질 줄 알았다."

제멋대로 말하는 정혁을 늘 감싸주던 태영과 그런 그를 의지했던 정혁. 둘 사이가 언제 이렇게 멀어진 것일까. 상현은 잠시 그 둘을 번갈아 바라봤다. 새삼 벌어진 틈이 만만치 않다는 것을 느낄 수 있었다. 상현의 시선을 의식한 정혁은 다행이 사라진 2층으로 쫓아 올라갔다.

***

[032-885-XXXX]

지난번과 비교했을 때, 뒷자리만 미묘하게 바뀌었다. 누구에게선 온 전화인지 추측할 수 있는 번호였다. 다행은 숨을 고르듯 크게 들이쉬었다. 이번엔 끊어지지 않게 받아야지, 그런데 받고나면 무슨 이야기를 해야 할까? 내 입에서 아빠라는 말이 나올까?

머릿속에 온갖 생각이 뒤섞였다. 하지만 생각을 멈추고 재빨리 전화를 받아야했다. 그러지 않는다면 지난번처럼 통화버튼을 누르는 순간, 전화가 끊어질 테니까….

"여, 여보세요?"

통화 버튼을 누른 다행이 조심스럽게 입을 열었다. 상대방은 다행의 목소리를 듣자 약간 놀란 듯 크게 숨을 들이마셨다.

"여보세요? 누구세요?"

통화상대가 누군지 대충은 짐작할 수 있었지만, 다행은 끝까지 '아빠'라는 단어를 말하지 않기로 결심했다. 일종의 자존심 싸움이었다. 그러나 이 싸움을 시작도 하기 전에 상대는 자신의 정체를 먼저 까발렸다.

[다행아….]

상대방의 목소리를 듣자마자 다행은 예상이 적중했음을 알 수 있었다.

김대호, 다행의 할머니는 태몽에서 큰 범을 만났다고 대호라 지었지만 큰 범은커녕 고양이만도 못한 사내였던 다행의 아빠였다. 엄마와 이혼하고 엄마가 병사를 할 때까지 무려 5년간 말 한마디 나눠본 적 없었다.

"누구세요?"

다행은 더 딱딱하게 물었다. 아주 오랜만에 아빠의 목소리를 듣는다면 그동안 응어리졌던 게 조금 풀어질까 싶었지만 도리어 마음이 차갑게 식었다.

[…다행아, 오랜만이지?]

"누구시냐고요, 누구신데 제 이름을 마음대로 부르세요?"

[다행아…. 흠흠, 아빠야.]

그제야 자신을 밝힌 상대는 애처롭게 다행의 이름을 계속 불렀다. 마치 자신의 죄를 잘 안다는 듯.

"…김대호 씬가요?"

상대방이 아빠라고 했지만, 다행은 굳이 아빠라 부르지 않고 이름을 불렀다. 그러자 수화기 안의 상대는 조금 당황한 듯, 숨을 거칠게 내쉬더니 천천히 말을 이어갔다.

[많이 섭섭했지? 내가, 그래… 보증을 서고 사라져버렸으니….]

"섭섭한 정도가 아니죠, 덕분에… 인질로 잡혔으니까요."

다행이 씁쓸하게 웃었다. 그가 보증 빚이라도 다 갚으니 곧 구해주겠다고 말했다면, 조금이라도 용서해줄 의향은 있었다. 그러나 그러지도 못할 거면서 고작 '섭섭했다'니? 이게 정말 섭섭한 정도로만 될 문제였던가?

[미안하다, 내가….]

"그래서 보증으로 떼인 돈은 어디 좀 구해보셨어요? 안 그러면 이런 전화도 못할 텐데."

[아니, 그게… 난 설마 그 자식들이 너를 찾아서 인질로 잡을 거라곤 생각도….]

"못했겠죠. 버린 자식인데, 그저 남일 뿐인데…."

다행은 다시 한 번 울컥했다. 19살, 고등학교 졸업식 날 엄마를 보내고 돌아오던 그 길이 떠올랐다.

[미, 미안하다. 그런데, 그런데….]

"말해요."

[너, 가진 돈 좀… 없겠지?]

"네?"

다행은 눈앞이 아득해졌다. 아빠라는 작자를 믿진 않았다. 하지만 15년 만의 통화였다. 이제 겨우 사정을 터놓을까 했는데, 이런 상황에서 가장 먼저 나온 말이 결국 또 '돈'이라니.

"지금 그게 저한테 할 말이라고 생각하세요? 네?"

다행은 있는 힘껏 소리쳤다. 끓고 있던 무언가가 부글부글 올라와 입 밖으로 튀어나오는 것 같았다.

"없어요, 없다고요! 없어서 지금 저 여기 볼모로 잡혔어요! 노예처럼 일한다고, 그쪽이 진 보증 빚 내가 갚고 있다고! 됐죠? 전 돈이 없으니… 뭐 용건은 다 끝났다 생각하고."

더 말할 가치도 없다는 생각이 들어서 전화를 끊으려했다.

[잠, 잠깐만….]

"왜요? 나 가진 돈 없다니까!"

[미안, 미안해. 아빠가 어떻게든 돈 꼭 구해서 너 풀어줄게, 미안….]

차라리 모은 돈도 없는 궁색한 년이라고 쌍욕이라도 했다면, 더 앙칼지게 대들었을 텐데…. 김대호는 늘 저런 식이었다. 엄마와 이혼할 때도 정해진 날에 한 번씩 꼭 오겠다고, 그렇게 늘 지키지도 못할 약속을 했었다. 다행은 자신도 모르게 콧방귀가 나왔다.

"있죠, 엄마 있는 곳은 가봤어요?"

다행이 묻자, 상대의 긴 한숨소리가 들려왔다. 엄마가 있는 납골당은 가본 적도 없을 것이다. 늘 저런 식이었다. 다행은 피로가 몰려왔다. 이제 정말 끊어야 할 것 같았다.

[미, 미안….]

김대호는 뭔가 더 이야기를 하려 했으나, 다행은 휴대폰에서 얼굴을 떼고 급히 빨간 버튼을 눌렀다. 그게 자신의 마음을 추스르는데 최선의 방법이었다. 그리고는 그대로 침대에 얼굴을 파묻고 엉엉 울었다.

세상은 이룰 수 없는 것들로 가득했다. 이룰 수 없는 꿈, 이룰 수 없는 사랑, 바꿀 수 없는 현실… 이 드넓은 세상에서 자신은 가치 없는 엑스트라에 불과했다. 삶의 주연이 될 수 없었다. 누릴 수 있는 꿈이나 사랑이나 행복은 아무 것도 없었다.

"좀 들어가도 될까…."

침대에 머리를 처박고 소리 없이 울고 있던 다행 뒤로 정혁의 목소리가 들렸다.

"아니, 지금은 아무 말도 하고 싶지 않아."

베갯잇에 말소리가 웅얼웅얼 파묻혀 잘 들리지 않았지만, 그래도 정혁에게 자신의 의사를 분명히 표현했다. 오지 말라고, 지금은 보고 싶지 않다고. 하지만 정혁은 원래 그렇듯 자신의 고집대로 들어와 다행이 누워있는 침대에 걸터앉았다.

"나 좀 봐."

"아무 말도 하고 싶지 않…."

정혁이 다행을 끌어안으며 자리에서 일으켰다. 흐르는 눈물을 닦으며 가슴팍을 밀어냈지만, 그는 놓아줄 생각이 없는 듯했다.

"숙소에서 이러지 않기로 했잖아, 제발…."

"네가 오해할까봐, 꼭 하고 싶은 말이 있어."

"무슨 얘기? 나 지금 아무 말도 듣고 싶지 않아…."

다행은 전의를 상실한 듯 정혁의 품안에서 한참 동안 울었다. 그 외엔 어떤 것도 할 수 없었다. 기대하지도 않았지만, 아빠와의 전화는 자신을 더 바닥으로 끌어내렸다. 10억이라는 보증 빚은 어떻게 갚아야할지… 엄두조차 나지 않았다.

그 뿐이 아니었다. 무풍지대가 이제 막 빛을 보려고 하는 시점에서, 죽을 결심을 하며 살았던 자신에게 유일한 힘이 되어주던 라이언의 민낯을 보고 말았다. 단정할 수는 없지만, 다행이 그리던 자신의 스타의 모습이 아닌 것은 분명했다. 이 모든 것이 한 번에 찾아오니 다행은 무너지는 것 같았다.

그렇게 한참을 울었을까… 정혁이 다정하게 물었다.

"이제 다 울었어?"

"무슨 말이 하고 싶은 건데…."

"너…."

정혁은 잠시 말을 멈췄다가 조심스럽게 물었다.

"너, 매니저 계속 하고 싶어?"

"지금 그 말 하려고 들어온 거야?"

다행은 이제 지쳤다는 듯, 정혁에 기대있던 몸을 일으키며 천천히 머리를 쓸어 올렸다. PLAY 엔터에서부터 쌓이고 쌓였던 섭섭함이었다. 그런데 또 다시 그 문제로 자신의 마음에 생채기를 내는 것 같아서, 미리 그의 말을 막았다.

"그 말이라면… 내가 잘 생각해볼 테니까, 그만 하자."

"그만 할 수 없어."

"왜!"

끝까지 아무렇지 않은 척 하려고, 침착해보려고 그렇게 애썼는데 자꾸만 후벼 파는 정혁을 향해 결국 소리를 질렀다.

"왜? 이제 PLAY가 관리 해준다고 하니까 나 같은 건 하찮게 보여? 하긴, 그렇겠지. 빚 갚으려고 시작한 건데, 나 까짓게 무슨 전문성이나 지식이 있겠어? 알았…."

갑자기 정혁이 다행의 얼굴에 자신의 얼굴을 갖다 댔다. 그러면서 화를 내는 다행의 입을 자신의 입으로 막으려 했다. 다행은 정혁이 이런 식으로 자신을 입막음 하는 게 기분 나빴다.

"하지 말라고!"

다행은 퍽 소리가 날정도로 세게 정혁의 가슴팍을 밀었다. 그는 인상을 찌푸렸으나, 떨어지진 않았다.

"미안…."

"그럼 이런 식으로 하지 마, 나 진짜 기분 안 좋으니까…."

정혁이 스킨십으로 문제를 해결하려드는 것 같아서 다행의 기분은 더 깊게 가라앉았다.

"김다행, 네가 매니저라는 게… 난 싫어."

도대체 그게 무슨 말이라는 눈빛으로 다행이 그를 돌아보았다.

"나는 네가 무풍지대 매니저라는 게 싫다고!"

"…왜? 어째서? 그게 내가 할 일이잖아."

"그럼, 너한테 있어서 나는 뭔데?"

"…무슨 말을 하는 거야?"

"며칠 전에 기자들이 찾아온 적 있지? 앞으로 계속 그런 일들이 반복될 텐데… 그때마다 너는 상처받을 거고, 나는 너를 지켜주지 못할 거야…."

며칠 전, 기자와 카메라맨이 숙소 주차장으로 찾아왔던 것이 생각났다.

-이 여자 분은 정혁 씨 여자 친구입니까? 그래서 해윤을 거절했던 거고요?

-여자 친구가 아니라, 매니저입니다. 매니저!

그날 자신을 바라보던 정혁의 눈빛이 떠올랐다.

"네가 나를 왜 지켜준다는 건데…."

다행은 정혁의 마음이 조금은 이해가 될 것 같아서 자신이 때린 정혁의 가슴팍을 조심스럽게 만졌다.

"좋아하니까, 사랑하니까! 그러니까… 당연한 거잖아!"

정혁은 다행을 어깨를 잡고는 그녀의 눈을 가만히 바라보았다. 여전히 눈가에 눈물이 맺혀있었다.

"누구랑 통화를 했기에 그렇게 울었던 거야?"

다행이 누군가와 통화했다는 걸 눈치 챘다. 그리고 상대방이 누군지도 대충 짐작하고 있었다.

"그것까진 묻지 마, 공적인 일 아니니까."

다행은 고개를 숙였다. 정혁 역시 더는 캐묻지 않겠다는 뜻으로 가만히 그녀의 머리를 쓰다듬었다. 그리곤 다시 천천히 입을 열었다.

"그래서, 내 말 들어줄 거야? 계속 무풍지대 매니저로 남을 거야? 그냥 나만… 내 옆에서 나만 챙겨주면 안 돼?"

"무슨 소릴 하는…."

"로드매니저도 싫고, 그렇다고 숙소에 남아서 딴 녀석들이 칭얼거리는 것도 도저히 못 봐줄 것 같아. 매니저라는 명목으로 애들 받아주는 것도 화가 나! 이런 내가 우습고 찌질해 보인다고 해도 상관없어, 그냥 매니저…."

"내가 알아서 할게, 이건 진짜 네 말이 듣기 싫어서가 아니야. 네 이야기에 반박하는 것도 아니야."

다행은 정혁의 두 손을 잡으며 이야기했다. 그가 정말 잘 알아들을 수 있게, 조금이라도 오해하지 않게….

마음이 전해졌는지, 정혁이 잠시 아무 말 없이 그녀의 눈을 들여다보았다.

"지금 난 매니저기도 하지만, 그 이전에 이지이지 대출의 채무자야. 내가 어떻게든 해결해볼 테니까, 조금만 기다려줘."

"그 돈을…."

"아니, 그것 말고도 방법은 있으니까 조금만 기다려줘."

다행은 결심을 한 듯 정혁의 손을 꼭 잡았다.

"니 마음, 지금 나를 향하는 그 마음… 변하지만 말아줘. 그리고 다락방에서 나랑 약속했던, 별이 되기로 한 거. 반짝반짝 빛나는 스타가 되기로 한 것도, 그것도 절대 변하지 말아줘. 그건 네 꿈이니까."

"…."

다행은 정혁과 약속하듯 두 눈을 몇 번 깜박였다.

그녀는 더는 피할 수 없는 현실을 맞이하기로 결심했다. 라이언과 베스트 뮤직 25의 데뷔 사건, 차마 모른 척 하고 싶었던 일이었지만 결국 스스로 밝혀내야만 한다는 것을. 어쩌면, 운이 좋다면… 사장과 이 문제로 거래를 해볼 수도 있지 않을까 하는 희망을 품었다. 비록 그것이 헛된 꿈일지라도….

***

"여기… 무풍지대 숙소 맞죠?"

머리를 군인처럼 바짝 깎은 깡마른 남자가 다행을 향해 물었다. 커다란 밴 한 대를 숙소 주차장 앞에 세운 그는 누군가를 기다리고 있는 것 같았다. 인상이 날카로운 남자는 껌을 질겅질겅 씹었다. 빨리 볼일을 끝내고 싶다는 표정이 얼굴에 역력했다.

"네. 맞는데 무슨 일이시죠…?"

지난번 기자가 찾아온 사건도 그렇고 근래에 팬으로 보이는 사람들이 적잖이 서성거렸기 때문에 다행은 저도 모르게 잔뜩 긴장했다.

뒤로 상현과 해욱이 나란히 내려오고 있었다. 그들 역시 새하얀 밴 한 대가 주차장 한가운데를 막고 있었기에 의문의 눈길로 차와 남자를 번갈아 쳐다보았다.

"PLAY 윤해룡 실장님이 보냈습니다. 오늘부터 이걸로 타고 오라고 시켰어요."

그 기름이 번들거리던 실장이라는 남자를 떠올렸다. 생각할 시간과 기회를 준다는 건 전부 거짓말이었다.

"저희에겐 그런 말씀 없으셨는데…."

"그건 제가 알 바 아니고요."

남자는 용건만 충실하게 전한다는 듯, 다행을 향해 휙휙 손을 저었다.

"일단 멤버 4명이죠? 빨리 이 차에 타요. 아, 그리고 실장님이 앞으로 그쪽 매니저는 빠지라고 전하셨어요. 제가 앞으로 할 거라고…. 하여튼, 그렇게 아세요."

남자는 짧은 머리를 쓱쓱 쓸고는 밴 문을 열었다. 남자의 무례한 말투에 상현이 인상을 찌푸렸다.

"지난번 회의 때 매니저를 교체한다는 이야기는 공식적으로 없었는데, 이런 식으로 해도 되는 겁니까?"

상현이 반발하자 남자는 성가시다는 표정으로 새끼손가락을 들어 귓구멍을 팠다.

"그건 제 알바가 아니고요, 전 PLAY에서 시키는 대로 할 뿐입니다. 빨리 빨리 타세요. 시간 없으니까."

남자의 건방진 말투에 상현은 잠시 옆으로 물러나 그를 잠자코 관찰했다. 그러는 동안 해욱은 무슨 일이 있냐는 듯, 가장 먼저 탑승

했다.

"어차피 엔터가 다 알아서 할 일이니까, 여러분들은 신경 끄고 빨리 타세요!"

상현을 보고 남자는 짜증난다는 듯 건성으로 대꾸했다. 해욱이 밴에 들어가 있는 동안 다행은 남자의 제지로 멀찍이 물러나 그들을 바라보았다. 매니저의 역할은 예상보다 더 일찍 끝난 것 같았다. 시작할 때도 예고 없이 시작했듯이 끝날 때도 예고 없이 끝난 기분이었다.

"난 별로 마음이 안 내키는데… 타고 싶지 않아. 기분도 나쁘고."

상현이 팔짱을 끼고 불만스럽게 이야기하자 다행이 그의 등을 가볍게 두드리며 얼른 타라고 재촉했다. 둘의 모습을 지켜보던 정혁이 밴에 탑승했다. 이제 상현과 태영만 밴에 타면 됐다. 짧은 머리의 남자가 다시 한 번 짜증이 섞인 목소리로 상현과 태영을 쳐다보며 소리쳤다.

"얼른 타요, 이제 움직일 거니까."

남자는 운전석으로 가서 핸들을 잡았다.

"너네도 빨리 타. 오늘부터 본격적으로 연습 들어간다고 했으니까 괜히 여기서 힘 빼지 말고…."

섭섭한 마음을 채 지우지 못했지만, 다행은 상현을 등을 살짝 밀었다. 태영은 어디로 갔는지 보이지 않았다. 어쨌거나 다행은 얼른 멤버들이 눈앞에 사라져주길 바라는 마음이었다. 밴에 타고 있던 정혁이 창문을 내리고 상현을 향해 소리쳤다.

"야, 안 탈거야? 뭐해!"

그때였다.

우우우우우웅

갑자기 주차장 한편에 환한 불빛이 터져 나왔다. 슈퍼 카의 라이트가 어두운 주차장을 밝게 비췄다. 태영은 PLAY 엔터의 요구를 받아들이지 못했고, 결국 자신의 스포츠카에 올라타고 말았다. 태영의 태도에 다행은 물론 정혁과 해욱까지 놀랐다.

"야, 너 지금 뭐하는 거야? 빨리 시동 안 꺼?"

정혁이 얼굴을 붉히며 목에 핏대를 세우고 소리 질렀다. 그러거나 말거나 태영은 뒤로 차를 후진시켜서 공간을 만든 후 핸들을 틀어서 다행과 상현이 있는 쪽으로 차를 갖다 댔다.

"둘 다 빨리 타!"

태영이 창문을 내리고 소리쳤다. 다행은 어안이 벙벙해져 이게 뭔가 싶었다.

뭔가 단단히 잘못됐다. 하지만 조치를 취하기도 전에 상현이 다행의 손을 잡고 뒷좌석 문을 열었다. 둘이 탄 것을 확인 한 태영이 급히 바퀴를 굴리며 PLAY 엔터의 밴 뒷부분을 살짝 쳤다. 가로막고 있던 밴이 주차장 바깥으로 밀려나갔다.

"야, 박태영! 너 그만 안 해?"

뒤에서 정혁의 고함소리가 쩌렁쩌렁하게 울렸다. 다행은 몇 번이나 고개를 돌렸지만, 숙소를 빠져나간 스포츠카는 브레이크 없이 내달릴 뿐이었다.

***

"어쩌자고 이러는 거야?"

뒷좌석에 탄 다행은 상현과 태영을 번갈아보며 입을 열었다. 식은땀이 흘렀다. PLAY 쪽에서 그냥 넘어갈 리가 없었다. 휴대폰을 열자, 아니나 다를까 정혁에게서 부재중 전화가 다섯 통이나 들어와 있었다.

"차 돌려! 차 돌려서 숙소로 가든가, 아님 PLAY로 가자. 응?"

"다행 씨, 우리가 어떻게 나왔는데 이렇게 있다가 들어가요?"

태영의 말에 다행은 당황하며 백미러로 그의 모습을 다시 봤다. 예전의 그가 아닌 것 같았다. 차분히 이야기하고 이성적으로 판단해야할 그의 모습은 보이지 않았다. 도리어 판을 크게 벌이고 있는 그의 모습이 낯설기까지 했다.

"야! 너 이제 사춘기 터졌냐? 돌았어, 돌았어! 진짜… 하하하! 그러게 내가 놀자고 할 땐 빼더니, 놀면 안 될 때 이러면 어떡해! 이 미친 새끼야!"

상현은 다행의 속도 모르고 혀를 차며 박장대소했다. 그 역시도 태영이 뭔가 이상하다는 걸 느끼고는 있었지만, 굳이 일을 심각하게 만들고 싶지 않아 계속 낄낄거릴 뿐이었다.

이이이이잉 이이이잉

태영이 급하게 액셀러레이터를 밟자, 다행의 몸이 기우뚱 하며 앞으로 쏠렸다. 외곽도로로 나온 태영은 서울을 빠져나가겠다는 심산인지, 시외로 나가는 길을 찾아 달렸다.

그동안 다행의 핸드폰은 불이 나도록 전화가 왔다.

"미안한데, 아무래도 나 이 전화는 받아야 할 거 같아."

다행이 전화를 받지 못하도록 상현이 그녀의 손을 꼭 잡았다. 하지만 계속해서 전화가 울리자, 다행은 애절한 눈빛으로 부탁했다.

"너흰 그냥 혼나는 걸로 끝날지 몰라도, 난 빚쟁이에다가 밥그릇까지 달렸어. 제발, 응?"

다행이 이렇게까지 이야기하자 상현도 잡고 있던 손을 놓았다. 그러나 받기 전에 전화가 끊어졌다.

'어휴, 엊그제부터 정말 전화 때문에….'

어젯밤 아빠와 통화했던 일을 떠올리며 다행은 고개를 작게 저었다. 다시는 생각하고 싶지 않았다. 그때, 다시 전화가 울렸다.

이이이잉 이이이이잉…

다시 울리는 진동소리에 다행은 한숨을 내쉬었다. 정혁에게 무슨 말을 해서 그를 이해시킬지 눈앞이 아득해졌다. 한숨을 내쉰 다행이 다시 휴대폰을 들었다. 하지만 그 핸드폰에서 울리는 진동이 아니었다.

"어, 어?"

하지만 울리고 있는 핸드폰은 다행의 손에 있는 것이 아니었다.

"가방, 가방 안에서 울리는 거 같은데?"

다행이 멍하니 손에 든 휴대폰만 보고 있자 상현은 그녀에게 무슨 일이 생긴 걸 감지하고는 그녀의 어깨를 가볍게 쳤다. 상현의 말에 재빨리 정신을 차린 다행은 가방 안에서 휴대폰을 꺼냈다.

휴대폰의 발신자를 확인한 다행은 딱딱하게 굳은 얼굴로 상현과 태영을 향해 이야기했다.

"너희들은 PLAY로 가고, 난 아마 이지이지 대출로 가야할 것 같아…."

***

사장은 표정이 딱딱하게 굳어있었다. 심지어 사장 옆에 가드 한 명도 붙어있었다. 그 말은 즉, 다행에게 겁을 주거나 아니면 심각한

이야기를 시작하겠다는 신호였다.

"최상현, 박태영 그 두 녀석이 튀었다며."

"네…."

"거기에 넌 동조했고."

"그게 아니라…."

"아닌 게 아니지! 나는 너보고 애들을 잘 컨트롤하고, 보고하고, 가수로 만들어놓으라고 붙여놓은 거지, 이딴 이야기나 들으려고 한 게 아니란 말이야."

"죄송합니다."

다행은 잘못한 것이 없음에도 반사적으로 반성과 잘못과 죄송이라는 말을 꺼냈다. 험악한 분위기가 여전히 익숙하지 않은 것도 있었지만, 김대호의 이야기가 행여나 나올까 조심스러운 부분도 있었다.

"PLAY에서는 매니저를 바꿨으면 한다고 나한테 계속 얘기 하던데?"

"그렇지 않아도…."

"매니저를 그만두면 10억은 어떻게 갚을 생각이지?"

사장의 추궁에 다행은 고개를 아래로 푹 숙였다. 사실 어떻게 갚아야할지, 어떻게 감당해야할지 눈앞이 캄캄했다.

"그, 글쎄요…."

"…흥!"

사장은 한숨을 내쉬는 다행을 바라보며 가소롭다는 듯 콧방귀를 꼈다.

"뭐, 니 애비 잘못으로 여기에 와서 고생중인 건 알지만… 나도 자선사업 하는 사람은 아니잖아? 정혁이 그 자식이 하도 확신을 가지고 너를 매니저로 쓰자고 해서 내가 너를 믿고 쓰긴 했지만."

"…네."

"그래도 지난번에 네가 먼저 해윤에게 연락을 해서 정혁이와 개를 연결시킨 건 정말 잘한 일이었어. 그 덕에 완전 망쳐버린 데뷔 무대도 수습 됐고, 음…."

사장은 갑자기 뭔가가 생각난 듯, 갑자기 눈을 부릅떴다.

"베스트 뮤직 25 일은 어떻게 됐냐?"

"아, 그게… 알아보고 있는…."

"그때 네가 알아보겠다고 해서 꽤 시간을 준 것으로 아는데?"

"그게…."

"너, 네가 해윤 양이랑 정혁이를 연결시켰다고 해서 할 일을 다 했다고 자만하는 건 아니겠지?"

"그건 아니에요, 절대!"

다행은 손을 마구 저으며 부정했다. 그게 아니라고, 하지만 사장의 눈은 한없이 좁아졌다. 마치 다행이 뭔가를 미루고 있거나 업무를 태만한 틈을 찾는 듯한 표정이었다.

"그럼 왜 데뷔 무대를 그따위로 내보냈는지에 대한 이유를 찾긴 찾았어?"

사장의 의미심장한 물음에 다행은 입을 꾹 다물었다. 최근에 발견한 증거를 말할지 말지 잠시 고민해야만 했다. 하지만 U TV 일은 좀 더 깊게 파볼 필요가 있었다. 다행은 고개를 가볍게 저었다.

"PLAY에선 널 달갑지 않게 생각해, 그러니까 네가 로드매니저라는 거 자체를 못마땅하게 생각한다고. 그런데 난 여태까지 해온 걸 봤을 때 그렇게 멍청이는 아니라고 생각하니까…."

"네?"

"…마지막 기회를 주지. 베스트 뮤직 25에서 왜 그 꼴이 난 건지 알아와! 구해라, 니 애비랑 같이 도망간 망할 자식이… 베스트 뮤직 25에서 데뷔하면 가수로서 탄탄대로라고 떠들어 대면서, 그 데뷔 무대를 핑계로 1억이나 뜯어갔어."

사장은 잠시 거칠어진 숨을 고르기 위해 입을 다물고 깊게 숨을 들이 쉬었다.

"어차피 그 자식이 이 핑계 저 핑계 대며 뜯어간 돈이 10억이 넘지만, 그중에서도… 베스트 뮤직 25에서 데뷔시키려고 그 거금을 뜯어갔어. 근데… 그 꼴이 난 이유를 알아야겠어. 난 빚은 반드시 받아야 하는 사람이니까, 도대체 우리 애들을 왜 그 따위로 내보낸 건지 확실히 알아야겠어!"

다행은 숨이 턱 막혔다. 저 이야기를 꺼낸 건, 결국 자신에게 확실하게 그 일을 시키겠다는 뜻이었다. 적당한 기한을 주며 알아보라는 게 아니라 확실하게….

데뷔 방송이 그렇게 나간 후, 문제를 가장 빨리 눈치 채고 가장 먼저 손쓰려고 했던 사람이 바로 다행이었다. 하지만 증거를 잡아낸다는 건 그렇게 간단한 일이 아니었다. 솔직히 말하자면, 자신이 없었다. 장담할 수 없는 일이었다.

"PLAY는 어차피 널 달갑지 않게 생각하니, 니가 할 수 있는 일을 해야지. 애들 재데뷔는 PLAY에 맡기고, 넌 확실하게 베스트 뮤직 25랑 관련된 증거를 잡아와."

"만일… 해낸다면?"

"니가 제대로 하면, 김대호가 진 보증 빚 그거 너한테 묻지 않는 걸로 해주지."

사장이 간단하게 대답했다. 그에게 있어 10억은 큰돈이기도 했지만, 상황에 따라서는 별것 아닌 돈이기도 했다.

"만약… 해내지 못하면요?"

다행은 다른 선택지를 물었다. 불가능에 가까운 일이었으니까.

"그건 니가 더 잘 알지 않나?"

사장의 눈매가 매섭게 변해 있었다. 다행은 침을 꿀꺽 삼켰다.

***

"다행 씨, 사장이 뭐래요?"

"그 아저씨, 우리 엄마한테 돈 타갈 땐 한없이 친절하더니…. 그렇게 독한 사람인지는 처음 알았네."

다행이 숙소에 들어가자마자 상현과 태영이 뛰어나와 상황을 물었다. 공범들이었기 때문에 누구보다 다행이 걱정될 수밖에 없었다.

"그냥…."

다행은 정신없었지만, 태영을 향해 희미하게 웃었다. 구구절절 '내가 너희들 때문에 이러고 저런 상태다'라고 말할 수도 없는 노릇이었다.

"무슨 일인데요, 말 좀 해봐요."

"우리가 장난 좀 친 게… 사장이 뭐라고 할 정도야? 누나, 내가 이지이지 찾아가서 이야기 할까?"

공범들은 그래도 양심은 있었던지 다행에게 계속 말을 붙였다. 자신들이 뭐라도 해주겠다는 의사를 피력했지만, 다행은 그마저도 성가셨다.

사장이 부탁한 일들을 제대로 해내기 위해선 일분일초가 아쉬운 상황이었다.

"니들이 그딴 장난질만 치지 않았어도 됐잖아, 병신새끼들아."

상현과 태영이 앉은 소파 건너편에 잠자코 있던 해욱이 참다못해 고개를 저으며 소리를 질렀다.

"아, 시끄러워! 그래서 너랑 차정혁은 동료를 버리고 PLAY의 종이 됐냐? 아주 친일파가 울고 갈 정도다!"

상현이 해욱을 향해 도끼눈을 떴다. 상현은 해욱에게 사사건건 시비를 걸며 자신들을 방해했다는 명목으로 짜증을 퍼부었다.

다행이 이지이지사장 전화를 받고 떠난 이후에, 둘이 PLAY에서 보낸 밴을 거부하고 태영의 스포츠카를 타고 도망치자 정혁과 해욱이 그들이 탄 차량을 도난 차량으로 신고했다고 한다.

"어떻게 의리를 저버리고 그런 짓을 해?"

"누가 그렇게 멋대로 행동하라고 했냐?"

"그럼, 그럼 다행 씨는 어떡하고?"

상현과 해욱의 입씨름을 듣고 있던 태영이 버럭 화를 냈다. 그는 이상한 매니저가 붙은 것도 짜증이 나는 판에, 다행이 제외됐다는 사실을 받아들이지 못하는 것 같았다.

"그만! 그만해… 어차피 일은 이렇게 됐고. 관리권한은 PLAY에 있어. 이렇게 된 이상 PLAY 말을 들어야 해, 사장님이 원하신 것도 그쪽 방향이고…."

"그럼, 누나 진짜 그만 두는 거야? 우리 매니저 안하는 거냐고."

"응, 아마 그래야 할 것 같아. PLAY에서 확실히 괜찮은 매니저를 붙여주려고 그러는 것 같아."

"누나만 한 사람은 없어!"

상현이 저렇게까지 이야기하자 다행은 문득 그를 찾으러 암자까지 올라갔던 새벽이 떠올랐다. 그땐 무슨 깡으로 그렇게까지 했을까?

해윤을 만나기 전… 아니, 데뷔 무대가 철저하게 망하기까지 애들을 잘 다독여서 어떻게든 그럴듯한 아이돌로 만들자는 생각뿐이었다. 정혁이라는 남자가 있는 이상 그룹이 망할 리가 없으니까. 하지만, 그건 정말로 오산이었다. 세상에는 보이지 않는 손들이 너무 많았다. 그렇게 생각하니 다행은 한없이 무기력해졌다.

"다행 씨, 다시 생각해봐요. 우리 매니저를 스스로 그만두고 싶어서 그런 거예요? 아니면 사장하고 PLAY 강압 때문에 그런 거예요? 만약 그런 거면 우리가 알아서 처리해줄게요."

태영이 뭔가 더 이야기 하기위해 다행의 어깨를 잡는 찰나, 2층에서 정혁의 목소리가 들렸다.

"아니, 설사 김다행이 매니저에서 제외된 사실을 납득하지 못한다고 해도 걘 이미 매니저로서 자격이 없어."

싸늘한 눈빛으로 태영을 노려보던 정혁은 천천히 시선을 다행에게 옮겼다. 오전에 있었던 도주사건을 여전히 마음에 담고 있는 것 같았다.

"그게 무슨 소리야, 니가 뭔데…."

"제대로 된 매니저라면 그런 일이 있을 때, 뭘 더 우선으로 해야하는 지 잘 알겠지. 그리고 매니저가 움직이는 대로 따르고 협조해야하는 것도 멤버들의 자세고!"

그는 2층에서 천천히 걸어 내려오면서 다행과 태영 그리고 상현을 훑어보았다. 그의 눈빛은 싸늘했다. 다행은 정혁이 어떤 부분에서 섭섭해 하는지 어렴풋이 알 수 있었다. 도주 과정에서 자신에게 쉬지 않고 했던 전화를 받지 않은 것도 그 중 하나였을 것이다.

어제, 겨우 오해를 풀었는데 24시간도 채 되지 않은 상황에서 또 다시 서로 헐뜯으며 날 세우고 싶지 않았다.

"정혁이 말이 맞아, 내가 잘못한 거야. 그러니까 이제 나는 매니저를 할 수가 없어…."

"누나!"

상현이 다행의 손을 덥석 잡았다. 그러자 정혁의 얼굴이 일그러졌다. 그는 1층 거실로 내려와 차갑게 덧붙였다.

"이지이지 사장이 무슨 말을 했건, 앞으로 재데뷔는 PLAY 쪽에서 맡기로 했으니까 넌 이제 우리 신경 안 써도 돼."

"그래, 안 그래도 사장님께서 나한테 다른 일을 맡겨서 더 이상 너희들 신경 쓰고 싶어도 쓸 수가 없어. 그러니까 앞으로 각자 잘해보자…."

그동안 그래도 나름대로 정이 들었던지, 목소리가 떨렸다. 그 안에는 물기가 배여 있었다.

"이게 도대체 어떻게 되는 거야? 이런 식으로 해도 되는 거야?"

태영은 여전히 납득할 수 없다는 듯 정혁에게 짜증을 냈다. 그러자 그는 태영은 날카롭게 쳐다보며 말했다.

"신나게 도주하고 멋대로 행동하더니… 니 멋대로 안 되는 건 못 받아들이나 보지?"

"너…."

"원래 이런 녀석이었는데, 그동안 니 멋대로 하고 싶어서 어떻게 참았냐? 어?"

정혁이 조소를 지으며 태영을 공격했다.

"말조심 해."

"그동안 나 같이 제멋대로인 녀석 받아준다고 얼마나 속이 뒤틀렸을까, 안 그래?"

모두가 알고 있었다. 거실 안에 서있는 네 명 모두 다행이 이 숙소에 나타난 이후로 미묘하게 달라졌다는 것을. 성격도, 서로를 대하는 마음도… 역할마저 바뀌었다는 것을.

"그만해, 제발! 차정혁 너 그런 식으로 말하고 대하면 무풍지대를 어떻게 리드하려고 그래? 빠지는 건 나 하나야. 여전히 너희들 넷은 함께 움직이고 함께 가야 한다고."

다행이 눈을 꽉 감고 소리를 질렀다. 3개월 전, 원점으로 돌아간 것 같은 기분이 들었다. 다행이 소리를 지르자 멤버 넷은 각자 한 마디 더 하려고 달려들던 입을 꾹 닫았다.

"이지이지 사장님도 이야기 하셨어, PLAY에서 더 전문적인 사람들을 붙여줄 거니까 너희들도 그쪽 케어 받는 게 여러모로 좋을 거라고."

"그럼 다행 씨는?"

"난 나대로 할 일이 있어. 그러니까 너희들은 재데뷔 무대를 위해서 꼭 열심히 연습하고, PLAY가 시키는 대로 잘 하길 바랄게. 제발…"

다행은 뭔가 울컥 솟아오르는 것을 누르기위해 안간힘을 써야만 했다. 그녀의 작별인사 같은 마지막 말에 상현과 태영은 얼굴이 붉어지며 화를 참았고, 해욱은 무심하게 그녀를 바라보았다. 정혁은 그녀의 이야기가 끝나자마자 쌩하니 2층으로 올라가버렸다.

***

"너희 지난주에 깽판 쳤다며?"

PLAY 연습실에서 땀을 잔뜩 흘리며 쓰러져있던 네 멤버 위로 누군가가 얼굴을 쓱, 들이밀었다.

해윤이었다.

"깽판은 무슨."

"야, 타라는 밴에 안타고 튀는 게 깽판이지 뭐야? 하여튼 매를 벌어."

해윤은 빙긋이 웃으며 연습실 한쪽 구석에 놓인 의자를 찾아 앉았다.

"니들 덕에 윤해룡 실장, 너희 데뷔 무대도 못보고 다른 부서로 갔어."

해윤은 혀를 날름 내밀더니 혀를 찼다. 상현은 그게 그렇게 큰일인지 몰랐다는 듯, 자세를 고쳐 앉았다.

"실장이 잘린 건 아니죠?"

제멋대로지만, 그래도 가장 마음이 여린 상현이 조심스럽게 해윤에게 물었다. 그러자 해윤이 화통하게 웃으며 손을 저었다.

"잘린 거 아니니까 걱정 마, 딴 부서로 가게 됐는데… 아무래도 엔터 쪽은 연예인 육성 파트가 제일 핵심이니까, 그 사람 딴에 속상하고 마음에 안 들겠지. 근데 잘 됐어, 나도 꼴 보기 싫어서 늘 눈엣가시였는데 덕분에 잘됐지!"

해윤은 만족스럽다는 듯 어깨를 펴고 의자에 기대어 앉았다. 정혁은 그녀가 들어왔음에도 외면한 채 벽을 바라보고 있었다. 그런 모습을 잠자코 지켜보던 해윤이 그를 향해 물었다.

"…김다행이라고 했나? 너희들 계속 따라다니던 매니저는 어떻게 됐어?"

다행이라는 이름이 들리자 정혁의 몸이 움찔거리는 걸 해윤은 보았다. 하지만 모른척하며 일부러 대답하지 않았다.

"PLAY에서 전문 인력을 전담해주겠다고 그렇게 큰소리 땅땅 쳤다던데요?"

어느 순간부터 비꼬는 말만 내뱉는 태영은 해윤을 향해 원망하듯 말했다. 그녀는 태영을 한번 훑어보고는 고개를 작게 끄덕였다.

"다행 씨가 잘려서 기분 나빠요? 그런 아마추어의 컨트롤이 필요했나?"

"그게 무슨 말…."

"소중한 매니저였으면 사고를 치지 말았어야지, 빌미를 준 게 누구냐고."

해윤은 할 말을 끝내고 태영을 향해 느슨하게 웃었다. 그러나 거기서 끝낼 생각이 없는지 잠시 한숨을 쉬더니 몰아붙였다.

"음, 이런 거 말 안하려고 했는데… 무풍지대는 다 먹고살만한 집안 애들이다 싶은 생각이 드네. 지금 다행 씨는 멤버들 장난질로 인해서 졸지에 직장도 잃었는데 말이야."

해윤이 빙긋이 웃었지만 그 웃음에는 여러 가지 감정과 의미가 담겨 있었다. 입은 바짝 끌어당겨 웃고 있지만 눈은 웃지 않았다.

"나도 이 바닥에 있으면서… 가끔 너희 같은 애들 보거든? 근데 하나같이 비슷한 점이 뭔 줄 알아?"

"…."

태영은 벽에 반쯤 몸을 기댄 채 해윤을 노려봤다.

"남 탓만 해. 지들이 잘못했으면서도 난, 그렇게 될 줄 몰랐다. 그런 의도로 한 게 아니었다, 장난이었는데 왜 오버하냐, 이런 식이야. 가해자 주제에 피해자 코스프레를 하더라고. 그렇게 일치고 나서 해결해야하는 사람은 생각 안 해봤니? 그 밑에서 얼마나 많은 사람들이 고생하는지 몰라서 그런 소릴 하는 거지. 더 중요한 건 뭔 줄 알아? 그런 애들은 늘 차선책이나 도망갈 구멍을 만들어두더라고. 집이 먹고살만해서 그런지, 아니면 본능적으로 그러는지는 모르겠지만 모든 걸 다 내던지는 애들은 진짜 그렇게 행동 안 해."

주절주절 하는 듯했지만, 그 내용은 확실히 며칠 전 태영과 상현이 저지른 사건을 저격하고 있었다.

"이제 그만 좀 하지? 다 알아들었으니까."

해윤의 말에 한 마디 대꾸도 없던 정혁이 입을 열었다. 태영의 얼굴은 이미 시뻘겋게 달아올라 있었다.

"아, 그래. 미안하다! 나는 뭐… 니들이 실장을 궁금해 하고 또 PLAY의 능력을 궁금해 하는 거 같아서 알려주려고?"

해윤은 걸터앉아있던 의자에서 일어났다. 그녀는 자신의 바지 뒷주머니를 가볍게 툭툭 털더니 나가기 직전에 한 마디를 던졌다.

"근데, 아마추어든 아니든 그 여자 말이야. 진짜 아깝긴 했어. 걘 정말 사익추구라든가 비즈니스 관계로 생각하지 않고 정말 너희들을 생각해주며 일한다는 게 느껴졌거든."

***

다행은 자신의 눈앞에 보이는 오피스텔을 한 번 훑어보았다. 무풍지대 숙소와 그리 멀지않은 곳에 위치한 곳이었다.

-앞으로 기자들이 왔다 갔다 할 건데, 매니저도 아닌 여자애가 자꾸 들락날락 해봐라. 그거 어디 좋은 소문나겠냐? 옮겨. 여기 주소… 이쪽으로 숙소에 있는 네 짐 옮겨놓으라고 할 테니까 빨리 거기서 나와.

매니저 일에 손을 떼라는 것과 베스트 뮤직 25 사건의 증거를 가지고 오라는 것, 그리고 무풍지대 숙소에서 나오는 지시를 받았다.

증거를 가지고 오라는 것에 비하면 아무것도 아닌 일이었지만, 그래도 마음을 추스르는데 나름의 시간이 필요했다.

다행은 되도록 멤버들과 마주치지 않고 나오길 원했다. 그래서 며칠 전부터 조금씩, 조금씩 짐을 옮기다가 드디어 오늘을 마지막으로 배낭 하나만 짊어진 상태로 숙소에서 나왔다.

'어쩌면 잘된 건지도 몰라.'

3개월 전, 늦여름의 더위가 기승을 부릴 때 무풍지대의 네 명을 만났는데 벌써 가을이 지나고 추위가 찾아오고 있었다.

시간이 참 빠르게 흘렀다.

'내가 계속 매니저를 했다면, 나한테도 무풍지대에게도 불행일지도 몰라.'

마음을 그렇게 다독였다. 자꾸만 눈물이 나올 것 같았다. 하지만 이렇게 감상에 젖어 있을 때가 아니었다. 한시바삐 사장이 원하는 증거를 찾아서 가지고 가야했다.

"MPJD 채널 GO GO 관리자한테 메시지라도 넣어봐야 하나…."

PLAY 엔터에서 봤던 영상, 그리고 다행이 라이언의 모습을 포착한 영상…. 바로 그 영상의 관리자가 운영하는 채널이었다. 보통 팬페이지 관리자든 대포든 찍는 대로, 촬영하는 대로 올리진 않았다. 나름 보정할 수 있는 부분은 보정하고 불필요한 부분은 잘라내고 그렇게 칠 부분을 다 쳐내고 자신들의 스타가 가장 잘나오고 예쁘게 나온 부분만 올리기 마련이었다. 그렇다면 분명히 원본이 있을 거다. 다행은 그 원본을 꼭 확인하고 싶었다. 분명 거기서 뭔가를 건질 수 있을 것 같았다.

"뭐라고 메시지를 넣어야 관심을 가질까?"

곰곰이 생각하다가, 지난번 정혁의 팬이라며 선물을 전해달라고 했던 학생이 떠올랐다.

"아마 다른 아이돌이나 그룹의 팬이었을 확률이 높겠지…."

선물을 전해달라고 부탁하던 소녀도 D-solve의 팬이었다고 했다. 하지만 정혁을 본 뒤로 완전 빠져들어서 팬이 되었다고 당당하게 고백하던 그 얼굴이 떠올랐다.

'나도 내가 라이언의 뒤를 캐고 다닐 거라곤 생각도 못했어….' 다행은 씁쓸하게 웃었다. 그녀는 재빨리 창을 하나 더 띄워서 위쪽에 보이는 쪽지모양의 버튼을 눌렀다.

"이렇게 하면 될까? 모르겠다, 일단 시도해보자."

다행은 잠시 고민하다가 대충 미끼를 던져보기로 결심했다. 밑져야 본전이었다. 이 영상 주인을 통해 증거를 찾게 된다면 그거야 말로 천운인 것이고 그게 아니라면 다른 방법을 찾는 수밖에 없었다.

[안녕하세요, 무풍지대 기획사 이지이지 엔터입니다. 관리자님께서 올려주신 '무풍지대-베스트 뮤직 25 직캠'영상이 폭발적인 조회

수를 기록하고 있다는 걸 알았습니다. 그로 인해 무풍지대가 다른 프로그램에 섭외되는데 많은 도움을 받았습니다. 그래서 저희 엔터에서 작은 감사를 표하고자 하는데, 괜찮으시면 연락주세요]

SEND 버튼을 누르고 난 후, 다행은 한숨을 내쉬었다. 일이 쉽게 풀릴 거란 기대는 하지 않지만 그래도 아예 하지 않는 것보다는 나았다. 다행은 잠시 노트북을 두고 자신이 가지고 있던 D-solve영상과 무풍지대가 데뷔하기 전 연습실에서 찍어뒀던 영상 테이프를 배낭에서 하나씩 꺼냈다. 뭔가 감회가 새로웠다.

띵동!

짐을 다 꺼내기도 전에 U TV 메시지 관리프로그램에서 경쾌한 소리가 울렸다.

"어? 뭐지?"

다행은 자신에게 온 새 쪽지를 클릭했다. 영상 관리자의 답이라고는 상상도 하지 못했다. 그런데… 쪽지를 보낸 사람은 'MPJD 채널 GO GO'의 관리자였다.

"헐, 빨리도 읽었네."

[정말 무풍지대 매니지먼트 맞나요? 소문에 의하면 PLAY가 소속사라고 하던데, 지금 저한테 뭐 수작부리는 거 아닌가요? 확실하다면 증거를 보여주세요. 무풍지대 기획사라는 증거요. 그러면 저도 답을 드릴게요. 제 메일은….]

관리자는 여기저기서 온 이상한 쪽지에 시달린 것 같았다. 보통 직캠을 잘 찍는 팬에게 유명 기획사에서 컨택을 하는 경우도 있기 때문이었다. 다행은 증거를 보여 달라는 관리자의 말에 잠시 멈칫하다가 데뷔직전 연습실에서 찍었던 영상을 보내기로 결심했다. 캠코

더 영상을 파일로 변환해서 보내주면 관리자가 믿을 것이라는 확신이 들었다.

"그래, 좋아. 제발 내치지만 말고 물어, 미끼를!"

***

"누나, 우리 왔어! 왔다규! 뭐하고 있냐규!"

숙소에 들어가자마자 상현이 시끄럽게 떠들었다.

"누나, 누나!"

하지만 집안에서는 인기척이 느껴지지 않았다. 뒤이어 어두운 낯빛을 한 태영이 따라 들어왔다. 몇 시간 전에 해윤에게 돌려서 깨지고 난 후, 그는 굉장히 다운된 상태였다.

"최상현 적당히 해, 너무 시끄럽잖아."

"아니, 다행이 누나가 없잖아. 불러도. 숙소는 깜깜하고. 그러니깐 볼륨을 높일 수밖에 없지!"

상현은 짜증을 내며 거실 스위치를 찾아 켰다. 집에는 정말 아무도 없었다.

"무슨 일인데?"

해욱이 뒤따라 들어오며 무덤덤하게 말했지만, 그 역시도 휑하니 썰렁한 집 분위기에 약간 당황한 얼굴을 했다.

"야, 도해욱. 너 아침에 방에서 나올 때 누나가 무슨 얘기 안 했어?"

"무슨 얘기?"

"그걸 왜 나한테 물어? 내가 먼저 묻고 있잖아!"

상현은 해욱이 답답하다는 듯 그를 째려봤다. 하지만 아침까지 해욱은 별다른 것을 눈치 채지 못했다. 그냥 다행이 뭔가를 많이 버리고 정리한다는 건 느꼈지만 여전히 널려있는 그녀의 속옷이나 구겨진 그녀의 외투를 보며 달라진 건 없다고 생각했었다.

"어?"

해욱은 상현의 닦달에 급히 방으로 들어갔다. 아침까지만 해도 정신없이 엉켜있던 다행의 짐을 보며 한숨을 쉬며 나왔는데, 어떻게 된 일인지 침구도 가지런히 개여 있었고 어지럽게 놓여있던 짐도 보이지 않았다.

"이게 어떻게…."

"비켜 봐!"

넋 나간 해욱의 등을 누군가가 거세게 밀었다. 그 뒤로 상현의 목소리가 들렸다.

"진짜 나갔어?"

해욱의 등을 밀치며 방으로 들어간 사람은 정혁이었다. 그는 해욱의 방에 다행의 짐이 모두 빠져있는 걸 보며 입술을 깨물었다.

3개월 전에 탈출을 감행했던 모습이 데자뷰처럼 떠올랐다. 하지만 달랐다. 이건 그때와 확연히 달랐다. 요 며칠간 그녀는 침착하게 대응하고 담담하게 이야기했으며, 모두를 친절하게 대했다. 무엇보다도 이지이지 대출에서 아무 반응이 없는 걸 보면 그녀가 탈출하듯 숙소를 나간 게 아니라는 걸 확실히 알 수 있었다.

다행이 누군가의 지시에서 의해서 나갔든 제발로 나간 것이든 어쨌건 도망은 아니었다.

정혁은 손발에 힘이 쭉 빠지는 것 같았다. 이렇게 보냈어야 했나. 며칠 전, 매니저 자격이 없다며 모진 말을 내뱉은 게 마지막이었는데…. 정혁은 급히 해욱의 방에서 나와 휴대폰으로 전화를 걸었다. 하지만 다행의 전화기는 꺼져있었다. 그것 외에는 다행이 어디로 갔는지 알 방법도 없었다.

정혁은 당장 어떻게 해볼 수 없는 자신에게 화가 났다. 다행이 언제든 옆에있고, 언제든 사과할 수 있을 거라 생각했던 자신이 미웠다. 사과할 수도 변명할 수도 없었다. 그러기엔 너무 늦었기 때문이다.

***

[지금 저한테 뭐 수작부리는 거 아닌가요? 확실하다면 뭔가 증거를 보여주세요. 그러면 저도 답을 드릴게요.]

"하, 요즘 애들 보통이 아니라고 하더니 정말이네…."

하긴, 이렇게 하지 않으면 팬덤끼리 정치질에 휘말릴 수도 있고, 상대 기획사에 이용되기도 하니 당연한 반응이었다.

"뭘 증거로…. 아!"

그녀의 뇌리를 때린 것은 연습실에서 캠코더로 촬영했던 영상이었다.

"좋아, 좋아. 그렇게 하지 뭐."

다행은 빠르게 답장을 썼다.

[관리자님께서 믿지 않으시니 증거를 보내드리겠습니다. 무풍지대 데뷔 전 연습영상을 알려주신 메일로 보내드리겠습니다.]

"이정도로 이야기하면 알아먹겠지?"

다행은 만족스러운 표정을 지으며 캠코더를 찾았다. D-solve 덕질의 자료가 한 가득이던 배낭 속에는 캠코더 영상뿐만 아니라 별의 별 자료가 다 들어있었다. 그녀는 즉시 무풍지대 연습실 촬영 테이프를 찾았다.

'잘하는 건지 모르겠네….'

괜히 일이 잘못 틀어질까 걱정되었다. 모두 변환된 파일을 보며 메일 첨부파일에 넣었다 빼길 여러 번 반복했다.

"에라, 모르겠다!"

다행은 눈을 반쯤 감은 채로 메일을 보냈다. 관리자가 이 메일을 읽는 것도 좋지만, 역으로 채널관리자가 무풍지대의 진짜 팬이 아닌 허위 팬이거나 아니면 라이벌 기획사 쪽에서 풀어놓은 첩자거나 그것도 아닌 심심풀이 장난용이라면 어떻게 해야 하나 하는 생각이 뒤엉켰다.

메일을 보낸 지 한시간 정도가 지났을 무렵, U TV전용 메시지 창에 신호가 울렸다.

[보내주신 영상은 잘 봤습니다. 확인은 잘했고요, 하지만 믿을 수 없는 부분이 많아서 직접 만나봐야 무풍지대 기획사인지 알 것 같아요.]

쪽지를 다 읽은 다행은 당황하고 말았다.

"파일을 확인했으면 됐지, 뭐? 만나자고?"

관리자는 도대체 무슨 일을 당했던 건지, 아니면 어떤 일을 겪었던 건지… 계속해서 다행에게 퀘스트를 던지고 있었다. 채널관리자를 직접 만나야할지, 아니면 최대한 쪽지로 유도해서 원본 영상을 건져야할지 고민하던 다행에게 다시 쪽지가 도착했다.

[고민되시겠지만 저는 직접 만나는 거 말고, 아무것도 못 믿겠습니다.]

쪽지에는 장소까지 친절하게 쓰여있었다.

***

다행이 숙소에서 사라졌다는 걸 알고 난 후, 무풍지대 멤버들은 한동안 말이 없었다. 아니, 어쩌면 서로의 눈치를 보고 있었는지도 모른다.

PLAY가 시키는 대로 순순히 따르지 않고 도주해버린 태영과 상현은 자신들이 저지른 경솔함과 장난 때문에, 매니저 역할을 그만두길 원했던 정혁은 스스로 생각해도 너무 모질게 말했던 이유로, 다행과 한 방을 썼던 해욱은 평소 그녀에게 매몰차게 대했던 이유로 모두가 자아성찰의 시간을 가지고 있었다.

아무도 입을 열지 않고, 침울한 분위기만 감돌았다. 그리고 그 분위기는 다음 날 PLAY엔터 연습실까지 이어졌다.

"야, 분위기 왜 이렇게 우중충하냐!"

무풍지대를 담당한 PLAY 소속 안무 선생은 리액션 없이 무뚝뚝하게 춤만 추는 네 명의 남자들을 향해 소리를 질렀다. 그의 노력에도 불구하고 다들 여전히 낯빛이 어두웠다.

"너희가 시방, 이럴 때가 아니야! 사장님이 얼마나 이를 갈았는지, K 엔터를 눌러버리겠다고 K 엔터 출신까지 스카우트했다고. 그거 다 니들 때문에…."

안무 선생의 말에 차정혁의 미간이 미세하게 떨렸다. 특히 K 엔터라는 말에서.

"아, 그럼 그전에 윤해룡 실장 대신에 오는 건가요?"

궁금함을 못 참는 상현이 대뜸 안무 선생을 향해 물었다.

"그래, 윤해룡은 좀…그랬지? 실장자격이 없는 녀석이야…."

그전에 무풍지대를 맡았던 실장은 슬프게도 모두에게 눈엣가시 같은 사람이었다. 안무 선생의 말에 해욱이 입 꼬리를 올리며 묘하게 웃었다. 하지만 상현과 태영은 어두운 표정으로 다시 바뀌었다. 그때 다행을 억지로 데리고 도주만 하지 않았더라도… 그들의 얼굴에 그렇게 쓰여 있었다.

"야야, 또 얼굴이 왜 그래?"

"어떤 분이 새로 온다는 건데요?"

평소 잠자코 있던 해욱이 갑자기 입을 열었다.

"뭐, 글쎄다. 내가 들은 바로는 K 엔터에서 엄청 잘나가던 기획자였다고 하더라. 라이벌 기획사 사람을 데리고 온다는 게 좀 꺼림칙하긴 하지만, 실력이 좋다고 하니까. 아무튼 사장이 특별히 데리고 왔다는 건 너희들 관리 때문이 아닐까 싶어."

"그렇게 잘나가는 사람을 어떻게 데리고 왔을까요?"

해욱은 안무 선생의 말이 끝나기 무섭게 거침없이 물었다. 그가 무슨 이유로 그렇게 꼬치꼬치 묻는 건지 사정을 모르는 상현과 태영은 해욱을 신기하게 봤다.

"도해욱, 너 원래 그렇게 열정적인 놈이었냐?"

상현이 먼저 해욱을 향해 물었다.

"지난번에 윤 실장인가 하는 분도 굉장히 꼰대 같던데, 이번에 오는 사람은 또 얼마나 꽉 막힌 인간인지 알고 싶어서."

해욱은 심드렁하게 대답했다.

"뭐라는 거야?"

그때 누군가가 연습실 문을 두드렸다.

"들어오세요."

"새로 오신 실장님이…."

직원이 안무 선생에게 뭔가를 말했다. 안무 선생은 다가가서 직원과 몇 마디 나누더니 알겠다는 듯 고개를 끄덕였다. 그리곤 바닥에 앉아서 쉬고 있는 멤버들을 향해 큰소리로 말했다.

"그분도 양반은 못되겠네. 지금 PLAY에 와서 너희들을 보고 싶어 한다고 그러네, 저녁 연습 때 내가 다시 들를 거니까… 지금은 인사부터 해."

안무 선생이 자리를 비워주자, 실장이 오기 직전 해욱은 정혁을 향해 아주 낮게 읊조렸다.

"만약, 너 그때… 그 사람이면 어쩔 생각이야?"

정혁은 자신을 향해 걱정스럽게 묻는 해욱을 힐끔 바라봤다.

상현은 해욱과 정혁이 무슨 말을 나누는지 궁금하여 물어보려던 그때, 연습실 문이 열리는 소리가 들렸다.

30대 후반정도로 보이는 여자 한 명이 들어왔다. 연예인이 아닐까 싶을 정도로 늘씬한 몸매와 진한 화장이 인상적인 사람이었다.

"반갑습니다. 앞으로 데뷔와 스케줄뿐만 아니라 향후 그룹의 방향까지 전반적인 관리를 맡은 천재영 실장입니다."

천 실장이 인사를 하자 상현과 태영은 반갑게 고개를 끄덕였다. 그러나 해욱은 눈을 돌려 정혁을 향해 속삭이듯 말했다.

"…저 사람, 그때 그 사람 맞지?"

해욱의 말이 끝나기도 전에 정혁의 얼굴은 핏기하나 없이 창백하게, 그리고 싸늘하게 변해있었다. 그의 아래턱이 작게 떨리고 있었다.

***

다행은 번잡하기 짝이 없는 지하철 역사를 힘겹게 올라갔다. 연인들의 데이트장소, 친구들과 쇼핑장소로 많이 찾는 'CO*XX' 글자가 눈에 들어오자 그제야 한숨을 내쉬었다.

"아니, 뭐 이런 데에서 만나자는 거야…."

MPJD 채널 관리자는 왜 여기로 장소를 정했는지 이유까지 친절하게 덧붙이며 다행에게 쪽지를 보냈다.

[제 쪽이 위험할 수 있으니까, 복잡한 곳에서 보는 게 좋을 거 같아요. 한적한 곳에서 봤다간 그쪽이 사람을 써서 저를 납치할 수도 있으니까요]

갑자기 쪽지 내용이 떠오른 다행은 헛웃음이 튀어나왔다.

"뭐야, 망상병자도 아니고… 아무튼, 나도 팬질을 하긴 했지만 정말 이상한 애들이 좀 많아야…."

그때였다. 만나자고 약속했던 장소에 관리자로 보이는 사람이 나타났다. 후드를 쓰고 마스크를 낀 채 눈만 내놓은 모습이 유독 튀어 보였다.

다행은 천천히 다가가 관리자로 추정되는 사람을 툭하고 쳤다. 관리자로 보이는 사람은 화들짝 놀라며 천천히 쓰고 있던 마스크를 벗었다.

"무풍지대 기획사?"

마스크를 벗은 얼굴은 앳된 얼굴의 미성년자였다. 다행은 관리자의 말에 고개를 끄덕였다. 그러자 갑자기 채널 관리자는 주변을 두리번거리며 다행의 팔을 확 끌고 CO*XX 안으로 들어갔다.

"자, 잠깐…."

다행은 관리자에게 뭔가 말을 하고 싶었지만 관리자는 그럴 시간이 없다는 듯 복합쇼핑몰 안으로 사정없이 들어갔다. 한참을 들어가더니 편하게 앉을 수 있는 자리를 찾았다. 관리자는 다행의 팔을 끌고 적당히 아무 자리나 가서 앉았다. 그제야 쓰고 있던 마스크와 후드를 벗었다.

"누가 따라와요? 왜, 왜 그래요?"

다행은 조심스럽게 채널 관리자는 휴대폰을 꺼내서 녹음버튼을 누르더니, '아아… 지금부터 녹음 시작하겠습니다.'하는 말과 함께 테이블 위로 휴대폰을 올려두었다.

"녹음 좀 해도 되겠죠?"

"무슨, 녹음까지나…."

다행이 유난이라 생각하며 입을 열자, 채널관리자는 오히려 황당하다는 눈빛으로 그녀를 봤다.

"진짜 기획사 사람 맞아요? 어쩜 이렇게 허술해…."

"맞아요, 기획사에 나온 거. 근데 무슨 일 있어요? 허술하긴 또 뭐가 허술하다는 건지…."

"휴, 이야기하려면 좀 긴데… 무슨 용건 때문에 절 보자는 건가요? 무풍지대를 멋대로 찍었다고 저작권, 초상권 침해라고? 아님 뭐… 명예훼손이라고?"

채널관리자에게 그동안 무슨 일이 있었던 건지, 굉장히 방어적인 자세를 취하며 다행의 말에 답을 했다.

"아니, 그게 아니라… U TV에서 본…."

"쉿!"

채널 관리자는 검지를 입에 갖다 대더니 턱으로 뭔가를 가리켰다. 다행은 또 뭐가 나타났다 싶은 생각에 힘겹게 돌아앉았다. 관리자가 가리킨 것은 천장에 매달린 커다란 스크린이었다. 스크린에서는 음악채널이 나오고 있었다.

[다음 순서입니다. '잘나가는 직캠은 여기 다 모여라!' 코너인데요, 신인임에도 불구하고 U TV에 올라온 직캠 때문에 온라인상에서 요즘 정말 핫한 그룹이죠? 잠깐 영상을 보실까요?]

MC의 말이 끝나자 관리자가 'MPJD 채널 GO GO'에 올린 영상이 나왔다. 수십 번이나 돌려봤던 그 영상이었다. 영상의 하이라이트만 짧게 보여주고 난 후, 다시 MC의 이야기가 이어졌다.

[그래서 저희가 모셨습니다, MPJD라고도 하죠? 무풍지대, 어서 오세요!]

화면에 화려한 영상이 잠깐 흐르더니 카메라가 네 명의 남자를 비췄다. 무풍지대라고 불리는 네 명의 멤버, 다행이 엊그제까지만 해도 동거하던 그 네 명의 남자가 TV 속에서 다행을 바라보고 있었다.

***

[안녕하세요, 저희는 M.P.J.D 무풍지대 입니다!]

멤버 한명, 한명이 돌아가며 인사를 했다. 채널 관리자는 이미 푹 빠져있었는지 양손으로 턱까지 괴고 넋을 놓은 채 네 명의 남자를 바라보았다.

[팀의 리더를 맡고 있는 차정혁, 서브보컬 박태영, 귀여움의 최상현, 시크함을 맡고 있는 도해욱입니다.]

넷 다 개성이 넘쳤다. 모두 잘생기고 모난 곳 없는 얼굴이었다. 오히려 좀 더 인상이 날카로운 정혁과 깔끔하게 생긴 해욱이 전체적 분위기를 잡아줘서 밸런스가 맞았다. 다행은 자신도 모르게 이 순간마저도 무풍지대의 장점과 단점, 보완해야할 점을 계속 생각하고 있었다. 하지만 마음 한편에서는 이미 알고 있었다. 다행 스스로도 이미 푹 빠져 있다는 것을.

"진짜 잘났죠? 어쩜 구멍이 하나도 없어. 처음부터 대형 기획사 출신이었다면 D-solve같은 X밥은 아무것도 아닌데…. 아, 짜증나!"

관리자는 걸쭉하게 욕설까지 내뱉으며 화면에 다시 집중했다. 다행은 채널관리자의 얼굴과 스크린을 번갈아 봤다. 맞는 말이었다. 처음 정혁을 봤을 때, 스타가 될 자질이 있다는 걸… 그리고 결국 본인의 카리스마와 끼로 사람들의 눈을 사로잡을 수 있다는 걸 알았다.

갑자기 그가 너무 멀게 느껴졌다.

"궁금한 게 있는데…."

다행이 작게 말을 걸려고 하자, 관리자가 다시 검지를 입에 갖다 대며 조용히 하라는 신호를 보냈다.

[이 코너에 저희가 뽑히게 되어서 정말 영광이라고 생각합니다. 특히 저희를 잘 찍어주신 'MPJD 채널 GO GO'님! 언제 한 번 밥이라도 대접하고 싶습니다!]

채널관리자는 귀엽게 말하는 상현을 보고 부끄러워서 어쩔 줄 몰라 했다.

[그럼 무풍지대는 저희 뮤직팡팡에는 언제 한 번 나오실 계획입니까?]

[직캠에서 불렀던 곡 말고 신곡 Daylight으로 다음 주에 찾아뵐

계획입니다! 그때까지 저희 무풍지대 기다려 주실 거죠?]

"아 진짜 귀여워 미치겠네, 저걸 누가 스물 하나라고 봐! 하하하…."

채널 관리자가 다시 두 손으로 얼굴을 감싸 쥐며 즐거워했다. 그녀는 상현의 팬인 것 같았다. 다음 주에 신곡을 들고 오겠다는 기약을 하고 사라진 무풍지대를 보자 다행은 뭔가 기분이 이상해졌다. 이제 진짜 제대로 된 기획사의 관리를 받고 있구나, 하는 마음도 함께 들었다.

"그래서 무슨 이야기를 하시겠다는 거예요? 진짜 저기 TV에 나온 대로 식사라도 주선하려고 저를 찾으신 건가요?"

눈을 반짝이며 은근한 기대감을 가지는 그녀를 보며 다행은 뭐라고 이야기를 시작해야할지 난감해졌다.

"그게 아니라…."

"무풍지대 기획사에서 온 거라면서요? 연습영상도 가지고 있는데… 그 정도도 못들어 주시나요?"

"그건 맞는데, 그게 아니라…."

"뭘 자꾸 아니라는 거야?"

관리자는 불만이라는 듯 인상을 찌푸리며 호주머니에 넣어뒀던 마스크를 슬쩍 꺼내들었다. 더는 볼일이 없다는 소리였다. 그렇게 나오자 다행은 뜸을 들이지 않고 본론을 꺼냈다.

"직캠 올려준 거 있잖아요, 그거… 원본 좀 보여줘요."

그러자 갑자기 관리자의 얼굴이 하얗게 질리더니 자리에서 벌떡 일어났다. 그녀는 급히 후드를 쓰고 뛰쳐나가려는 듯 몸을 획 돌렸다. 그러나 다행이 빠르게 그녀의 앞을 가로 막았다.

"이거 왜 이래! 나 지금 녹음 하고 있어, 증거 남기고 있다고!"

"알고 있어요, 알아. 근데 나 지금 그쪽 협박하거나 뭐 어떻게 하자는 게 아니라… 알고 싶은 게 있어서 그래요."

다행은 그녀의 외투를 꽉 잡고 놓아주지 않았다. 그러자 겁에 질린 표정의 관리자가 다행의 귓가에 속삭였다.

"당신도 K 엔터에서 보낸 사람이야?"

"그게 무슨 말…."

다행은 어이가 없다는 표정으로 관리자를 쳐다보았다. 그러자 그녀는 도리어 다행을 파렴치한 사람 보듯 노려봤다.

"내 채널 없애려고 노력하는데 그게 쉬울 줄 알아? 어? 원본 파일 절대 안 넘겨. 라이언 그 새끼가 수작 부리던 거 내가 모를 줄 알아?"

관리자의 입에서 라이언이라는 단어가 나오는 순간, 다행은 입가에 쓴 기운이 돌았다. 그토록 아니길 바라던 것이… 사실인 모양이었다.

***

"오늘 봤어요, 뮤직팡팡 짧게 녹화했던데…. 그전에 카메라테스트는 좀 받고 갔나봐?"

천 실장은 고고하게 웃으며 상현부터 천천히 멤버들과 한 명씩 눈을 맞췄다. 그러다 맨 끝에 있던 정혁을 보는 순간 입가에서 미소가 사라졌다.

"반갑네, 혹시나 했는데 역시나… 너 K 엔터 루키였던 녀석 맞지?"

천 실장의 얼굴을 뚫어져라 쳐다보던 정혁은 그녀의 물음에 대답하지 않았다.

"뭐, 그때의 일을 다시 언급하는 건 너도 그렇겠지만, 나한테도 그렇게 좋은 기억은 아니니까 그냥 이쯤 해두자. 앞으로의 일만 생각하는 걸로, 어때?"

도도하다 못해 고압적으로 말하는 천 실장을 노려보던 정혁은 그 자리를 박차고 나가려했다. 아랫입술을 깨물며 대꾸조차 하지 않으려는 그의 모습은 안타까울 지경이었다.

"너… 벌써 4년이 지났는데도 여전하구나? 나이를 먹었으면 스스로를 견디고 인내하는 법을 알아야지. 그땐 어려서 그렇다했지만 지금도 여전하다면 도대체 나이를 어디로 먹은 거니? 응?"

천 실장은 팔짱을 끼고서 잠자코 정혁의 행동을 지켜보더니 신랄하게 입을 열었다.

"그땐 미성년자였고, 지금보다 덜 성숙했고, 또 지금보다 덜 간절했어."

"말조심하시죠. 저는 지금도 그때도 늘 간절했어요!"

정혁은 천 실장의 말에 화를 내며 소리 질렀다.

"그럼, 간절한 사람이 그렇게 행동하니? 니가 그렇게 하고 싶은 가수, 그거 하기 위해서 정말 무릎으로 기고 바짓가랑이라도 잡아야 할 거 아니야!"

상현은 도대체 정혁에게 정확히 무슨 사연이 있었던 건지 알 수가 없어, 의문 섞인 눈길로 바라볼 뿐이었다. 태영 역시도 과거에 정혁이 K엔터 연습생이라는 것과 방출되었다는 것은 알고 있었지만 그 속사정에 대해선 전혀 알지 못했으니까.

"일단 와서 앉아, 옛날이야기는 언제든지 할 기회가 있으니까. 하지만 다음 주에 있을 데뷔무대… 아, 너네들 벌써 데뷔했었지?"

천 실장은 작게 고개를 끄덕이며 들고 있던 종이로 시선을 옮겼다.

"어쨌건 이번이 진짜 데뷔하고 생각하고 임하자, 암튼 다음 주에 있을 무대를 생각해서… 너희들 연습하는 동안에 PLAY 직원이 너희들의 성격과 스타일, 개성 같은걸 분석해서 보내줬는데…."

"K 엔터 방식으로 가려고 합니까?"

"K 엔터든 PLAY 방식이든 나는 뜰 수만 있으면, 어떤 방법도 쓸 거야."

정혁은 천 실장을 노려보았다. 그는 천 실장과 오래된 악연 때문이었는지 그녀의 말 한 마디 한 마디를 곱게 받아들이지 않았다.

"그리고 내가 지금 이 자리에서 확실히 하겠는데, 질문이나 불만, 기타 등등 하고 싶은 말이 있을 땐 내 말이 끝나고 나서 하는 걸로 했음 좋겠어."

천 실장은 낮게 눈을 내리깔고 다시 종이를 봤다.

"넷이 동갑이더라? 다들 친구야, 아님 뭐 어떻게 만나고 뭉친 사이야?"

"같은 동네, 학교 출신입니다."

태영이 묵직하게 대답하자 천 실장은 고개를 끄덕거리며 알겠다는 신호를 보냈다.

"십대가 하나라도 섞여 있었다면 컨셉을 사회에 대한 반항, 응원의 메시지 이런 것도 넣어볼 수 있을 법한데, 일단 정혁이 빼고 랩을 할 줄 하는 애도 없고. 얼굴이랑 스타일 제외하고 잘하는 거 있어?"

날카롭게 멤버 하나하나를 분석하려는 실장의 물음에 다들 입을 다물었다. 정혁 하나만 제외하고.

"없는데다가… 그런 걸 하기엔 다들 나이가 21살이네? 그럼 노선은 그런 쪽으로 안하는 게 낫다고 봐. 앞으로 노래를 부를 때도 감성 듬뿍 들어간 사랑이야기, 연인, 연애 이런 걸로 해보자. 곡도 그런 쪽으로 의뢰하고."

"다양한 감성도 없이 뭐하는 거냐고."

정혁이 다시 불만을 토로했다.

"차정혁, 조금 전에 내가 한 이야기 못 들었어? 질문, 불만이 있으면 내가 전달할 사항, 말 끝나고 나서 하라고!"

"일단 그 틀 자체가 K 엔터의 방식이라는 거, 그거 진짜 구닥다리고 마음에 안 들어."

결국 정혁은 자리를 박차고 나갔다. 연습실 문이 쾅하며 소리를 내고 닫히자 멤버들의 표정이 급격히 어두워졌다. 천 실장은 고개를 가로저었다. 과거에 어떻게 얽혔는지 알 수 없었지만, 분명 좋지 못한 일로 얽혔다는 것을 알 수 있었다.

"일단 컨셉과 각 멤버별 캐릭터를 잡는데 이런 저런 스타일을 뽑아봤으니 한번 씩 쭉 읽어봐. 데뷔 이후에 여러 가지 질문이 들어오는 걸 대비해서 간단한 Q&A도 만들었고."

천 실장은 각 멤버의 이름이 적혀진 서류를 하나씩 넘겨주었다. 멤버들은 받아든 서류를 읽었다. 그들은 서류를 다 읽고 난 후 천 실장을 바라보았다. 얼굴에는 '진짜 이렇게 말하고 대답하라는 건가요?'라는 의문이 쓰여 있었다.

***

"다시 이야기하지만 저는 K 엔터에서 온 사람이 아닙니다."

다행은 침착하게 설명했다. 하지만 관리자는 여전히 당장이라도 도망갈 것 같은 기세였다.

"사실 어떻게 이야기를 꺼내야 할지 좀 조심스러운데…."

관리자가 경계하는 눈빛으로 다행을 바라보았다.

"무풍지대 데뷔 무대를 직접 촬영했으니, 더 잘 아실 거예요. 그날 무풍지대가 그렇게 최악은 아니었다는 걸…."

"솔직히 상현오빠는… 실수도 귀여웠어요. 하지만 잘 모르는 사람이 보면 아마추어로 취급할까봐 내가 급하게 카메라를 돌린 거지."

채널관리자는 볼멘 목소리로 조심스럽게 말했다.

"좋게 봐줘서 고마워요, 하지만…."

상현이 제대로 준비가 되지 않은 상태라는 건 누가 봐도 확실했다. 그러나 열혈 팬이었던 관리자는 상현의 잘못이 전혀 없다는 듯 말했다. 여기서 잘잘못을 가려봤자, 긁어 부스럼만 될 것 같아 다행은 잠시 입을 다물었다.

"…그래도 무풍지대가 운이 좋은지, 관리자님 덕분에 또 이렇게 풀리네요!"

"…그렇죠? 오빠들은 뜰 수밖에 없어요, 걱정 마세요. 나 아니어도… 그 녹방 보러 갔던 애들 중에서 무풍지대로 넘어간 애들 은근 많아요."

관리자는 자신 있게 이야기했다. 그러나 다시 표정이 어두워지면서 다행을 향해 입을 열었다.

"녹화방송에서 리허설 한 번도 제대로 안하고 들어갔는데… 솔직히 말해서 차정혁이 제일 멋있긴 했어요, 그건 뭐… 누구나 다 인정하는 사실이니까. 그래도 제 취향은 상현 오빠…."

"차정혁…."

다행은 작게 고개를 끄덕였다. 매력적인 남자, 누가 봐도 주목할 수밖에 없는 존재였다.

관리자는 다시 눈을 치켜떴다.

"그런데 무슨 용건이라고 하셨죠? 녹방이 순조롭지 않았다는 말 말고… 하려던 이야기가 뭐 예요?"

"그게…."

다행은 말을 해야 할지 말아야 할지 순간적으로 고민했다. 이 이야기를 꺼내면 여태까지 D-solve를 좋아하고 라이언에게 온 마음을 다 주었던 것에 배신하는 행위가 될 수 있으니까.

"원본 영상 있냐고 물었죠? K 엔터 아니라는 거… 진짜 확실하죠? 무풍지대 기획사 맞죠?"

"장담합니다, 안 그랬으면 연습 영상은 어떻게…."

"그런데 그건 왜?"

"…믿을지 안 믿을지는 모르겠지만, 녹화 도중에 PD랑…."

"라이언!"

다행은 라이언의 이름을 외치는 관리자를 쳐다봤다.

"맞죠? K 엔터가 날 쫓던 것도 결국 그자식이랑 관련 있어요. 그래서 내가 댁보고 K 엔터에서 온 사람 아니냐고 물었던 거고… 내 영상에 라이언이 찍혀있어서 그랬죠? 미쳐, 정말!"

"맞아요. 그게 베스트 뮤직 25 방송에서 무풍지대가 이상하게 편집돼서 나간 것과 연관이 있다고 생각하고요."

다행은 잠시 눈을 감았다. 어쩔 수 없었다. 채널 관리자는 만나기로 결심한 것도 원본을 통해서 꼭 확인해야 했기 때문이었다.

진짜 라이언과 PD가 뭔가 관계가 있는 것인지. 그래서 무풍지대를 그런 식으로 내보낸 것인지.

"뭐, 그게 무풍지대에게 필요한 거면 보내줄게요. 근데 K 엔터에선 뭐 때문에 나한테 자꾸 접근을 했는지 모르겠네…. 솔직히 난 뭐가 뭔지 잘 모르겠거든요. 무풍지대 무대가 있을 때 무대 밖에서 라이언이 PD랑 뭔가 이야기 하고 있긴 한 거 같은데, 노랫소리 때문에 아마 뭐라고 하는지는 알기 힘들 거예요. 그리고 라이언이랑 무풍지대랑 아무런 관련도 없잖아요, 근데 왜 K 엔터가 나한테 연락하고 법적조치까지 운운하는지 정말 이해를 할 수 없다니까요!"

관리자는 지금까지 시달린 것에 대해 한참 이야기를 늘어놓았다. 무풍지대 직캠을 내리라는 요구부터 원본 영상을 K 엔터에게 넘기라는 요구까지 별별 소리를 다 들었다고 다행에게 하소연했다. 그러면서 그녀가 내린 잠정적인 결론은 무풍지대가 왠지 히트 칠 거 같은 예감이 드니까 싹을 자르려는 속셈이라고, K 엔터는 늘 그런 식으로 더럽게 굴었다고 말했다.

다행은 넋을 놓은 채 그녀의 말을 듣는 둥 마는 둥 했지만, 마음 어딘가에서 확신이 들었다.

라이언이, K 엔터가 이토록 집요하게 채널 관리자에게 접근을 해왔다면, 분명 어떤 속셈이나 꿍꿍이나 증거가 있다는 것을 말이다.

***

[Daylight, 그녀의 눈에서]

[Daylight, 그녀의 입술에서]

[Daylight, 그녀의 손끝에서]

화려한 조명이 정혁과 나머지 멤버들을 비췄다. 무대의 조명은 넷을 위해 완벽히 맞춰졌다. 오늘 무대는 무풍지대의 재 데뷔 무대이자, 생방으로서는 첫 무대이기도 했다. 예전 베스트 뮤직 25와는 달리, 뼈를 깎는 연습을 통해 네 멤버의 합은 환상 그 자체였다.

그들의 노래는 천 실장은 의견대로 절절한 사랑 이야기가 담긴 노랫말에 섹시한 멜로디였다. 각이 잡힌 슈트를 입고, 조명과 음악이 알맞게 흘러나왔다. 천 실장이 제안한 컨셉은 완벽히 대중에게 들어 먹혔다.

재데뷔 무대인 무풍지대의 Daylight은, 뮤직팡팡의 11월 실시간 시청률 중 가장 높은 수치를 기록했다. 특히 온라인커뮤니티에서 입소문을 타면서 한때는 검색어 1위까지 오르는 기염을 토했다. 물론 데뷔와 재데뷔라는 차이가 있긴 하지만, 이 기록은 현 아이돌 중 원탑인 D-solve도 세우지 못했던 수치였다.

[아니라고 말해도 너를 향해 가고 있는 나니까]

짧게 양팔을 쳐내는 안무가 포인트로, 네 멤버의 긴 팔다리가 유독 돋보였다.

"성공할 수 있다고 보세요?"

새 로드매니저가 라이브를 모니터하는 천 실장을 향해 물었다.

"내가 언제 실패하는 거 봤어?"

그녀는 도도하게 대답했다. 그녀의 커리어는 늘 믿음과 확신이 그 베이스에 있었다. K 엔터의 알력싸움에 휘말리지만 않았어도 그녀는 PLAY에 오지 않았을 것이다. 하지만 PLAY에서 제의를 받았을 때, 또 다른 도약이 될 수도 있을 것이라 확신했다. 그런 확신으로 그녀는 움직였다. 하지만 복병이 숨어 있을 거라곤 상상하지 못했다. 바로 차정혁이었다. 4년 전, 불미스러운 일로 K 엔터 루키에서 방출 된 정혁을 여기서 만날 거라곤 예상치 못했다.

물론 정혁을 직접 만나기 이전에 PLAY에서 보여준 영상과 포트폴리오에서부터 충격을 받은 그녀였지만, 기꺼이 수락했다. 언젠가는 풀어야할 숙제였고, 또 그런 숙제의 문제 이전에 정혁이 루키 시절부터 보여준 재능과 끼가 아깝다고 생각했기 때문이다.

"이제 끝나갑니다."

"검색, 접근 순위랑 연관 검색어 쭉 뽑아서 나한테로 보내줘."

천 실장은 로드매니저를 통해 PLAY에서 추린 정보를 빨리 넘기라고 재촉했다.

"저녁에 라디오 방송 스케줄 하나 남았습니다."

"좋아, 네가 애들 잘 컨트롤해서 좀 쉬었다가 바로 상암으로 넘어가!"

천 실장은 무풍지대 4명이 들어오기 직전, 빠르게 대기실을 빠져나갔다. 그녀는 오늘 재 데뷔무대가 엄청난 파급력을 가져올 것이라고 확신했다. 천 실장이 대기실을 빠져나가고 난 뒤, 멤버들이 차례대로 대기실에 들어왔다.

"오늘 환호성 봤어? 나, 나는 지난번 베스트 뮤직 25처럼 사람 한 명도 없고… 진짜 눈치나 받으면서 또 무대에 서는 건 아닌가, 엄청 긴장했거든."

상현을 가슴을 쓸어내리며 말하고 있었지만 그의 얼굴은 완전히 들떠있었다.

"왜 보는 사람이 없어? 다행 씨가 있었잖아."

태영은 그런 상현을 나무라는 듯 무심하게 말했다. 다행의 이름이 나오자 상현이 순간 정혁을 쳐다봤다. 정혁은 미동도 없이 대기실을 둘러보고 있었다. 그런 그의 모습에 상현은 괜히 눈치를 보며 태영에게 하지 마라는 눈빛을 보냈다.

그때, 딱 맞춰 로드매니저가 대기실로 들어왔다.

"너희들 진짜 잘했어. 방금 실장님 오셨다가 다시 가셨는데 엔터에서도 그렇고 실시간으로 모니터링하는 알바 애들 말에도 반응이 바로 왔다고 하네, 일단 지난번에 받은 컨셉 자료 다 가지고 있지?"

매니저는 A4용지 묶음을 손가락으로 가리키며 확인하라는 신호를 보냈다.

"저녁에 라디오 스케줄 하나 있는데, 라디오도 뭐… 데뷔라고 봐야하니까 실장님이 컨셉 잡아준 대로 잘 대답해. 알겠지?"

매니저는 만족스럽게 웃으며 마실 거랑 요기할 거 사올 테니 대기실에서 잠시 기다리라고 했다. 그가 나가자, 상현은 태영을 다시 한 번 쳐다보며 입을 열었다.

"다행 누나는 우리가 해결할 문제고… 더 이상 매니저나 다른 사람 들리지 않게 좀 해. 또 우리 멋대로 했다가 지난번처럼 누나 곤란하게 만들 거야?"

"그래서 내가 뭐 사라진 사람을 찾기라도 했어? 데뷔무대니 뭐니 하며 PLAY가 만들어놓은 스케줄 따라가기에 급급하지…."

태영은 답답하다는 듯 미간을 찌푸렸다. 그러자 상현이 왜 또 일을 벌이려고 하냐는 듯 태영을 째려보았다.

"니들은 여기 나오는 대로 말할 거야? 웃긴 게 한두 가지가 아닌데?"

잠자코 있던 해욱이 실장이 나눠준 컨셉 자료를 보며 말을 꺼냈다.

"차정혁, 팀의 리더. 랩과 보컬 등 다양하게 끼가 넘치며 과묵한편이다."

"뭐, 그렇게 틀린 이야기는 아니네."

상현은 해욱의 설명에 고개를 끄덕이며 나쁘지 않다는 평가를 내렸다. 그러나 해욱은 상현의 대답을 무시하고 계속해서 읽었다.

"모두 나이는 같기 때문에 리더로서의 역할이 더욱 중요하다. 그런 면에서 차정혁은 무풍지대를 이끄는데 가장 적합한 성격을 가진 멤버다. 과묵하고 필요할 때만 말을 꺼내며 멤버들을 주로 배려하는데…."

"잠깐, 뭐라고? 배려?"

상현은 자신이 잘못 들었다는 듯, 고개를 갸웃거리며 격하게 반응했다. 그러자 정혁 파트를 읽던 해욱이 빙긋 웃음을 지었다.

그러는 동안 정혁은 혼자 대기실 구석 한 쪽에 앉아 다행의 개인 휴대폰으로 계속 전화를 걸었다.

[고객님의 휴대폰이 꺼져있어….]

몇 번이나 걸었는지 이제 셀 수도 없었다. 하지만 다행의 폰은 여전히 꺼져있었다. 이것 보란 듯이 자취를 감춰버린 그녀의 모습에 정혁은 머리가 지끈거렸다. 태영이나 상현이 자신의 눈치를 보든 안 보든 다행을 언급하는 거 자체가 기분 나빴다. 답답함에 아랫입술을 깨물었다.

"태영이는 그래도 비슷하네, 서브보컬에 댄디한 매력이 있는 남자라… 오, 그럼 난 뭐야?"

상현은 컨셉 잡는 데 재미가 들렸는지 계속해서 멤버들을 평가하며 이것저것 비교했다.

"넌 바람둥이 컨셉인데, 정확하네…."

"야! 내가 무슨 바람둥이야?"

"여자에게만 친절한 남자, 말을 재밌게 하고 팀 내 분위기를 좌지우지하는 역할을 한다. 딱 넌데?"

"미친! 나는 바람둥이 아니고 진중한 남자야."

상현은 팔짱을 끼며 불만스러운 얼굴을 했다. 그러더니 해욱을 추궁했다.

"넌 뭐라고 적혔냐? 왜 말없는 시크남이라고 했냐?"

"어."

"그거 왜 그따위야? 완전히 마음대로 작성했네!"

"거기다가 멤버 중 가장 키가 커, 모델 같은 매력이 있다."

"우웩."

***

다행은 관리자에게 사정했다. 그 원본파일로 베스트 뮤직 25의 편집 사건을 해결하고 싶다는 이야기까지 하면서….

결국 관리자는 고민 끝에 원본 파일을 그녀에게 보냈다. 파일을 받자마자 다행의 손에 땀이 맺혔다. 차가운 바람을 맞고 와서 얼음장 같은 몸이었음에도 불구하고, 파일을 확인하려고 하자 갑자기 뒷목이 후끈하게 달아오르는 것 같았다.

"라이언과 PD, 그리고 K엔터…."

그 기형적 관계를 증명해 줄 수 있는 확실한 증거만 있으면 되는 것이었다. 하지만 그녀의 마음 한편엔 D-solve에 대한 팬심, 의리 그리고 자신의 추억이 있었다. 원본에서 판도라의 상자를 발견한 후 그걸 헤집고 열어젖히는 순간, 그 추억들은 모두 물거품이 되고 말 것이다. 결정적인 증거를 발견해서 이지이지 사장에게 넘겼을 경우에, 과연 그가 조용히 넘어갈지 아니면 일을 크게 만들지… 그것도 알 수 없었다.

-K 엔터가 하도 난리치기에 저도 편집본 말고 원본을 다시 꼼꼼히 확인했거든요? 뭐, 별거 없던데 왜 그러는지 이해가 안 되네요.

PLAY 버튼을 누르기 직전, 다행은 한 번 더 관리자가 이야기했던 말을 떠올렸다.

"아무 일도 안 일어났으면 좋겠다."

"하지만, 뭐라도 일어나야…."

혼자서 계속 주절거렸지만 달라지는 건 없었다. 결국 그녀는 눈을 꼭 감은 채, 마우스를 클릭했다. 스피커에서 무풍지대의 데뷔곡 전주가 흘러나왔다. 그제야 눈을 뜬 다행은 라이언과 PD가 함께 있던 부분을 찾기 위해 오른쪽 화살버튼을 눌렀다. 영상은 5초씩 10초씩 감겼다. 음악이 흐르고 초반에 잠깐 상현이 실수한 부분을 넘어, 끝부분에 다시 상현이 작은 실수를 범할 때였다.

"아!"

상현을 찍던 관리자는 그의 실수에 놀란 나머지 황급히 카메라를 돌렸다. 그러다가 앵글은 완전히 핀이 나갔던지 무대가 아닌 촬영감독과 카메라까지 노출시켰다.

"자, 잠깐…."

핀이 나갔던 카메라는 아주 잠시 동안 라이언과 PD에 초점을 맞췄다. 아무래도 현 아이돌 중 탑을 달리는 D-solve의 리더가 무대 밖에서 갑자기 튀어나오니 채널 관리자 입장에서도 신기했을 것이다.

라이언은 PD와 뭔가를 이야기하고 있었다. 다행은 그 부분을 다시 감고 또 감아서 보았다. PD와 이야기는 하고 있지만 무풍지대의 노랫소리 때문에 다른 소리는 하나도 잡히지 않았다. 아무리 음역을 높게 혹은 낮게 조절해 보아도 멀찍이, 그것도 아주 잠시 동안 잡힌 화면에서 건질만한 건 없었다. 그럼에도 다행은 몇 번이나 그 부분을 돌리고 또 돌려서 봤다.

"재, 중심… 재를 중심으로…."

다행은 화면을 몇 번이고 돌려서 라이언이 무엇을 말하려고 하는지 그의 입모양을 읽으려고 안간힘을 썼다.

"너무 짧아, 젠장!"

도대체 이걸 가지고 K 엔터가 채널 관리자에게 닦달하며 영상을 내리라고 요구했다는 것을 다행 역시 납득 할 수 없었다.

"뭐 건질게 있어야지, 이걸로 뭘…. 하!"

다행은 라이언과 PD가 함께 있는 정지된 화면을 멍하니 바라봤다. 이런 걸로 사장을 설득이나 시킬 수 있을지 스스로도 납득이 잘 가지 않았다. 그러다가 순간, 다행은 급히 시간을 확인했다. 시계는 저녁 8시를 향하고 있었다. 다행은 놀라며 황급히 인터넷 라디오를 켰다.

바로 무풍지대의 첫 라디오 생방이 있던 날이기 때문이었다. 그녀는 어느 순간 자신도 모르게 무풍지대의 매니저가 아닌 팬이 되어 그들의 스케줄을 확인하고 있었다.

***

"안녕하세요! 여기는 상암, M 센터 보이는 라디오 8시 FM 김식의

music wave입니다. 오늘은 조금 특별한 게스트 분을 모셨는데요, 라디오가 첫 방송이라고 했죠?"

라디오 방송 때문에 여의도에서 또 정신없이 상암으로 넘어간 무풍지대였다. 첫 데뷔에 실패한 이후 한 달이나 넘게 스케줄을 잡을 수 없었다. 그러나 PLAY로 들어간 이후부터 순풍에 돛 단 배처럼 알아서 술술 잡히는 스케줄과 연습, 관리가 이어졌다.

"네, 첫 방송입니다."

"라디오 말고 TV 데뷔로는 음… 작은 문제가 있었다고 들었는데요?"

DJ의 이야기는 모두 천 실장이 짜놓은 각본대로 진행되었다. 그녀가 넘겨준 종이 안에는 이 질문도 포함되어 있었다. 어째보면 무풍지대에게 변명할 수 있는 판을 만들어준 셈이다. 변명을 통해서 무풍지대가 실력이 없음이 아니라는 걸 증명하라는 소리이기도 했다.

"문제라기 보단…."

DJ가 갑자기 말을 끊으며 언성을 높였다.

"아, 제 질문이 좀 그랬나요? 갑자기 게시판에 항의 글과 문자메시지가 정신없이 들어오는데요…. 하하하, 인기폭발인데요?"

보이는 라디오라, 무풍지대를 구경하기 위해 밖에 서 있던 팬들의 항의소리가 실내까지 울렸다.

"어휴, 벌써부터 질문하기가 두렵네요!"

DJ는 너털웃음을 지었다. 무풍지대 멤버들도 난감하다는 듯 어색하게 웃었다.

"네네, 잘 알겠습니다. 그렇다면 이 질문에 대해서는 그냥 넘어갈까요?"

DJ는 다시 한 번 더 조심스럽게 물었다. 그러자 정혁이 능숙하게 대답했다.

"먼저, 저희 멤버들을 아끼고 사랑해주신 팬분들께 정말 감사드립니다. 첫 데뷔 무대는 아무래도 저희들이 미숙한 부분도 있었고, 또 많이 긴장한 모습들이 그대로 나가서 방송을 보시던 분들께 당황스럽게 비춰진 모습도 있다고 생각합니다."

"어, 또 갑자기 엄청난 양의 게시글과 문자가 들어오는데…."

DJ는 그쯤에서 그만하라는 식으로 정혁을 향해 눈을 찡끗 감았다.

"오빠, 그건 궁금하지 않고요. 이상형이 어떻게 되는지 알고 싶다고 7742님이 보내주셨네요. 하하하, 그건 저도 궁금한데요?"

변명이라도 좋으니 베스트 뮤직 25에서 있었던 일들을 조금이라도 이야기하고 싶었던 정혁으로선 난감했다. DJ가 완전히 화제를 바꿔버리자 더 이야기하는 것이 도리어 눈치 없는 행동이 될 수도 있는 상황이었다.

"어, 그건 저부터 이야기해도 될까요?"

상현이 기다렸다는 듯 입을 열었다. 이 역시도 전부 천 실장이 만들어준 컨셉 자료 안에 있던 내용들이었다.

"네! 좋습니다, 이야기 해보세요."

"저는 좀 늘씬한 여자를 좋아합니다. 키도 크고 마른 스타일…."

"연예인 중엔 없나요? 모델?"

"선배님 중에서 김주남 씨…?"

"아하! 너무 좀, 안전위주의 대답 아닌 가요? 선배님이 아니라 거의 뭐… 네, 알겠습니다!"

DJ의 한탄어린 목소리에 창밖에 서 있던 팬들은 만족스럽다는 듯 엄지를 펴 보였다. 상현은 윙크를 하며 창밖을 향해 손 키스를 날렸다.

"네네, 좋습니다. 그럼 우리 무풍지대 리더! 정혁 군은 어떤 스타일을 좋아하나요?"

조금 전 베스트 뮤직 25에서 있었던 일들에 대해 시원하게 답변하지 못해 아쉬움이 남던 정혁은 여전히 그 일에 대해 생각 중인 것 같았다. 정혁이 DJ의 질문에 답을 하지 않자, 옆에 있던 해욱이 그의 옆구리를 찔렀다. 그러자 정신을 차린 정혁은 질문이 뭐였냐는 눈빛으로 다시 DJ를 쳐다보았다.

"하하, 첫 방송이라 많이 긴장했나 봐요? 이상형이 뭔지 물었어요."

"이상형…."

정혁은 질문은 듣는 순간, 다행을 떠올렸다. DJ의 재촉에도 불구하고 정혁은 잠시 눈을 감았다. 다행이 어떤 모습인지 정확히 떠올리고 싶었다.

"어, 정혁 군은 이상형이 없나요?"

정혁이 여전히 대답이 없자 멤버들도 당황한 듯, 그를 바라보았다. 그때, 눈을 뜬 정혁이 두 눈을 반짝거리며 입을 열었다.

"있습니다, 그것도 아주 구체적으로요."

정혁은 자신만만하게 눈을 빛내면 답을 했다. 정혁의 대답에 태영은 불안하게 그를 쳐다봤다.

'저 새끼가, 설마….'

신나게 대답하는 정혁의 반응에 DJ 역시 덩달아 재밌어하며 팔짱을 꼈다.

"오, 뭔가요? 정혁 군의 이상형을 지금부터 들어보겠습니다!"

DJ의 말이 끝나자마자 정혁은 입을 열었다.

"작고 아담한 키에…."

-리더 차정혁의 이상형 : 늘씬한, 모델같이 몸매가 좋은 여자를 좋아한다. 팀 분위기 자체가 고급스러운 이미지를 추구하기 위해, 접근하기 어렵고 도도한 매력이 있는 여자들을 이상형으로 추구하는 쪽이 그룹의 분위기나 전체적인 이미지를 형성하는데 적합하다고 본다.

"동그랗고, 눈을 뜰 때 쌍꺼풀이 또렷하게 접히고… 까만 눈동자…."

-쌍꺼풀은 없고 약간 찢어진 듯한 눈매가 매력 있다고 생각한다.

"매우 작고 여린 여자인데도 불구하고, 지키고자 하는 것에는 그 어떤 것도 두려움이 없는…."

-도도하고 고양이처럼 앙칼진 매력이 있는 여자.

정혁의 답변은 천 실장이 만들어 놓은 컨셉에서 완벽하게 벗어나 있었다. 그가 가리키는 사람은 바로 '다행'이었다. 정혁의 답변을 듣던 태영의 미간은 천천히 구겨지기 시작했다. 보이는 라디오 때문에 창밖에 서 있는 팬들의 시선이 느껴졌다. 태영은 저도 모르게 고개를 숙였다.

"굉장히 구체적인데, 혹시 지금 숨겨둔 애인이라도 있는 거 아닌가요?"

DJ의 장난스러운 질문에 멤버들이 약속이나 한듯 동시에 얼굴이 굳어졌다.

"어? 이렇게 얼어붙으면 진짜 줄 알잖아!"

멤버들이 딱딱하게 얼굴을 굳히자 DJ는 펄쩍 뛰며 오버스럽게 말했다. 상현이 급히 정신을 차리며 입을 열었다.

"구체적인 게 아니라 보통의 남자들이 아담하고 귀여운 여자를 좋아하잖아요. 막, 성격은 캔디 같은! 외로워도 슬퍼도, 나는 안 우는… 그런!"

"하하하, 그렇죠! 그런 타입을 좋아하죠!"

DJ는 상현의 재치가 마음에 든 듯 열렬한 리액션을 보여줬다. 그 덕에 얼었던 분위기가 다시 화기애애하게 바뀌고, 점점 분위기가 달아올랐다. 짓궂은 질문부터 난감한 질문까지 무풍지대에 다양하게 궁금한 점을 물어왔다.

'미친 새끼, 아무리 눈이 뒤집혀도 그렇지… 대놓고 티를 내?'

태영은 천 실장이 시킨 대로가 아닌, 제멋대로 이야기를 늘어놓은 정혁을 노려보았다. 다행과 지하주차장에서 포옹하던 그때부터 태영은 정혁에게 강한 적의를 느꼈다. 처음엔 자신과 멤버들은 속였던 것에 대해, 다음엔 다행을 희생시켜가며 가수의 꿈을 이어간 것에 대해, 그리고 그녀를 보내주지 못하고 끝끝내 괴롭히는 것에 대해…. 그런 마음들이 켜켜이 쌓이자, 조금 전 정혁이 이상형에 대한 답을 하는 내내 그의 멱살을 잡아 던지고 싶은 욕구가 치솟았다.

정혁이 넋을 놓고 다행을 그리는 동안, 상현과 해욱 역시 눈앞이 캄캄해지는 심정이었다. 그가 말하는 여자는 누가 봐도 김다행이었다. 상현의 재치가 아니었다면 재데뷔 날이 곧 은퇴하는 날이 될 수도 있는 상황이었다. 모두 태연하게 웃으며 대답했지만 속은 부글부글 끓었다.

"자, 그럼 이야기는 여기까지 하고 잠시 무풍지대의 Daylight 듣고 오겠습니다."

DJ는 대화를 끊고 멤버들을 향해 이야기했다.

"아휴, 다들 처음이라 긴장한 거죠? 거기다가 보이는 라디오니 신경도 쓰이고? 근데 중간 중간에 그렇게 얼어 있으면 나도 뭐라고 이야기를 주고받기가 어려우니까… 너무 긴장하지 말고 힘 빼고 편하게 해요. 알겠죠? 편하게….”

DJ가 말을 끝내고 잠시 휴식시간을 갖게 되자, 그제야 태영이 고개를 들어 정혁을 향해 입을 열었다.

“너 똑바로 안 해?”

“내가 뭘?”

정혁은 자신을 보는 태영의 눈을 똑바로 마주 보며 대답했다.

“언제는 매니저 역할 운운하며 상처 주더니… 지금은 뭐하는 짓이야?”

태영이 약간 언성을 높이자 상현이 그 둘을 잡고 입을 열었다.

“야, 밖에서 팬들이 다 보고 있거든? 제발 눈치 좀 탑재해라! 너네 뭐하는 거야?”

상현의 말에 태영은 정혁을 노려보던 눈을 거뒀다. 오늘이 바로 재데뷔 날이었다. 하지만 멤버들의 속마음은 그렇지 못했다. 다행이라는 블록 하나가 빠지자, 지지대를 잃은 네 멤버는 언제든 무너질 수도 터질 수도 있는 상황에 직면했다.

“최상현 말대로 해, 일 크게 만들지 말자.”

해욱도 상현을 거들며 둘을 진정시켰다.

때마침 노래가 거의 끝나가고, DJ가 스튜디오 안으로 들어와서 다음 톡으로 들어간다는 신호를 보냈다.

***

-작고 아담한 키에….

-동그랗고, 눈을 뜰 때 쌍꺼풀이 또렷하게 접히고… 까만 눈동자….

-매우 작고 여린 여자인데도 불구하고 지키고자 하는 것에는 그 어떤 것도 두려움이 없는….

다행은 라디오 창을 내렸다. 정혁의 목소리가 아직도 귓가를 맴돌고 있는 것만 같았다.

'그게 설마 나일까?'

두 손으로 얼굴을 감쌌다. 부끄러워 두 뺨이 달아오르는 것을 느껴졌다. 괜히 뒷목을 쓱쓱 문질렀다.

'나 일리가 없지, 나 일리가 없을 거야….'

그렇게 부정하고 싶었다. 자신에게 남겼던 마지막 말을 떠올려봤을 때, 아무래도 자신은 아닌 것 같았다.

"말이 안 되잖아…."

다행은 모니터에 비친 자신을 쳐다봤다.

-동그랗고, 눈을 뜰 때 쌍꺼풀이 또렷하게 접히고… 까만 눈동자….

자꾸만 정혁의 목소리가 귀를 맴돌고 또 맴돌았다.

"그렇게 이상형이라면서, 좋다면서 나한테 왜 그랬는데…."

다행은 정혁의 목소리를 떨치기 위해 고개를 막 흔들었다. 라디오 방송이었지만 자신에게 남기는 이야기처럼 속삭이던 그 목소리가 아직도 귓가에 생생했다.

"됐어, 어차피 다 지난 일이야. 걔넨 걔네의 삶이 있고. 나, 난… 빨리 이 빚더미에서 탈출할 생각부터 하자!"

다행은 다시 원본 영상을 재생시켰다. 그리고는 PD와 라이언이 함께 있는 부분을 다시 찾아서 화면도 소리도 최대로 키울 만큼 키워봤다. 여전히 무풍지대의 음악과 녹화무대를 바라보던 다른 팬들의 목소리에 라이언과 PD의 음성은 전혀 들리지 않았다. 저 상황에서 라이언의 음성이 들리려면 그가 PD를 향해 소리를 지르는 수밖에 없었을 것이다.

결국 모든 건 전부 정황이었다. 라이언의 입모양도 그저 입모양에 불과할 뿐, 진짜 그가 한 말이 뭔지는 라이언과 PD만 알 뿐이었다.

다행은 책상에 엎드려 미친 듯이 머리를 헝클어뜨렸다. 방법이 없었다. 무풍지대를 엉망으로 보낸 건 PD고, 그런 PD에게 뭔가 의문의 메시지를 보낸 라이언. 그 둘 사이에 모종의 관계가 있다는 걸 밝혀내야만 했으나, 이걸로는 도저히 답이 없었다.

"…이걸 들고 가봤자, 사장이 받아주기나 하겠어?"

하지만 방법은 없었다. 이것 외엔…. 다행은 사장에게 주기 위해 비어있는 USB하나를 꺼냈다. 라이언과 PD가 이야기 하는 부분을 중점적으로 편집하여 새로운 파일을 하나 만들었다.

과연 사장이 다행의 말을 믿어줄지, 또 이걸 증거로 인정해줄지… 모든 건 사장에게 달린 문제였다.

아무 시도도 하지 않은 채 끝낼 수는 없었기에 USB를 외투의 안주머니에 넣은 채, 무작정 오피스텔 밖으로 나갔다.

제 9화

추락하는 것에는 날개가 없다

"입모양을 보라고?"

사장은 이해가 되지 않는다는 얼굴로 다행에게 물었다.

"네."

"저 새끼 입모양이 뭘?"

"재, 재를 중심으로… 이런 이야기를 하고 있다고 추측됩니다."

"재가 누군데?"

"최상현이요."

다행이 다 설명을 하고나자 사장은 대충 납득이 간다는 표정을 지었다.

"그래서 방송에서 상현이 자식 얼굴만 계속해서 나왔다 이거지? 그 녀석 파트가 아닌데도 불구하고?"

"네…."

"흠."

사장은 오랫동안 고민했다. 좀 더 정확하게 말하자면 이걸 받아들일지, 아니면 더 확실한 것을 가지고 오라고 시켜야할지 망설이고 있었다.

"이거 내가 좀 써먹어도 되겠어?"

"어떤 식으로 쓸 생각이신지는 모르겠지만… 법적으로는 거의 쓸모가 없다고 보심이…."

다행이 눈치를 보며 조심스럽게 말했다. 사장 역시 철두철미한 사람이라 미리 언급 하지 않았다가 차후에 다행에게 책임을 떠넘길 수도 있으니 말이다.

"꼭 법적으로만 그런가?"

"아…."

법적으로 공식적으로 대응하는 게 아니라면, 뭐?

다행은 난감했다. 이제 무풍지대는 오늘 하루 동안만 해도 엄청난 유명세를 탔다, 그런 상황에서 이 일을 섣불리 건드렸다간, 이도저도 아닌 게 될 것 같았다.

"사장님…."

"이 새끼들이 하는 걸로 봐서는 한 두 번이 아닌 것 같은데, 안 그러냐?"

다행은 그제야 정신이 번뜩 들었다. 상대는 무풍지대라는 그룹이 속한 그냥 기획사 사장이 아닌, 사채업자라는 걸.

"그렇긴 하지만, 이 정도 증거만 가지고는… 제대로 갚아줄 수 없어요."

겁이 났다. 하지만 남아있는 용기를 쥐어짜내 사장에게 조언했다.

그러지 말라고. 무풍지대, 그 녀석들 이제 막 날개를 달았다고.

"…일단 이거 두고 나가봐라. 뭐, 어떤 식으로 쓰는 내가 알아서 할 테니…."

사장의 마지막 말에 다행의 마음은 개운하지 않았다. 그래도 자신은 할 일을 했다는 생각에 입을 열었다.

"그럼, 전…."

"넌, 기다리고 있어 봐. 어쨌든 해윤 일부터 나름 네 몫을 해내고 있었다는 걸 내가 모르는 건 아니지만, 이정도 가지고 10억이라는 빚이 다 없어지는 건 아니야."

사장은 낮게 내리깔린 목소리로 단호하게 말했다. 협박 같진 않았지만, 그보다 더한 강요가 녹아있는 말투였다.

"네…."

기운이 빠졌다. 그래도 아주 잠시나마 이 상황에서 벗어날 수 있지 않을까, 하는 희망을 품었었다. 차정혁, 그리고 무풍지대와 앞으로 만나지 못하는 건 조금 섭섭하기도 했지만, 그래도 여기서 벗어날 수만 있다면 괜찮다고 생각했다. 하지만 과연 그 마음이 진짤까.

벌써 11월이 되었다. 겨울을 알리는 바람이 다행의 품 안으로 세차게 불어 들어왔다. 다행은 몸을 움츠린 채 건물 밖으로 나왔다. 갑자기 차가워진 바람 때문인지 코끝에 알싸한 기운이 감돌았다. 어쩌면 서러움에 시린 걸지도 몰랐다.

"에휴, 어차피 기대도 안했다…."

다행은 담담하게 말하며 발걸음을 옮겼다. 추워진 만큼 낮이 짧아졌다. 다행은 건물에서 나와 오피스텔로 향했다. 그 순간이었다.

"김 다행!"

갑자기 어두운 골목에서 누군가가 튀어나와 다행의 팔목을 낚아챘다.

"으악!"

다행은 놀란 나머지 소리쳤다. 그러자 어둠 속에서 튀어나온 누군가가 다행의 입을 막았다.

"소리치지 마, 나야."

무서운 나머지 눈을 꼭 감았던 다행은 익숙한 목소리에 슬며시 눈을 떴다. …정혁이었다.

"너, 너 뭐야?"

"그건 내가 해야 할 말인데?"

정혁은 화가 나있는 것 같았다.

"도대체 어디로 간 거야?"

다행은 난감해하며 정혁의 눈을 피했다.

"어디에서 지내냐고! 빨리 말해."

"싫어. 그리고 나 이제 더 이상 너희 매니저 아니야, 그러니까 네가 이럴 권리 없어."

"너!"

다행은 자신의 어깨를 잡고 있는 정혁의 손을 천천히 풀었다. 그의 눈을 피하지 않았다. 대신 차가운 말투로 이야기했다.

"여기 어딘 줄 알아? 이지이지 건물 앞이야. 사장이 이 모습이라도 보게 되면 어쩌려고 그래? 감당할 자신 있어? 그러니깐 빨리 이거 놓고 가!"

다행은 재빨리 자신의 어깨 한 쪽에 남아있던 정혁의 손을 떼어냈다. 순순히 자신의 말에 따라줄 것이라 생각했던 다행이 도리어 화를 내며 경계하자, 정혁은 당황스러웠다.

그의 손에서 벗어나기 무섭게 다행은 뒤도 돌아보지 않고 뛰어 어두운 골목으로 사라졌다.

***

김식의 music wave 방송이 끝나고 난 후, 라디오게시판은 난리가 났다. 대부분의 질문이 '무풍지대가 누구냐?' '언제, 어디에서 데뷔했냐?'였다. 김식처럼 연식 있고 능숙한 라디오DJ와 함께 방송을 하고 나면 그 가수의 곡이 스트리밍 사이트 상위랭크에 올랐다. 무풍지대의 경우는 보이는 라디오로 나온 덕분인지, 아니면 남다른 토크실력을 발휘한 상현 덕분인지 음원사이트 보다 방송국 게시판이 난리가 났다.

흔하지 않은 컨셉도 컨셉인데다 어딘가에는 구멍이라 불릴만한 멤버가 있을 법 한데, 무풍지대는 외모나 성격, 혹은 체형, 그 어떤 것도 빠지는 멤버가 없었다. 심지어 말재주가 좋은 상현 덕분에 토크도 무난하게 이끌어 간다는 평가까지 더해졌다. 덕분에 실시간 라디오 청취율 TOP을 찍었다.

현재까지 아이돌 쪽에서 탑이라 분류되는 D-solve의 기록을 무풍지대가 하루 만에 서너 개 나 갈아 치워버린 것이었다.

"와, 너희들!"

다음 날, 로드매니저가 PLAY 엔터에서 분석한 차트를 들고 급히 회의실로 뛰어 들어왔다. 천 실장이 나타나지 않은 회의실에는 무풍지대 4명의 멤버만 나른한 얼굴로 자리 잡고 있었다.

"와, 와…."

"무슨 일인데요? 말을 해요!"

말을 잇지 못하는 매니저에게 상현은 빙긋 웃으며 그를 재촉했다.

"솔직히 PLAY 남 아이돌이 이런 성적은 낸건 처음이라서…."

매니저는 감격한 듯, 몇 번이나 손으로 이마를 짚었다. 하지만 태영은 그의 말이 틀렸다는 듯 손가락을 까딱거리며 정정했다.

"정확하게 PLAY 출신 아이돌은 아니죠, 저흰 여기 소속은 아니니…."

"꼭 그런 말을 해야겠어?"

해욱이 눈살을 찌푸리며 태영의 말을 막았다. 그전까지 잠자코 지켜보던 해욱이었으나 태영이 불만을 노골적으로 드러내자, 해욱도 입을 열었다. 매니저 교체 사건 이후로 밖으로는 주가를 계속해서 올리고 있는 무풍지대였으나 내부는 정혁과 태영 사이에 보이지 않는 반목이 계속되고 있었다.

해욱은 철저히 정혁의 편을 들었고, 처음엔 태영과 한 배를 탄 것처럼 보였던 상현이 무풍지대의 주가가 급상승하자 중립적인 태도를 취했다.

"분명히 해야 할 거 아니야."

태영은 해욱의 참견이 불쾌하다는 티를 냈다. 회의실의 분위기는 그 둘의 설전으로 또 얼어붙었다.

"야! 야! 그만 좀 해! 결과가 어떻게 된지 가르쳐주러 온 사람 앞에 두고 뭐하는 짓이야…! 매니저님 빨리 이야기해주세요."

상현은 태영과 해욱을 한 번씩 흘겨보며 매니저를 향해 두 눈을 빛냈다. 베스트 뮤직 25에서 데뷔 무대를 작살 내버린 당사자였지만, 재데뷔가 무사히 이뤄지고 난 후 그 누구보다 기뻐하며 팀 활동에 열을 올린 멤버 역시 상현이었다.

회의실의 분위기가 어색해지자 로드매니저가 난감한 얼굴로 머리를 긁적였다.

"아, 미안하다. 앞으로 그런 말실수는 하지 않을 테니까… 어제 있었던 순위랑 뭐 검색어 이것저것 분석한 거랑 오늘 스케줄 이야기 할게."

매니저는 태영의 눈치를 한 번 더 살피며 어제 무풍지대의 기록들을 천천히 늘어놓았다. 매니저의 말이 길어질수록 상현의 눈빛은 감탄과 즐거움으로 가득 차 있었다. 그 모습에 태영은 콧방귀를 꼈다.

"진작 좀 그런 얼굴을 했어봐라…."

태영의 말에 상현과 거의 독대 수준으로 보고를 하던 매니저는 태영의 언행이 몹시 거슬리는 지 참다못해 파일을 책상 위로 던졌다.

"박태영, 넌 대체 뭐가 그렇게 불만인 거야?"

시종일관 관심 없이 PLAY 엔터 밖을 쳐다보고 있던 정혁마저도 매니저가 화를 내자, 살짝 놀란 눈이 되었다.

"지금, 전부!"

"태영아, 너 왜 이래? 너 뭐가 그렇게 불만인데? 네가 이런다고 다행이 누나가 다시 돌아와?"

상현이 눈치껏 그를 말려보려고 입을 열었지만 다행의 이름이 나오자마자 멤버들의 얼굴이 딱딱하게 굳었다.

"처음부터, 처음부터 제대로 단추를 끼웠으면 되는 거였잖아!"

"그래서 너는 지금 데뷔무대를 망친 나를 탓하고 싶다 이거지?"

"이미 지나간 일에 대해선 말하지 말자. 내 말은, 결국 저 매니저가 하는 보고는 우리 능력하고는 무관한 일이라고. PLAY 입김으로 잡은 기회랑, 돈줄로 광고한 효과라고! 그렇게 해서 이 바닥에 남고 싶냐? 어? PLAY 입김 없이 스스로 일어서 볼 생각은 없냐고!"

태영은 PLAY가 관리를 시작하면서 다행이 매니저를 그만두고 숙소에 나가는 상황까지 이르자 활동에 사사건건 시비를 걸었다. 어쩌면 정혁이 해윤과 콜라보를 할 때부터 심사가 틀어져있었는지도 모른다.

"스스로 일어서?"

갑자기 하이톤의 목소리가 날아오듯 꽂혔다.

"스스로 잘 일어설 수 있겠습니까? 한 번도 그런 인생을 살아본 적이 없는, 대한 그룹 아드님이?"

천 실장이 조소 가득한 얼굴로 태영을 쳐다보고 있었다.

대한 그룹이라는 말이 나오기 무섭게 태영의 표정이 싸늘하게 변했다. 여태까지 본적 없는 얼굴이었다.

"태영 군 말이 틀리진 않지, PLAY의 입김이 없었으면 어떻게 그룹명도 생소한 애들이 그 쟁쟁한 프로그램에 나오겠어? 안 그래?"

천 실장은 깔끔하게 드라이 된 머리를 뒤로 넘겼다. 그리곤 자신을 노려보고 있는 태영을 도도하게 마주 보았다.

"그런데 박태영, 너는 PLAY에 들어오기 전에도 오로지 니 힘으로만 거기 있었던 거 같아? 부모님의 도움이나 어떤 경제적 혜택도 없이? 오로지 니가 잘나서 거기 있었던 거 같아?"

천 실장이 이렇게까지 이야기하자 상현의 얼굴에서 불안한 기운이 피어올랐다. 상현조차 단 한 번도 구경해보지 못했던 태영의 얼굴이었으니까.

"말씀 잘 하셨네요. 네. 맞습니다. 제 능력으로 한 건 아무 것도 없죠. 그러니 무능력한 저는 언제든 이 팀에서 빠져도 상관없겠네요."

"그만 해, 태영아!"

무풍지대를 그만두겠다는 말을 우회적으로 꺼낸 것이다. 상현은 생각보다 상황이 심각하다는 걸 느끼고 자리에서 벌떡 일어나 태영에게 다가가려 했다. 하지만 천 실장은 그런 말에 눈 하나 깜짝하지 않고 할 말을 이어갔다.

"그만두고 싶으면 언제든 그만둬도 상관없어. 뭐, 며칠 전에 재데뷔한 녀석 치고는 참 가볍다는 생각뿐이지만. 그런데 그만 둔 후의 일도 감당할 자신 있지?"

"무슨!"

"네가 대한 그룹 막내아들이라는 거 언론에 다 뿌릴 거야. 책임 없이 계약 도중에 자기 멋대로 잠수 탔다고, 그리고 그 전에도 불성실했다고. 그렇게 이미지 바닥으로 만들 거야. 광고? 소송? 그런 거 하나도 안 무서워. 어차피 대한 그룹은 군수 물품이랑 건설 쪽이라 아이돌 바닥에선 별로 도움 안 되는 거 알지? 소송해봤자 너랑 대한 그룹에서 얻는 게 뭐가 있는데? PLAY도 연예계에선 대한만큼이나 입김 센 기업이야. 어때? 그래도 네 멋대로 할 생각 있어?"

태영에게 틈 하나 주지 않고 천 실장은 그 앞에서 있는 대로 퍼부었다. 정혁을 제외한 나머지 멤버들의 얼굴이 일그러졌다. 평소 감정을 잘 드러내지 않던 해욱마저 얼굴이 시뻘겋게 바꼈다.

천 실장은 태영의 말에 답을 준 것이지만 결국 그녀의 대답은 무풍지대 나머지 멤버들에게도 해당하는 사항이었다. 잘나가는 병원장과 재단 이사장을 부모로 둔 상현, IT회사를 운영하며 게임업계 1

위 개발자를 부모로 둔 해욱…. 이들에 대한 경고이기도 했다.

“알았으니까 그만해요. 그게 천 실장님 스타일이라는 거 난 잘 알지만, 다른 애들은 잘 모르니깐 그쯤 해뒀으면 좋겠어요.”

창밖을 가만히 바라보던 정혁은 자리에서 일어나 천 실장을 가만히 응시했다. 이전까지 눈 하나 깜짝하지 않았던 그녀였으나 정혁의 말에 동요하는 모습을 보였다. 과거에 어떻게 얽힌 인연이었는지 모르지만 정혁에 말에는 크게 반박하지 않는 천 실장의 모습에 태영은 그 둘을 한참이나 노려보았다.

“박태영, 너도 거기까지만 해. 심심풀이로 하던 시간은 지났어, 잠깐 얘기 좀 하자.”

정혁은 뭔가 결심했다는 듯, 태영을 쳐다봤다. 그의 눈에는 정혁에 대한 적개심이 가득 차 있었다.

***

오피스텔로 돌아온 다행은 이지이지 건물 근처에서 본 정혁의 얼굴이 자꾸만 떠올랐다.

“왜 거기에 있었던 거야….”

숙소로 돌아가지 않고 그 근처를 배회했을 녀석을 생각하니 기분이 이상해졌다.

“라디오 다음엔 스케줄도 없었는데, 왜….”

괜히 마음 한편이 찌르르하게 울렸다. 하지만 자신에게 했던 그 서러운 이야기들을 돌이켜보면 그냥 이대로 그를 흘러 보내고 싶은 마음도 들었다.

"참나, 진짜 웃겨. 매니저 그만두라고, 나보고 무풍지대에 손 떼라고 할 땐 언제고…."

-어디에서 지내냐고! 빨리 말해.

무시하려고 애썼지만, 자꾸만 정혁의 목소리가 들리는 것 같았다.

"어휴, 남자가 아닌 아이돌로 한 번 좋아해보려 했더니…."

괜히 기분을 전환 해보려고 한 이야기에 도리어 다행은 울음이 터져나올 것 같았다. 살면서 이성으로서 누군가를 좋아해본 적은 처음이었다. 라이언을, D-solve를 좋아했던 것도 가장 힘들 때 위로해줬던 그 목소리 때문이었다. 하지만 정혁은 무풍지대라서도 아니고 멋진 무대매너 때문에 좋아한 게 아니었다. 그냥 차정혁이기에 좋았다. 남자로서 그가 좋았다.

"뭐야, 진짜…."

두 눈에 고인 눈물을 훔쳐내며 다행은 차분히 노트북 앞에 앉았다. 사장의 부름이 있을 때까진 당분간 시간적 여유가 있었다. 그러자 그냥 공무원 문제집이나 다시 들여다볼까 싶은 생각이 들었다. 공무원엔 관심도 없었지만, 엄마의 유언이자 소원이었다. 평범하고 다행스러운 삶을 살아달라고. 무탈하게 세상사에 휘둘리지 말고 그냥 성실하게 살아달라고….

"올해는 어차피 황이니, 운이 좋아서 사장이 풀어주면 내년이나 노려야겠다! 에휴…."

먹고 살아갈 걱정이 잡념을 떨쳐주는데 최고라 하더니, 맞는 말이었다. 그 생각을 하고나니 정혁에 대한 감정과 울적한 기분이 좀 가라앉는 것 같았다.

다행은 자신이 들고 왔던 배낭과 기타 잡다한 것들이 든 박스를 뒤적거렸다.

베스트 뮤직 25 사건으로 인해 D-solve 팬질은 그만두기로 결심했다. D-solve 팬클럽과 팬 커뮤니티에서 이 사실을 알리도 없고, 알려지지도 않았지만, 스스로 라이언의 흠을 찾고 밝혀내면서 그 팬심마저 깨진지 오래였다.

어차피 이렇게 된 거 하나씩 D-solve의 흔적을 정리하기로 마음먹었다.

"세상사 진짜 알 수가 없네, 없어…."

엄마의 죽음 이후로 가장 힘이 되고 마음으로 기대던 곳이 라이언의 목소리였다. 그런데 다행이 가장 간절하게 성공하길 바라던 무대에 훼방을 놓은 것 또한 라이언이었다.

"이게 마지막인가?"

배낭과 상자에 들어있던 D-solve 자료를 하나씩 꺼내며 찍었던 영상을 모두 지웠다. 어찌된 일인지 슬프지도. 섭섭하지도 않았다. 하지만 그렇다고 홀가분한 것도 아니었다. 그냥 담담할 뿐이었다.

담담함, 이게 말로만 듣던 탈덕할 때의 감정인가 싶은 생각이 들어 픽, 하고 웃었다. 천천히 캠코더 테이프를 다 지워버리고 빈 테이프만 남겨두었다. 그렇게 몇 시간을 지우고 또 지웠을까…. 캠코더에 딱 테이프 하나만 남게 되었다.

"이제 진짜, 진짜로 마지막이네! 하하하…."

다행은 마지막 인코딩 버튼을 눌렀다. 하필 마지막 테이프에 무풍지대 연습장면이 담겨있었다. 무풍지대 U TV채널 관리자에게 넘긴 영상이기도 했고, 또 태영에게 D-solve의 영상이 담겨있다는 걸 들킨 테이프이기도 했다.

"아…."

영상을 바로 재생시키자 무풍지대의 모습이 나왔다. 화면에 보이는 정혁의 모습에 다행은 멍하니 넋을 놓고 바라보았다. 이젠 그의 모습만 봐도 가슴이 벅차올랐다. 이런 게 사랑일까 싶은 생각이 드는….

다행은 무풍지대의 영상을 좀 더 보고 싶었다. 채널관리자에게 보낼 땐 대충 영상을 적당히 잘라서 보내는 정도로만 했지만, 지우려고 가져온 테이프였는데 어째서인지 이 테이프의 영상을 날리기 아까웠다. 무풍지대 때문이 분명했다.

다행은 영상을 처음으로 돌려서 D-solve의 모습만 지우기로 결심했다. 나중에 무풍지대가 나오면 더 보기 힘들어질 테니까, 그들을 이렇게 가까이서 만날 기회란 영영 없을 테니 기념으로 가지겠다는 마음으로 말이다.

D-solve의 영상을 지우기 위해 처음부터 쭉 돌려보던 다행은 순간 소리를 내질렀다.

"아! 이, 이게…."

똑같은 베스트 뮤직 25 리허설 녹화 날, 다행이 스탭 카드를 빌려 목에 걸고 스탭인 척했던 날이기도 했다. D-solve의 무대가 있기 직전, 그 해 데뷔한 무서운 신인인 PLAY BOYS의 무대가 있던 날이기도 했다. PLAY BOYS는 지금 무풍지대를 관리하는 PLAY엔터에서 공들여 보낸 남자 아이돌 그룹이었다.

[아, 어떡해!]

영상 속에서 다행의 목소리가 들렸다. 아마도 무대 뒤에 있던 라이언을 가까이에서 봐서 흥분했던 것 같았다.

"아, PLAY BOYS 다음이 D-solve였던가?"

영상을 한참동안 보던 다행은 자신도 모르게 중얼중얼 입을 열었다. 파노라마처럼 그날의 기억이 머릿속에서 천천히 흘러가고 있었다.

PLAY BOYS 다음으로 리허설을 기다리던 라이언의 모습이 떠올랐다. 그날, 다행은 스태프인척 바짝 붙어서 라이언을 촬영하기 바빴다. 물론 어두컴컴한 무대 뒤였기 때문에 가능했던 부분도 있었다. 한참동안 영상을 보던 다행은 그날의 자신이 떠올리곤 얼굴을 붉혔다.

영상에선 다행이 라이언의 뒤를 조심스럽게 쫓아다니며 촬영하는 중이었다. 라이언 역시 다음 리허설에 긴장한 듯 떨고 있었다. 그랬기에 몰래 촬영하고 있는 것을 눈치 채지 못한 것 같았다.

그때, 갑자기 라이언 옆으로 베스트 뮤직25 PD가 다가오는 게 영상에 잡혔다.

"…뭐지?"

다행은 영상은 정지시켜 흐릿하게 보이는 PD의 얼굴을 잡았다. 분명히 베스트 뮤직 25의 메인 PD였다. 그의 트레이드마크인 줄 달린 안경을 쓰고 있었다. 다행은 거칠어지는 숨을 애써 삼키며 영상을 다시 재생시켰다.

[…야유 소리 크게 넣어주세요….]

영상 속에서 들리는 말이 정확하게 뭘 의미하는지 알 수 없어, 다행은 몇 번이나 그 부분을 돌려봤다.

'야유소리를 왜 넣어달라고 이야기하는 거지?'

라이언이 무대 아래에서 PD와 이야기하고 있었으니, 아마도 무대 위에서 리허설 중 인건 PLAY BOYS였을 것이다. 다행은 갑자기 뒷골이 당겼다. D-solve의 세 번째 앨범이 나왔던 때에 가장 강력한 신인으로 꼽히던 아이돌이 바로 PLAY엔터에서 내보낸 PLAY BOYS였다. 해윤이 K 엔터와 라이언에게 복수할 것이 있다고 한 게 PLAY BOYS와 연관 있는 걸까 싶은 생각이 갑자기 머릿속에 스쳤다. 그녀에게 연락을 해야겠다는 생각이 들었다.

'하지만 이미 지난 일인데… 그리고 무풍지대와 관련 있는 일도 아니고….' 영상을 다시 천천히 돌렸다. 라이언이 무대에 오르기 직전 PD에게 다시 한 번 뭐라고 이야기하는 게 들리는 것 같았다. 하지만 또렷하게 들리진 않았다. 팬들 환호성에 다행도 덩달아 소리를 질렀기 때문이었다. 말소리는 다른 소리에 묻히고 말았다.

[K 엔터에서 준… 알고 계시죠? …지난번에도, …에서 사장님 … 그러니까 PLAY 쪽 애들은 알아서 해결 하세요….]

라이언의 목소리가 뚝뚝 끊긴 채 담겼지만, 정황상 그가 무슨 말을 했는지는 알 것 같았다.

다행은 양손으로 이마를 짚었다. 현기증이 밀려왔다.

사실, 이지이지 사장에게 U TV 영상을 넘길 때도 어느 정도 마음의 정리는 하고 있었다. 그렇지만 그들이 뒤에서 이토록 구체적이고 집요하게 카르텔을 맺고 있을 거라는 건 생각해보지 못했다.

더럽게 군다고 해도 그냥 텃세정도로 치부하고 싶었으니까. 하지만 이건 범죄에 가까운 일이었다. 대가를 주고, 받고, 적절한 조치를 취하고… 그렇지 않는다면 라이언은 왜 저런 말을 했을까. 그 모든 것에 자신이 수년 간 좋아했던 스타가 개입되어 있다는 사실과 마주하자 할 말을 잃고 말았다.

라이언은 왜 저런 말을 했을까?

"하…."

다행은 머리가 복잡해졌다.

이지이지 사장에게 더 확실한 증거가 나타났다고 이야기하며 이 영상을 넘겨야 할까, 아니면 그냥 내 선에서 이 영상을 아는 걸로 끝내야만 하는 걸까? 그것도 아니면, 무풍지대의 일은 그냥 그대로 덮고 넘어가는 걸로 해야 하는 것일까….

이미 차정혁을 좋아하는 걸 넘어서 무풍지대에 대해 애정과 관심을 가지게 된 다행으로선 그냥 좌시할 수만 없는 일이었다. 최소한 그들에게 경고라도 해주든, D-solve와 K 엔터를 조심하라고 언질을 하든 뭐라도 해야만 할 것 같았다.

"해, 해윤…."

다행은 급하게 자신의 휴대폰 전원을 켰다. 거기라면 해윤의 번호가 있을 것이다. 지난번 차정혁과 콜라보 문제로 연락을 했으니 통화 목록에 분명히 있을 것이다.

휴대폰을 켜기가 무섭게 부재중 수신 문자가 연달아 들어왔다. 발신자는 전부 정혁이었다.

다행이 받을 때까지 한없이 걸고 또 걸었던 정혁의 전화였다. 갑자기 두 눈에서 눈물이 왈칵 쏟아졌다.

"도대체… 어떻게 해야 하는 거야…."

다행은 휴대폰을 든 채 침대로 쓰러지듯 머리를 처박았다.

잠시 후, 그녀는 침대에서 벌떡 일어났다. 그리곤 다시 노트북 앞에 가서 앉았다. 그녀는 인코딩 된 영상을 보며 DELETE 버튼을 누를지 말지 몇 번이나 고민했다.

"이걸 내가 들고 있어야 할 이유는 없어…."

하지만 만약, 라이언이 또 무풍지대에 위해를 가하려고 한다면?

"사장한테 지금 이걸 넘기면, 그 성격에 분명히 가만히 있지 않겠지."

다행은 몇 번이나 마우스를 화면 위에 왔다갔다 거렸다. 혹시나 그럴 일이 발생하진 않았으면 하지만. 만약에라도 K엔터가 다른 이유로 무풍지대를 걸고넘어질 때 이 자료는 나름 방어책이 될 수도 있을 것이다.

하지만, 하지만… 더는 엮이고 싶지 않았다. 그렇게 좋았던 추억도 재밌었던 기억도 팬으로 있으며 좋은 인연을 맺었던 사람들도 모두 다 과거의 일로 잊고 싶었다.

'더 깊이 발을 담그고 싶지 않아' 몇 번이나 고민하고 또 고민했다. 한참을 고민한 후에 얻은 대답은….

'나에게 돌아오는 이익은 뭐냐고!' 이걸 들고 사장에게 갔을 때, 사장이 자신에게 수고했다며 이제까지 빚을 탕감해줄 확률. 혹은 왜 이 자료를 지금에서야 넘기냐고 닦달하거나 아니면 이 자료가 어디서 나온 건지 추궁할 확률…. 이 두 가지만 따지고 보더라도 후자의 확률이 훨씬 더 높았다. 사장은 자신을 가만히 둘 사람이 아니니까.

"됐다, 이제 됐어. 그냥 나머지 처분이 받을 때까지 나도 내 살길이나 찾자."

마우스를 몇 번이나 움직이던 다행은 Delete의 버튼 쪽으로 커서를 끌고 왔다. 그리곤 쾅! 하고 노트북을 닫았다.

***

"박태영, 나랑 얘기 좀 하자."

회의가 끝나고 천 실장이 회의실에서 나가자마자 정혁은 태영을 불러 세웠다. 다음 스케줄 까진 두어 시간 남아있었다. 매니저가 30분 후에 차를 대기시키겠다는 말만 남긴 채 자리를 떴다. 정혁이 먼저 입을 열자 상현이 알아서 자리를 비켜주겠다는 듯 일어섰다. 그리곤 해욱의 어깨를 잡았다. 그 둘은 약속이라도 한 것처럼 회의실 밖으로 나갔다.

"무슨 얘기?"

"김다행."

정혁의 입에서 다행의 이름이 나오자 태영의 미간이 있는대로 찌푸려졌다.

"하!"

"하지 마, 앞으로."

"뭘? 뭘 하지 말라는 건데!"

정혁의 단호한 말투에 태영이 소리를 질렀다. 하지만 정혁은 눈 하나 깜짝하지 않고 태영을 응시했다.

"앞으로 김다행 이야기 꺼내지 말라고."

"왜? 무슨 자격으로 네가 그런 이야기를 하는 건데."

"걔 내꺼니 까, 너네랑은 이제 관련 없는 사람이니까."

"미친 새끼!"

태영은 자리에서 박차고 일어섰다. 당장 회의실을 나갈 기세였으나 몸을 돌려 다시 정혁을 훑었다. 양 옆으로 한번 씩 고개를 풀어내고는 정혁에게 다시 말했다.

"걔가 물건이야? 누구 꺼니, 마니 그러게?"

"내 거에 시커먼 남자 새끼들이 달라붙는 거 싫어. 그런데 너희들은 멤버잖아, 불화 일으키고 싶지도 않고, 여기서 뿔뿔이 찢어지는 것도 싫어. 그러니까 이제 김다행은 잊어달라고 말하는 거야."

"미친!"

태영은 그나마 유지하고 있던 가면을 모두 벗어던졌다. 그는 검지를 올려 차정혁의 가슴팍을 툭툭 쳤다.

"김다행까지 다 리드할 수 있을 거라고 착각하지 마. 걔 마음을 알고나 하는 소리야?"

"그래."

"그렇게까지 엿 먹였는데 걔가 너를 받아줄 거 같아?"

"그래."

확신에 찬 정혁의 말에 태영은 어이없다는 듯 웃었다. 사실, 주차장에서 그 둘의 모습을 봤을 때부터 이미 태영은 자신이 비집고 들어갈 틈이 거의 없다는 걸 예감하고 있었다. 하지만 너무나 당연하다는 듯, 또 태연하게 말하는 차정혁의 얼굴을 보니 속에서 들끓는 기분을 도저히 누르기 힘들었다.

정혁은 태영이 최대한 빨리 마음을 접을 수 있도록 더욱 차갑게 이야기했다.

"태영이 넌 처음부터 관심 밖에 있었던 사람 아니었어? 오히려 김다행을 우습게 봤었던 거 같은데."

"아니, 그런 마음 가졌던 적 없어. 네 멋대로 재단하지 마."

"너를 십년 넘게 알았는데, 네가 어떤 마음으로 상대를 보는지 내가 그것도 모를 것 같냐? 네가 보기에 김다행이 우습고 하찮게 보였다는 거, 누구보다 잘 알고 있어. 그리고 걔가 나를 선택했다는 것에 자존심 상해서 이런다는 것도."

"너…."

태영이 눈에 핏발을 세우며 정혁을 노려보았다. 십년이 넘는 세월 동안 서로를 봐왔던 그들이었다. 하지만 정혁은 태영의 이런 모습은 처음 봤다. 자존심 강한 태영의 본모습이 완전히 드러나자 정혁은 작게 한숨을 내쉬었다.

"니가 처음부터 노래 부르고 춤추는 것에 그다지 관심도 없고 좋아하지 않았다는 거 다 알아. 내가 연예인 해보자고 제안했을 때도, 그저 심심풀이로 해보려고 했던 거… 그렇지만 난 달라. 그리고 걔도 달랐어. 적어도 우린…."

"웃기지 마, 나는 그럼 여기까지 오는 데 그저 심심풀이만으로 가능했다고 생각해?"

"그래, 네가 노력한 건 인정할게. 그리고 그룹이 여기까지 온 이상, 네가 없으면 안 돼. 이제 멤버 누구도 빠지면 안 되는 상황까지 왔어."

"…."

"그러니까… 이제 김다행은 매니저도 뭣도 아니니까, 더 이상 개 입에 올리지 마."

쐐기를 박는 정혁의 말에 태영은 수긍하지 못하겠다는 얼굴로 고개를 가로 저었다.

"아니, 그건 내 마음이야.내가 너한테 그런 이야기 들을 이유 없어."

"휴…."

정혁은 머리를 쓸어 올리며 화를 참았다. 여기서 더 언성을 높일 수는 없는 노릇이었다.

"이 대화 자체가 웃기고 유치하다는 거 아는데…."

그럼에도 정혁은 확실히 해야 할 것과 짚고 넘어가야 할 것은 분명히 해두고 싶었다.

"너라면 네 여자친구, 애인을 옆에서 자꾸 들먹이고 건드리는데 기분이 좋겠어?"

"여자친구? 애인?"

태영은 확신에 찬 정혁의 말에 기가 막힌다는 듯 웃었다.

"무슨 말을 하고 싶어서 그러는 거야?"

똑똑똑

"너희들 아직 이야기 안 끝났어? 매니저 형이 이제 내려오라고 하는데?"

밖에서 기다리던 상현은 둘의 이야기가 너무 길어지는 게 걸렸다. 주먹다짐을 할 사이나 상황은 분명 아니지만, 그래도 노파심에 기다리다 못해 회의실 문을 슬쩍 열었다.

예상대로 태영은 정혁은 노려보고 있었고 정혁은 그런 태영의 눈을 외면한 채 밖을 바라보고 있었다.

"너, 진짜 김다행이 너를 생각하고 걱정하는 거라고 믿는 거야?"

상현이 회의실 안으로 들어왔음에도 그 둘의 대화는 끝이 보이지 않는 것 같았다. 아니, 아예 상현을 의식조차 하지 않고 대화를 이어가고 있었다.

"무슨 말을 하고 싶은 건데, 빙빙 둘러말하지 말고 똑바로 이야기해."

"하!"

태영은 창밖을 바라보고 있던 정혁 앞으로 다가섰다. 상현은 그 모습을 보고 혹시나 태영이 뭔 짓이라도 할까 걱정된 나머지 그들

곁으로 다가갔다.

"야, 이러지 말고…."

태영은 정혁을 향해 비릿하게 웃었다.

"걔가 진짜 누굴 좋아하고 걱정하는지 넌 몰라서 이러는 거야. 걔 진짜 좋아하는 사람이 누군지 알아? 그래서 너한테, 그리고 우리한테 그걸 들킬까봐 전전긍긍한다는 것도 모르지?"

태영은 이미 자신이 우위를 선점하고 있다는 듯 말했다. 그것도 아주 당당하게. 하지만 태영을 외면하던 정혁은 PLAY엔터의 밖을 멍하니 바라보며 태영의 물음에 짧게 대답했다.

"그래서?"

"그래서라니? 걔가 누굴 좋아하고 누구에게 그토록 공을 들였는지 안다면, 네 입에서 그런 말이 절대 나오지 않을 텐데? 아니, 나올 수 없을 텐데…."

"지금 그게 무슨 말이야? 그리고 걔가 누군데!"

옆에서 듣다 못한 상현이 짜증을 냈다.

"밑에 차 대기 시켜놨다니까! 지금 누구 얘길 하는 건지 모르겠지만, 이럴 시간 없어!"

둘의 대화가 무슨 내용인지, 어쩌자는 건지 알 수 없지만, 지금 가장 중요한 건 스케줄이었다.

"여자 친구니, 애인이니 그런 말하는 건 너 혼자만의 착각에 불과하다는 거… 너나 똑똑히 알아둬."

태영은 할 말을 다 끝냈다는 듯 상현을 향해 나가자는 의미로 문 쪽을 향해 고개를 흔들었다. 그러나 이윽고 뒤에서 들려오는 정혁의 말소리에 태영은 그 자리에서 석상처럼 굳어져버렸다.

"알고 있어, D-solve 라이언이라는 거."

한 대 얻어맞은 얼굴로 정혁을 멍하니 바라보는 태영을 뒤로 한 채, 정혁은 회의실 문을 박차고 나왔다.

"지금 그게 무슨 소리야? D-solve는 또 왜 나오는 건데?"

그 뒤로 BGM처럼 상현의 놀란 목소리가 회의실 구석구석 울려 퍼졌다.

***

"아이돌을 분석해보는 시간, 아이돌 탐구생활! 오늘은 데뷔무대부터 지금까지 SNS와 TV 모두를 달궈놓은 아이돌입니다. 무풍지대!"

PLAY에서는 틈을 주지 않았다. 그것은 무풍지대에게도 여론에게도 그랬다. 여세를 몰아 남자 아이돌의 지형을 바꾸겠다는 의미였다.

'아이돌 탐구생활'이라는 프로그램은, 짓궂은 질문은 많이 하기로 유명한 곳이기도 했다. 천 실장이 이 프로그램을 선택한 이유는, 그녀가 가진 해결사 기질이 발동되었다고 볼 수밖에 없었다. 특히 첫 데뷔무대가 평탄치 못했던 무풍지대로서는 다양한 구설수에 시달리는 상황에서 그 풍문들을 그냥 둘 것이 아니라 정면 돌파하겠다는 뜻이 다분히 깔려있었다.

"무풍지대, 뼛속까지 해부해보기! 시간입니다."

경쾌하게 말을 이어가는 MC는 두 눈을 빛내며 네 명의 멤버들을 차례차례로 소개했다. 스튜디오에 도착하기 전 정혁과 트러블이 있었던 태영은 애써 태연한 척했지만 정혁과 눈이 마주칠 때마다 굳어지는 얼굴을 쉽게 감출 수 없었다.

"네 명의 멤버들은 모두 어떻게 만났으며, 어떻게 팀이 되었는가? 무풍지대얍얍님이 보내주신 질문입니다. 저희도 몹시 궁금하거든요? 그게… 무풍지대는 워낙 이런 저런 소문을 많이 달고 다니는 그룹이다 보니까요!"

MC의 말이 의미심장했다. 김식의 라디오 방송처럼 순순히 넘어갈 생각은 없는 듯 했다. 프로그램의 특성상 한창 주가를 올리는 그룹을 잡아서 어떻게든 자극적인 걸 뽑아내는 스타일이라 더 그럴지도 몰랐다.

MC의 물음에 상현이 어색한 분위기를 빠르게 치고 나갔다. 두어 시간 전 PLAY엔터 회의실에서 있었던 일을 생각하며 상현은 어쨌거나 팀워크에 전혀 문제가 없다는 걸 몸소 보여줘야 했다.

"죽마고우죠, 죽.마.고.우. 초등학교부터 같은 곳을 나왔어요."

"오! 그 말로만 듣던 X알 친구라는 겁니까? 네 분이 다?"

"…네!"

MC의 표현도 여러모로 거칠었다. 멤버들은 웃고 있었지만 속은 말이 아니었다. 특히 태영은 정혁이 마지막으로 던진 말이 자꾸만 거슬려 양 입가가 딱딱하게 굳어있었다.

"이런 토크쇼가 처음이라서 그런지 우리 무풍지대 멤버들 다 경직되어 있는 거 같네요? 자, 그럼 목도 좀 돌리고 어깨도 풀고 하면서 천천히 재밌게 이야기 해봐요!"

MC는 또 다른 자극을 찾기 위해 인터넷으로 달린 댓글과 실시간 채팅창을 탐색했다.

"이번엔 4772번님이 보내주신 질문입니다. 소속사가 정말 PLAY인가요? 소문에 의하면 사채회사가 소속사라는 이야기가 있던데."

어떻게 찾아낸 거지? 네 멤버는 당황한 채, 서로의 얼굴만 바라보았다. 이지이지 대출이라는 걸 감추기 위해 자회사로 이지이지 엔터까지 개설하는 노력을 보였다. 하지만 이 좁은 업계에서는 상대가 또 다른 상대 쪽 회사에서 걸출한 신인이라도 나올 경우를 대비하며 모든 가십을 수집했다. 저 질문은 일반인이 보낸 것이라고 하기에 너무나 업계의 냄새가 났다.

실시간 촬영을 지켜보던 로드매니저는 급히 어디론가 전화를 걸더니 PD에게 다가가 화제를 바꿔달라고 신호를 보냈다. 하지만 MC는 멤버들이 당황해 하는 모습을 즐기며 화제를 바꾸기는커녕 더욱 집요하게 물었다.

"사채회사라고요? 와우, 처음 듣는 이야긴데… 진짜가요? 저도 궁금하네요."

네 명의 멤버는 서로 눈치만 봤다. 저런 질문에 말려드는 것도 문제지만, 그렇다고 아무 대답 없이 회피해버리는 것도 문제가 될게 뻔했다. 다들 난감해하던 중, 정혁이 입을 열었다.

"관리는 해주는 회사는 분명 PLAY가 맞지만, 소속된 회사는 평범한 엔터입니다."

상호 명을 굳이 말하지 않으면서도 그럴듯한 대답을 해야만 했으니 궁여지책으로 나온 말이었다. 하지만 MC는 그 틈을 놓치지 않고 더욱 몰아쳤다.

"오, 방송 중에 엔터 이름을 물어봐도 되나요?"

"아, 그건 PLAY에 대한 예의가 아닌 것 같습니다. 지금 저희를 가장 많이 신경써주시고 케어해주는 쪽도 PLAY인데…."

정혁은 선을 그으며 분명하게 말했다. 이지이지 대출이라는 말이

나오면 곤란한 것도 있지만, PLAY의 공도 분명히 치하를 해줘야만 했다. 남자 아이돌 시장에서 PLAY의 기획력이 죽지 않았다는 것을 확인시켜주는 것뿐만 아니라, 앞으로 PLAY에서 나올 스타들을 미리 광고하는 효과도 누릴 수 있게 해주려는 전략이었다.

단호한 정혁의 말투에 MC가 약간 당황한 표정으로 댓글창과 대본을 번갈아 봤다. 그리곤 빨리 화제를 전환하려고 시도했다.

천 실장의 의도는 이런 것이었다. 궁지에 몰아서 해명할 수 있는 문제는 능력껏 해명하고 논란이 생길 일에 대해선 적당히 둬서 노이즈 마케팅을 하는 방법.

그것도 갑자기 떠버려 여러 구설수에 시달리던 무풍지대라는 그룹에게 안성맞춤인 방법이었다.

***

"오늘 아이돌 탐구생활 봤어? D-solve 기록을 죄다 갈아치웠다고 난리법석이던데…. 어떻게 생각해, 라이언? 네가 리더니까 생각을 좀 들어봐야겠는데."

천 실장이 나간 뒤 K 엔터의 새 실장이 된 김만수는 라이언을 바라보며 그의 의중을 떠봤다. 작업실에서 멍하니 TV를 보던 라이언은 김 실장의 말에 미간을 팍 구겼다.

겨우 잊고 있었던 일이었다.

"생각이랄 게 뭐…."

"이 새끼야, 네가 그러니까 자꾸 D-solve가 뒤처지는 거야. 모르겠어? 네가 파이팅이 넘쳐야 그룹도 돌아가고, K 엔터 신인들도 치고 올라오지!"

사내 정치질에 도가 튼 김 실장은 로드매니저로 시작해서 K 엔터의 성골 천 실장을 몰아내고 그 자리를 차지한 인물이었다. 문제는 정치질만 잘하지, 실력이나 기획력은 영 별로라 그가 손 댄 프로젝트가 족족 망하고 있는 상황이었다.

"솔로앨범으로 흑자 만들어줬음 됐지, 또 뭘 해요?"

라이언이 불쾌하다는 듯 말했다. 천 실장을 딱히 좋아하진 않았지만 그 여자는 적어도 실력은 있는 사람이라고 생각했다. 하지만 만수는 실력도 없고 평판도 좋지 않았다. 오로지 자신보다 나은 사람을 끌어내리는데 도가 텄을 뿐.

"야, 이 바닥에서 2-3개월은 20년 30년하고 똑같아! 새끼야!"

김 실장은 도도하게 말하는 라이언이 못마땅하다는 듯 그의 머리를 세게 후려치며 밖으로 나갔다. 졸지에 머리를 얻어맞은 라이언은 어이없는 눈으로 김 실장이 나간 자리를 쳐다보았다.

"씨X"

3개월 전, 베스트 뮤직 25에서 정혁과 마주쳤을 때, 라이언은 온몸의 피가 식는 기분이었다. 다시는 이 세계에서 그 녀석을 볼일 따윈 없을 거라 생각했다. K 엔터에서 나가던 그때 얼마나 치욕스러웠는지 본인이 더 잘 알 테니까. 하지만 그는 다시 이곳으로 돌아왔다. 그것도 저만큼이나 멀쩡하고 쓸만한 녀석을 셋이나 더 붙여가지고….

"그때 분명 엉망진창이었는데, 어떻게…."

싹이 자라기 전에 잘라놓아야 한다고 판단했었다. 그래서 K엔터의 판단 없이 독단적으로 PD에게 부탁했다. 제일 멍청하고 못하는 녀석을 위주로 편집해달라고. 그렇게 정혁의 그룹은 사라지는 듯 했다.

'그런데, 도대체 어떻게?' 쫓겨났던 녀석이라는 생각 때문이었는지 녀석을 너무 쉽게 봤었던 것 같다. 베스트 뮤직 25 이후로 아예 잊고 있던 것이다. 그런데 한 달 전쯤 해윤이 신곡을 녀석과 같이 작업했다는 소문이 돌았다. 뜨기도 전에 가라앉혀버린 새낀데, 해윤이 뭐가 아쉬워서 그런 녀석과 작업하겠나 싶었다. 그때 한 번 더 돌다리를 두들겨 봤어야 했는데…. 라이언은 앞머리를 신경질적으로 쓸어 넘겼다.

D-solve의 기록을 모두 갈아치웠다며 연일 연예뉴스에 나오는 녀석의 꼴에서 설명할 수 없는 짜증이 치솟았다. 라이언은 그랬다. K 엔터에서 만들어준 젠틀한 이미지는 말그대로 만들어진 이미지일 뿐, 좋게 말하면 자기 걸 잘 챙기고 욕심이 많은 사람이고 나쁘게 말하면 남의 것도 기꺼이 뺏어 자신의 공으로 돌리는 사람이기도 했다. 그런 부분에 있어선 천 실장을 밀어내고 그 자리에 들어앉은 김 실장의 모습과 닮아있었다.

"저 새끼들이 PLAY하고 어떻게 인연을 맺은 거지?"

그는 급히 아이돌 탐구생활을 틀었다. 프로그램의 하이라이트인 Q&A시간인 것 같았다. 생방이라 방송 상 곤란한 질문을 많이 걷어내고 최대한 내보낼 수 있는 것들만 추려서 묻는 것 같았다. 하지만 프로그램 특성상 짓궂은 질문을 많이 하기로 유명했다.

"와, 무풍지대의 인기를 실감할 것 같습니다. 지금 문자와 게시판 글이 끊임없이 쏟아지는 데요! 그중 많은 비중을 차지한 것들을 중심으로 계속 질문을 드려보겠습니다!"

낯익은 MC의 경쾌한 목소리가 미디어 룸에 울렸다.

"저 자식은 여전히 목소리가 너무 커서 깬다…."

라이언은 낮게 읊조렸다. 방정맞은 목소리의 MC는 여전히 뭔가 자극적인 질문을 찾는 건지 시청자들을 향해 더욱 신선하고 참신한 질문을 원한다고 몇 번이나 강조했다. 약간 긴장된 얼굴로 환하게 웃은 네 명의 남자를 보자 라이언은 더욱 짜증이 치솟았다. 베스트 뮤직 25에 나올 때만 해도 빽도 없고 별 볼일 없는 신생기획사라서 그저 한 번 밟아놓으면 끝일 줄 알았는데, PLAY라니….

"저 새끼들을 어쩌면 좋지?"

라이언은 오랜만에 두뇌를 열심히 회전시켰다. 사람 하나 구렁텅이로 빠뜨리는 건 일도 아니니까, 천 실장을 나가게 만드는데 라이언도 일조했지만 이런 날에 그 여자가 없다는 게 조금 아쉬웠다. 그때, 갑자기 뭔가가 떠오르는 듯, 그가 인터폰을 들었다.

"…현지야, 너 지금 C방송국 게시판에 애들 좀 풀 수 있겠니?"

라이언이 기쁨에 찬 목소리로 K 엔터 미디어 관리팀에 연락을 했다.

"애들한테 내가 말하는 대로 게시판에 올리라고 해, 그것도 많이. 근데 똑같은 말투는 안 되고 조금 다르게, 표현방식을 달리하던가 아니면 다른 질문을 물으면서 같이 끼워 넣든가… 너네가 제일 잘하는 거잖아."

라이언의 입가에 만족스러운 미소가 번졌다.

***

"아, 마지막 질문 하나만 더 받고 Q&A시간을 끝내도록 할까요?"

MC는 본인 원하는 자극적인 질문이 나오지 않는 것에 실망을 한 듯 표정이 살짝 굳어져있었다. 그러나 프롬프터에 뜬 질문을 보고 MC는 회심의 미소를 지었다.

"아, 이건 네 분을 좀 난처하게 만들 거 같은데요?

MC가 즐거워하는 표정을 짓자, 태영도 상현도 긴장했다.

"생방이다 보니 방송사고는 안날 범위에서 질문을 드리지만, 이건 꼭 해야겠습니다. 게시판과 문자가 워낙 난리라서…."

MC가 미리 양해의 말까지 구하자 상현이 미간을 구겼다. 도대체 어떤 이야기를 꺼내려고 저렇게 뜸을 들이나 싶었다.

"8214님과 얌야미님, 그리고 졸브짱님 등 17명의 시청자께서 남겨주신 질문입니다. 무풍지대 정혁오빠에게 궁금한 게 있어요."

입가를 한 일자로 고정시킨 채 담담하게 카메라를 바라보던 정혁에게 돌직구가 날아왔다. 태영은 자신을 향한 질문이 아님을 알고 안도의 한숨을 내쉬었으나, 상현은 여전히 불안한 표정으로 정혁을 봤다. 차정혁이라는 인물이 돌려 말할 줄도 모르고 또 재치 있는 임기응변보단 진지 먹은 답변을 하다 보니 불안할 수밖에 없었다.

"질문 주세요."

정혁은 MC를 향해 웃어보였다. 그런 정혁을 슬쩍 보더니 MC는 뭔가 얄미운 표정을 지으며 말을 이어나갔다.

"차정혁 오빠는 이번 무풍지대가 처음이 아니라고 하던데… 과거에 K엔터 유망주 모임인 루키 출신이라는 말이 사실인가요?"

정혁은 질문을 받자마자 어떻게 대답을 해야 할지 고민하는 눈빛이었다. 자신의 루키 시절은 소수만이 아는 사항이었다. 심지어 상현은 아예 모르는 내용에 태영 역시도 정혁의 루키 시절 있었던 일에 대해선 자세히 알지 못했다.

을 "…어, 여기서 끝이 아닙니다. 오빠, 루키 출신이 진짜 맞다면 어떤 이유로 나가게 된 건가요? K 엔터에 있었다면 데뷔는 따놓은 일이었을 텐데요? 소문이 진짜 맞나요? 루키에서 D-solve 데뷔를 앞두고 있다가 방출되었다는 거, 그것도 폭행사건에 연루되어서요."

***

-그것도 폭행사건에 연루되어서요.

아이돌 탐구생활을 보던 다행은 먹고 있던 치킨을 뱉었다. 저게 지금 무슨 말이지? 대체 무슨 소리를 하고 있는 건가 싶었다.

TV 속 무풍지대 멤버들의 얼굴이 굳어졌다. 한참동안 정적이 흘렀다. 생방이니 이런 식으로 보냈다간 방송 사고라고 욕먹을 게 뻔했다.

"미친 거 아니야? 아니, 무슨 방송 중에 저런 걸…."

아이돌 탐구생활이라는 프로그램 자체가 좀 자극적이고, 날 것 같다는 말이 원래부터 많긴 했다. 하지만 저런 가십을 넘어서서 사람을 죽어라 구덩이에 몰아넣는 질문을 하는 건 아니라는 생각이 들었다.

안색이 창백하게 변한 네 명은 아무도 입을 열지 못했다. 이대로 있으면 거의 방송사고 수준이었다.

"제발, 아니라고 해. 부정하라고! 저렇게 아무 말도 안 하면 니들 완전히 인정하는 거야…."

무풍지대의 열혈 팬이 된 걸까, 어느새 다행은 저도 모르게 가슴을 퉁퉁 치며 안타까워했다. 이대로 침묵을 지켰다간 정말 정혁이 폭력문제로 K 엔터에서 방출된 것이 기정 사실화 될 것이었다. 그러면 곤란해진다. 방송계는 늘 불 지피는 데에 귀신같았다. 그리고 다 타올라 재만 남게 되면 그제야 실수라며 얼버무렸다. 원래의 모습은 어디로 간지도 모르고 어떻게 다 타버렸는지도 모른 채 말이다.

다행의 간절함이 닿아서였는지 모르겠지만, 상현이 먼저 입을 열었다.

-그럴 리가 없죠, 말도 안 돼요. 얘랑은 인생의 절반 이상을 알고 지낸 사인데… 그런 이야기는 처음 들어요. 이거 어디서 견제 들어온 건 아니죠? 하하하.

씁쓸함이 묻어있는 상현의 말에 MC도 인상을 쓴 채 웃었다.

-그렇죠, Q&A코너 하다보면 별의 별 질문이 다 올라오긴 합니다. 팬을 가장한 안티도 있고! 그럼에도 능숙하게 받아치는 무풍지대를 보시고 있습니다!

얼버무리는 MC와 능구렁이 같이 재치 있게 말하는 상현. 하지만 정작 질문의 당사자인 정혁은 사색이 된 얼굴로 가만히 바닥만 바라보고 있었다. 그를 잠시 비추던 카메라는 급히 앵글을 돌려 상현의 모습과 MC의 모습을 번갈아 비췄다.

-와우! 이제 질문은 다 클리어 한 거네요.

상현이 분위기를 풀어보기 위해 한 마디를 더 던졌다. 그러는 동안 태영은 고개를 돌려 정혁의 얼굴을 물끄러미 바라봤다. 뭔가 어색하고 썰렁해진 분위기가 이어지자 MC는 급히 마무리를 하며 방송후기 중 채택되신 분에게 선물을 드리겠다고 말했다. 협찬과 광고를 짧게 이야기하고 생방은 마무리되었다.

아이돌 탐구생활이 끝나자, 다행은 쥐고 있던 리모컨을 침대로 던졌다. 동시에 둔탁한 소리가 울렸다.

"미쳤어, 미쳤어! 저런 질문을 어떻게 생방 중에 해?"

자신의 일도 아닌데 괜히 서럽고 억울했다. 이제는 신경 끄자고 몇 번이나 되새겼지만 학습효과는 없는 듯 했다.

"폭력? D-solve? 전부 처음 듣는 이야기인데…."

스타가 되고 싶다고 벙커에서 속삭이던 그날 밤, 다행은 정혁의 이야기를 충분히 들을 만큼 들었다고 생각했다. 하지만 정혁에게는 다 하지 못한 이야기가 남아있었던 것 같았다. 그게 아니라면, 방송에서 나온 질문은 음해일 것이다.

정혁의 할아버지를 만났던 일이 불현듯 떠올랐다.

-내 핏줄에게 어떤 식으로든 위해를 가하는 것들이라면, 가만히 두지 않겠어.

정혁의 할아버지는 이미 저런 사정을 다 알고 있다는 뉘앙스로 이야기했었다. 마치, 정혁이 이전에 무슨 일이라도 당했던 것처럼. 그게 K 엔터 루키 시절의 일이었을까? 다행은 정혁의 과거를 생각하자 마음이 한 없이 무거워졌다.

***

무풍지대는 아이돌 탐구생활을 급히 마무리하고 PLAY 엔터로 돌아갔다. 돌아가는 밴 안에서 누구 하나 먼저 입을 여는사람은 없었다.

정혁은 가만히 눈을 감았다. 자신의 과거 일에 대해 아는 사람은 극히 드물었다. 천 실장과 K 엔터의 기획팀 사람들 정도가 내막을 알 것이다. 아마 D-solve 멤버들도 라이언의 제외하곤 당연히 모를 것이고….

급작스럽게 발생한 일이었고 또 정신없이 수습된 일이기도 했기에 극소수의 사람만 알고 있었다. 무풍지대 멤버들도 눈치 빠른 해욱을 제외하곤 처음 듣는 이야기였다. 아니, 해욱 조차도 사건의 전말에 대해선 정확히 알지 못했다.

그렇다면 도대체 누가 어떤 방식으로 그 소문을 들었단 말인가. 차안은 유난히 정적에 휩싸였다.

정혁이 이토록 고민을 하고 있는 동안 태영은 그가 자신에게 했던 말을 몇 번이고 곱씹었다.

-알고 있어, 그게 D-solve 라이언이라는 것도.

자신만 알고 있는 비밀이라 생각했다. 하지만 완벽한 착각이었다. 정혁은 다행이 D-solve팬이라는 걸 어떻게 알았을까? 짜증이 치밀어 올랐다. 눈을 감고 있는 차정혁의 멱살을 잡고 따져 묻고 싶었다.

각자가 생각에 빠져있는 동안 상현은 아이돌 탐구생활 때문에 또 무풍지대 활동이 틀어질까 걱정했다. 베스트 뮤직 25의 충격이 여전히 남아있는 상태였다. 마지막으로 전혀 예상하지 못한 질문이 들어올 때, 그는 그다지 좋지 않은 머리를 어떻게든 짜내서 적절하게 답변해야했다. 해욱은 그저 담담하게 정혁을 바라보고 있었다. 루키 시절에 문제가 있었다는 걸 알고는 있었지만, 그게 폭행사건과 연관되었다는 건 금시초문이었다.

"왜, 그 프로그램에 나가라고 한 겁니까?"

태영은 천 실장을 보자마자 난처했던 그 순간을 복기하듯 물었다. 그의 표정은 여전히 불만으로 가득 차있었다. 그런 태영의 질문에 대꾸도 하지 않은 채, 천 실장은 미간을 찌푸리며 짜증을 냈다.

"그 질문, 분명히 K 엔터에서 푼 거야…."

분을 참지 못하겠다는 듯 천 실장은 명패로 기획실의 책상을 마구 쳤다. 정혁은 그 모습에 천 실장과 함께 했던 K 엔터 루키 시절이 떠올렸다. 그녀는 화가 날 때마다 명패로 뭔가를 치는 버릇이 있었다.

뭔가 좋지 않은 예감이 들었다.

"나름 에둘러서 잘 대답했는데, 그게 문제가 될까요?"

타협점을 찾고 싶은 상현이 조심스럽게 입을 열었다.

"아니, 쟤들이 먼저 친 거야. 니들 인기가 더 오르기 전에, 니들 영향력이 더 크기 전에 아예 싹을 밟아 놓자 이거라고!"

그녀는 다시 한 번 더 책상을 쳤다.

"노이즈 마케팅? 그건 원래 팬덤이 형성되어있고 인기가 어느 정도 궤도에 올라있을 때나 먹히는 거지, 아직 칼도 안 뽑았는데 안 좋은 소문 돌아봐! 김만수 개새끼…."

천 실장은 이마를 짚으며 분을 가까스로 삭이기 위해 어깨를 주물렀다.

"그럼 어떻게 해야 하죠? 정혁이는 폭행사건이 연루된 적이 없는데, 무슨 변명을 해야 하는 건가요? 야, 차정혁 말 좀 해봐."

죽을 것처럼 울상을 한 상현이 정혁을 향해 쳐다봤다. 무슨 말을 해야 할지 감을 잡기 어려웠다. 4년 전, 17살의 치욕적인 순간에도 천 실장이 그 앞에 있었다.

그리고 4년 후, 새 술, 새 부대에서 다시 도약해보려는 자신 앞에 또 한 번 천 실장이 있었다. 저 여자하곤 더럽게 뭐가 안 맞는다는 생각뿐이었다.

"그건 내가 더 잘 알아."

닦달하듯 묻는 상현의 물음에 천 실장이 대답했다.

***

"이 곡 니가 쓴 거야?"

4년 전, 루키에서 D-solve 멤버를 선발하겠다는 말이 K 엔터에 떠돌았을 때. 정혁은 두근거리는 가슴을 누르기 어려웠다. 평정 심을 유지하며 아무렇지 않은 채 허세를 떨고 싶었지만 17세라는 나이는 그런 포지션을 취하기에 너무 어리고 너무 서툴렀다.

정혁의 눈앞에 D-solve 멤버로 확정된 스무 살의 라이언이 다가왔다. 정혁에겐 까마득한 선배이기도 했고 평소 매너가 좋기로 소문나있는 사람이기도 했다.

"네? 네…."

"작사, 작곡도 할 줄 알았어?"

"아, 네…."

"대단하네?"

정혁의 데모테이프를 건네는 라이언의 표정은 뭔가 미묘하게 변했다. 아이돌 사이에서 프로듀싱을 할 줄 안다는 건 춤을 잘 춰서 메인 자리에 선다든지 노래를 잘해서 리드싱어가 되는 것만큼이나 영향력이 있었다.

"너도 D-solve 멤버가 되고 싶지?"

라이언은 빙긋이 웃으며 정혁에게 말했다. 이미 내정되어 있는 라이언이 자신에게 그렇게 말을 걸자 정혁은 심장이 터질 것만 같았다. 뽑히는 게 아닌가, 하는 착각이 들었다.

"네? 네…."

"그래, 열심히 도전해! 응원할 테니까."

라이언이 '응원'이라는 단어를 꺼내자 정혁의 양 어깨에 힘이 잔뜩 들어갔다. 그리고 그때까진 몰랐다. 라이언의 진짜 얼굴을, 그가 어떤 속내를 가지고 있는지를….

한 달 후, K 엔터 루키들 사이에선 이상한 소문이 돌았다. 루키들 중에서 가장 유력한 후보들이 연이어 떨어졌는데, 새벽에 지하 연습실만 다녀오면 그렇게 된다는 이야기였다. 풍문은 풍문에 불과하다고 정혁은 치부했다. 오히려 그런 이유로 연습을 게을리 하거나 프로듀싱에 소홀해서는 안 된다고 마음먹었다. D-solve의 데뷔 조에 들 수 있다는 기대감에 그런 헛소문을 무시한 채 정말 열심히 연습했다. 데뷔가 코앞에 있는 것만 같았다.

"너 얼굴이 왜 그 모양이야?"

D-solve 최종 멤버를 선발하기 한 달 전쯤, 루키 합숙소에서 정혁과 같은 방을 쓰던 수한이 얼굴에 멍 자국을 달고 들어왔다. 정혁은 어떻게 된 일이냐 캐물었지만 그는 눈가가 약간 붉어졌을 뿐 연신 고개를 흔들었었다. 아무 말도 하고 싶지 않다는 뜻이었다.

수한은 정혁만큼 피지컬이 된다거나 선이 굵어 남성미를 뽐내는 타입은 아니었지만 호소력 짙은 목소리 때문에 보컬은 따 놓은 당상이라는 평가를 받고 있었다. 하지만 이미 D-solve의 메인 보컬이 라이언이라 그와 겹치진 않을까 주변에서 걱정을 했었다.

"왜, 무슨 일 있었어?"

정혁은 진심으로 걱정하며 몇 번을 물었지만 수한은 그저 고개만 저을 뿐 아무 말도 하지 않았다. 조금 이상하다는 생각은 했었다. 숫기가 없긴 했지만, 자신의 의사는 분명히 말할 줄 아는 녀석이라 나름 깡이 있다고 생각했다. 그런데 그땐 왜인지 정혁의 시선을 피했다. 그냥 컨디션이 별로 겠거니 생각한 정혁이었다.

그리고 일은 삼일 후에 터졌다.

한 번 잠들면 잘 깨지 않은 정혁이었지만, 일이 터졌던 그날은 새벽녘에 눈이 떠졌다. 몇 신지 정확히 알 수 없었지만 새벽 3~4시쯤 되지 않았을까 추측했다. 더 잘 수 있었지만, 맞은편 침대에 수한의 모습이 보이지 않아 자리에서 일어났다.

"어디 갔지?"

정혁은 수한을 찾기 위해 침실에서 나와 숙소를 돌아다녔다. 시간이 시간인지라 다른 루키들은 여전히 한밤중이었다. 최대한 소리를 내지 않기 위해 보폭을 좁혀 수한을 찾던 정혁은 작업실에 불이 들어와 있는 걸 발견했다.

'저기 있나?' 왠지 수한이 작업실 안에 있을 것 같은 느낌에 정혁은 조심스레 그 안으로 들어갔다. 그러나 눈앞에 보이는 건 난장판이 되어있는 작업실 캐비닛이었다.

"너 지금 뭐하는 거야?"

수한이 뒤지고 있던 캐비닛의 이름표에는 '차정혁'이라고 쓰여 있었다.

***

"너 지금 뭐하는 거야?"

정혁은 어이없는 얼굴로 수한을 불렀다. 그러나 어디서 싸우고 온 건지 모르겠지만 또 다시 피멍을 달고 있던 수한은 정혁을 보자 소스라치게 놀랐다. 그는 재빨리 작업실에서 도망치려고 했다.

"서, 서라고! 지금 뭐하는 거야?"

정혁은 수한이 작업실에서 빠져나가지 못하게 급히 잡았다. 그의 얼굴은 지난번 보다 더 엉망이 되어 있었고 도대체 무슨 연유였던지 온몸은 귀신이라도 본 사람처럼 잘게 떨었다.

"도대체 왜 내 캐비닛을 뒤지고 있었던 거야? 왜? 그리고 얼굴은 왜 이렇게 된 거고?"

수한은 신경질적으로 몸부림치며 정혁의 손아귀에서 벗어나려고 했지만 쉽지 않았다. 키도 덩치도, 정혁이 훨씬 컸기 때문이다.

"말을 해! 뭐라고 안할게, 도대체 왜 그랬던 건지 말이라도 하라고!"

"…해도 의미 없어, 그냥 나를 도둑놈이라고 찔러. 선생님한테 연습생 중에 도둑 새끼가 있다고 찌르라고!"

초점 잃은 동공으로 정혁을 쳐다보던 수한이 악을 쓰며 비명을 내질렀다. 그러나 정혁은 급히 그의 입을 틀어막고 작업실 문을 닫았다.

"아니, 안 해. 안 할 테니까 나한테만 사실대로 이야기해. 왜 내 캐비닛을 뒤진 거고 거기서 뭘 찾으려고 한 건지. 너, 너희 집 형편이 좀 어렵다고 말했지만… 돈을 훔칠 만큼 더러운 녀석은 아니잖아. 근데 왜 그런 거야? 그리고 내 지갑을 찾으려면 침실 가방을 뒤졌겠지, 왜 작업실 캐비닛을 뒤진 거야?"

정혁은 침착하게 그가 진정할 시간을 적당히 주며 물었다.

"…진짜 하고 싶어! 루키라고 말은 하지만… 어차피 연습생신분이잖아, 이거 그만하고 싶다고…."

진정이 되었다 싶을 때, 수한이 입을 열었다. 그러자 정혁도 그의 말에 동의하듯 답했다.

"나도 그래, 근데 넌 노래를 잘 부르니까 D-solve에 들어갈 수 있을 거야."

"아니, 그렇게 쉽게 말하지 마!"

수한이 짜증을 내며 정혁을 쳐다봤다. 하지만 그는 뭔가 켕기는 것이 있는 듯, 다시 눈을 피했다.

"너… 무슨 일 있었어? 그냥 사실대로 이야기 해. 얼굴에 멍을 달고 오는 것도 그렇고 도대체 왜 그러는 거야?"

정혁은 다시 수한을 설득했다. 그의 등을 한참 두드려줬다. 그러자 수한이 견디기 힘들다는 표정으로 고개를 푹 숙이며 두 손으로 얼굴을 감싸 쥐었다.

그에게 무슨 일이 생긴 게 분명했다. 하지만 정혁은 재촉하지 않았다. 그럴수록 수한은 더욱 괴로워했다. 차라리 정혁이 자신을 미워해주길 바라는 것처럼….

꽤나 시간이 흘렀을까, 지치다 못한 정혁은 그냥 오늘의 일이 해프닝이라 생각하기로 했다. 연습생의 신분은 생각보다 많은 스트레스를 받으니까. 그냥 그런 일의 연장선상이라 치부하고 싶었다. 그런데 수한이 모든 걸 포기한 얼굴로 입을 열었다.

"…라이언 형이 나한테 그러더라…."

"라이언?"

"나한테, 자기가 메인 보컬이니까 박수한 너 같은 밑바닥 녀석은 들어올 구멍은 없다고."

"뭐?"

정혁은 순간 자신의 귀를 의심했다. 라이언이 그런 말을 했다는 게 믿기지 않았다.

"웃기지? 나도 몰랐어, 그 형이 그런 사람인지…."

"말도 안 돼…."

"루키들 중에서 D-solve 멤버로 거론된 녀석들이 몇 있었잖아, 그런데 최근에 그 중에서 네 명이나 그만뒀어. 그게 왜 그런 건지 알아?"

"…네가 얼굴에 멍 달고 온 날이랑 관련 있어?"

정혁은 그제야 며칠 전 있었던 일들이 이해가 갔다. 다행히도 자신까지 순번이 오지 않았지만….

"거의 반 죽도록 맞았어, 이유도 없이. 그런데 다짜고짜 D-solve 멤버에 들어가고 싶으면 이런 걸 다 참아내라고 하니까…."

"그래서, 넌 참을 자신 있어?"

수한은 다시 고개를 처박았다. 비겁해지기 싫은 마음과 그래도 견뎌서 멤버가 되고 싶다는 현실 사이에서 고민하는 듯 했다.

"미안하다, 그런데… 라이언 형이 정혁이 네 작사노트랑 믹스테이프 가지고 오라고 했거든."

"뭐?"

정말 생각지도 못한 이야기였다.

"그거 가지고 오면 D-solve든, 아니면 다음으로 출격하는 그룹에 넣어주도록…."

"그 놈이 사장이야? 아님 K 엔터 기획실장이야? 뭐야?"

"…내가 병신이었어, 진짜 미안해. 미안해, 정혁아. 오늘 있었던 일 제발 비밀로 해줘, 제발!"

수한이 절규하듯 소리쳤다. 정혁은 그냥 두고 보지 않겠다는 표정으로 작업실을 나가려했지만, 수한이 계속해서 그를 막았다.

"제발, 이런 이야기 돌면 나 끝장이야. 나 데뷔 못하면… 알잖아? 내가 기댈 곳은 여기 밖에 없어. 제발…."

***

정혁은 감았던 있던 눈을 떴다. 천 실장을 쳐다봤다. 그녀에게 앞으로 어떻게 할 건지 눈빛으로 묻고 있었다. 그녀는 화가 잔뜩 난 표정으로 아랫입술을 깨물었다.

"가장 좋은 방법은 그냥 쥐 죽은 듯이 있으면서 이 일이 잠잠해지기만을 기다리는 거야."

다들 전투적인 모드로 천 실장의 대답만 기다렸다. 하지만 돌아오는 대답이 생각 외로 너무나 방어적이라 상현은 눈을 돌리며 분위기를 살폈다.

"그렇게 해도 진화가 안 되면 어쩔 생각인데요?"

정혁은 지난날의 책임을 묻듯, 천 실장을 한 번 더 닦달했다.

"내가, 내가 다 책임질게. 내 업보라 생각하고…."

천 실장은 힘없이 자리에 앉았다.

"그게 무슨 말이에요? 실장님이 왜 책임을 지는 겁니까? 상대 쪽에서 지금 유언비어를 퍼뜨리고 있는 건데…."

상현은 납득하지 못하겠다는 얼굴로 짜증을 냈다.

"유언비어가 아니라, 정혁이 방출은 내가 K 엔터 시절에 결정한 일이야."

정혁은 힘없이 이야기 말하는 천 실장을 가만히 바라봤다. 상현처럼 안타까움에 젖은 눈빛도 아니고 그렇다고 태영처럼 적개심에 가득 찬 눈도 아니었다. 그저 천 실장의 말대로 그녀가 짊어져야 할 업보라 생각했다.

똑똑

그때 천 실장의 사무실로 PLAY 엔터 직원이 노크를 했다. 정혁을 제외한 나머지 멤버들은 소파에 퍼져 앉아있던 몸을 일으켰다. 직원은 조심스럽게 들어와 천 실장 귓가에 뭔가를 속삭였다. 천 실장은 직원의 이야기를 듣자 두 눈이 커지더니 얼굴이 시뻘겋게 변했다.

"…무슨!"

가장 불안하게 바라보던 상현이 조심스럽게 말했다. 직원은 전할 말을 다 하고 사무실에서 나갔다. 천 실장이 낭패감이 짙은 얼굴로 멤버들을 쳐다보았다.

"역시, 기회를 절대 놓칠 리가 없지. 김만수…."

K 엔터 측에서 정혁이 루키 시절에 있었던 폭행사건에 대해 공식적으로 기자회견 하겠다는 성명을 발표했다는 것이었다.

"어떡하나요? 잠잠하게 넘어가긴 그른 것 같은데?"

정혁은 조롱하듯 이야기했다. 그러자 여태까지 그의 말에 반박하지 않고 참고 있던 천 실장은 더는 못 봐주겠다는 듯 정혁을 노려보았다.

"야! 차정혁. 너 리더면서 무슨 팀이 망하길 바라는 사람 같아? 왜, 고사라도 지내지 그러냐?"

상현은 짜증을 내며 정혁을 향해 소리 질렀다.

"그래, 정혁아 그만 하고 도대체 어떻게 된 일인지 차근차근 얘기 좀 해봐."

보다 못한 해욱이 물었다.

"그건 내가 할 말이 아니야, 저기 계신 천 실장님이 다 결정한 일이지. 천 실장님. 지금 이 상황에 대해 너무 억울해 하지 마세요. 시끄러운 게 싫어서 그냥 넘어가려고 하셨던 그 방식이… 그냥 부메랑이 돼서 돌아온 것뿐이잖아요."

말을 끝낸 정혁은 따가운 시선에도 불구하고 느긋하게 소파에 기대며 눈을 감았다.

아직도 4년 전의 일들이 그의 기억에 생생히 남아있었다. 오가던 대화, 치고받던 주먹, 부조리한 내부현실, 그리고 절대 밝히고 싶지 않던 가정사까지… 너무나 생생했다.

***

"라이언이 그랬다는 걸 증명해야, 지하 연습실에서 애들이 맞는 것도 막을 수 있어. 응?"

자신을 막아서는 수한을 향해 정혁은 답답하다는 듯 가슴을 치며 말했다. 하지만 수한은 두렵다는 듯 고개를 계속 저었다. 제발 이 사실을 덮어달라고 반복해서 말했다.

"그 자식의 본색이 그렇다는 걸 계속 숨기면서 애들 다치게 할 수는 없잖아!"

정혁은 그 길로 천 실장을 찾아갔다. 이른 아침부터 찾아온 정혁을 보며 천 실장은 무슨 일인지 전혀 감을 잡을 수 없는 눈치로 그를 쳐다보았다. 그러나 정혁의 이야기를 쭉 다 듣고 나자 천 실장의 얼굴은 딱딱하게 굳었다.

"넌 프로듀싱 능력이 있어서 D-solve 멤버로 내정해놨는데, 이 문제를 들출 거니?"

"그거랑은 별개의 문제잖아요, 루키 애들이 매번 맞고 들어와요. 부당한 압력에 시달리고요. 그 중심에 라이언이 있어요."

"시끄러워! 너, 증거 있어? 함부로 그런 소리 입 밖으로 꺼내지마! 이 바닥이 얼마나 가십에 민감한지 몰라?"

천 실장의 반응에 17살의 정혁은 어찌할 바를 몰랐다. 이 말도 안 되는 상황을 받아들이라는 강압적인 요구자체가 기가 막힐 뿐이었다.

"…증인이 있다면요?"

정혁은 수한을 데리고 오기로 결심했다. 그래야만 했다. 그래서 많은 사람들이 모르는 이 일의 실체를 까발리고 싶었다.

"증인? 누가 증인인데? 목격자라도 있다는 거니?"

D-solve 프로젝트에 한창 매달렸던 천 실장으로서는 차정혁의 이의제기 자체가 거슬리기 짝이 없었다. 그때, 천 실장의 방으로 또 다른 사람이 찾아왔다.

"아침부터 아주 난리도 이런 난리가 없네."

천 실장은 굉장히 피곤하다는 표정으로 허리춤에 손을 갖다 댔다. 그녀의 방의 문이 열렸을 때, 순간 정혁은 경악을 하고 말았다. 바로 그렇게 설득하고 설득했던 수한과 그 옆에 라이언이 서 있었기 때문이었다.

"어, 그래 잘 왔네. 안 그래도 차정혁이 폭행사건이라는 말을 들먹이며 뭔가 이야기 하고 싶어 하는 거 같던데, 거기에 네가 들어가 있더라?"

천 실장은 정혁과 라이언을 번갈아 보며 그 시선의 종착점에 수한으로 옮겨갔다.

"빨리 얘기 해."

라이언은 수한을 향해 재촉하듯 말했지만 얼굴에 여유가 묻어났다.

"그게…."

멍 자국을 달고 있던 수한은 정혁을 한 번 흘끔 쳐다보더니 입을 열었다.

"맞거나 폭행 같은 거 절대 없었습니다."

"그럼, 너 얼굴이 왜 그래?"

천 실장도 뭔가 이상한 걸 느끼고는 수한에게 되물었다. 그러자 수한은 머뭇거리다가 다시 정혁을 한 번 더 쳐다보았다. 그 순간 정혁은 수한의 입에서 어떤 말이 나올지 알 것 같은 기분이 들었다.

"이 멍은… 룸메이트랑 작게 다퉜거든요."

"룸메이트가 누군데?"

천 실장은 여전히 의심이 가득한 눈으로 수한을 바라보며 물었다.

"정혁이요…."

"거짓말이잖아!"

정혁은 어이없는 눈으로 수한을 바라보며 소리 질렀다. 뭔가 일이 이상하게 흘러가고 있다는 것을 감지한 천 실장은 가만히 그 둘을 번갈아 바라보더니 라이언에게 물었다.

"정말 이 말이 사실이야? 넌 어떻게 생각하니? 확정된 멤버로서?"

라이언은 천 실장의 물음에 가볍게 웃었다. 이미 자신이 승기를 쥐고 있다는 표정이었다.

"정혁이 넌, 돌아가서 반성하고 있어. 너 이런 태도로는 절대 데뷔조에 못 들어간다는 거 알지?

천 실장은 정혁을 구슬리듯 이야기했다. 그녀 역시 D-solve에 그를 선정한 상태였기에 이 작은 해프닝이 빨리 지나가기만을 바라고 있었다.

"그렇게는 못해요."

"너!"

기어이 반항하는 정혁 때문에 천 실장은 화를 냈다.

"너, 지금 이 길로 나가면 끝이야. D-solve고 뭐고 다 물 건너 갈 줄 알아!"

"…그래도 이렇게는 못해요. 잘못된 건 바로 잡아야죠! 정 안 되면 K 엔터에서 나가겠습니다."

이미 마음을 정한 그였다. 타협 같은 걸 할 생각은 없었다. 정혁이 그렇게까지 말하자 수한의 두 눈이 미친 듯이 흔들렸다. 라이언의 얼굴 역시 묘하게 일그러졌다. 천 실장은 애초에 일을 크게 키울 생각도 없었으며, 몇 달 후에 선보일 D-solve 프로젝트를 엎을 생각은 아예 하지도 않았다.

"나가려면 나가, 근데 K 엔터 연습생으로 들어올 때 계약했던 조항 기억나지?"

천 실장이 단호하게 말을 끊자 정혁이 무슨 말이냐는 표정으로 그녀를 바라보았다.

"K 엔터에서 작업한 곡은 밖으로 유출할 수도 없으며, 저작권등록을 하기 이전엔 무조건 K 엔터 저작물로 취급한다. 그러니 우리 기획사에선 네 곡을 쓸 수 있지만 넌 그 곡을 들고나갈 수 없어. 이건 전적으로 네가 결정한 일이야. 난 이미 D-solve 데뷔곡으로 네 걸 쓰기로 결정했거든?"

"그건 불공정해요, 곡을 안 돌려주면 저도 가만히 있지 않을 거예요. 법적소송도 불사할 거라고요!"

천 실장이 내린 결론에 정혁은 절대 납득할 수 없다는 얼굴로 맞받아쳤다.

"그래?"

그러나 천 실장은 담담하게 웃으며 정혁에게 알맞은 답을 주었다.

"그런데… 니가 소송을 하면 나나 K 엔터에서 가만히 안 있을 거야. 연습생이지만, 그래도 소송하는 일에 대해 언론에 노출할 거고… 그렇게 네 이름과 정체, 사생활까지 공개시켜버리면 너희 할아버지가 제일 난감해 하시지 않을까?"

천 실장은 이 대답이라면 그를 포기시키고 모든 것을 잠잠하게 만들 수 있을 거라고 생각했다. 말을 다 내뱉고 나자 후련한 얼굴로 자신의 사무실 안에 들어 와 있는 연습생들을 쭉 둘러보았다.

***

다음 날, 연예가십 전문 채널, 일간지, 스포츠신문에서 크게는 첫 꼭지로 작게는 2-3면에 기사가 실렸다. 무풍지대와 D-solve를 악의적으로 엮은 내용이었다.

[M그룹의 리더, 최정상 아이돌 D그룹 준비생이었다? 폭행사건의 주동자….]

아이돌 탐구생활은 팬들의 원성이 자자한 프로그램이었다. 흔한 가십도 눈덩이처럼 키우고 있지도 않은 일은 있었던 것처럼 포장했으니까. 누군가의 팬이라면 그 프로그램을 결코 좋게 보진 못할 터였다. 무풍지대도 그 덫에 걸려들었다. 프로그램에 끝난 후, 연예관련 매체는 재밌는 가십을 발견했다는 듯, 여기저기에서 달려들었다.

PLAY 엔터는 긴급회의를 소집했다.

무풍지대뿐만 아니라 천 실장과 그리고 무풍지대를 전담하는 관리팀이 모두 나왔다. 이사까지 등장했다. 아마도 PLAY의 주가 때문인 것 같았다. 그만큼 이 사안은 생각보다 심각하게 번져가고 있었다.

"이게 그렇게 큰 문제가 될 일이 아닌데, 제가 추측하기론 K 엔터에서 프로그램에 그런 질문과 함께 기자들에게도 소스를 흘린 거 같습니다."

천 실장은 낙담한 얼굴로 회의실에 둘러 앉아있는 사람들을 바라보며 입을 열었다. 다들 말하지 않아도 알 것 같다는 표정이었다. 하지만 그런 천 실장을 부정적인 눈으로 바라보는 세 사람이 있었다. 4년 전 K 엔터에서 그녀와 악연을 맺은 정혁, 그리고 PLAY 엔터의 이사, 그리고 언제 들어와 있었는지는 모르겠지만, 기획팀 사이에 끼어들어 온 해윤이었다.

"실장, 내가 이런 말은 하고 싶지 않지만. PLAY에 떠도는 소문하고 경영실적이 주가에 직접 미친다는 거 그쪽이 더 잘 알지?"

가장 먼저 입을 연 사람은 이사였다.

"내가 이사진을 대표해서 이 자리 왔기 때문에… 불편한 질문이든 듣기 거북한 질문도 다 답해줬으면 좋겠어."

이사는 미간을 잔뜩 찌푸린 채 말을 이어 나갔다. 그는 PLAY에서 불미스러운 일이 발생하는 것 자체를 못마땅하게 생각하는 것 같았다.

"천 실장 자네, K 엔터에서 넘어온 사람 아닌가?"

"네, 맞습니다."

다음으로 무슨 이야기가 나올 거라는 걸 예측이라도 한 듯, 천 실장이 고개를 숙였다.

"사장이 어련히 알아서 데리고 왔다는 걸 알지만, 솔직히 여기로 온지 얼마 되지도 않아서 이런 일이 터진 게 마치, 거기서 스파이 하나를 갖다 붙인 느낌이라고 할까?"

이사의 덤덤한 말투가, 마치 기정사실인 것처럼 들렸다.

"그렇게 말씀하시면 제가 많이 섭섭합니다."

천 실장은 딱딱한 얼굴로 이사의 말에 돌려서 반박했다. 시작보다 분위기가 많이 어두워졌다.

"느낌이 그렇다는 거야, 솔직히 다른 것도 아니고 K 엔터랑 엮여서 더… 이미 PLAY BOYS가 K 엔터에서 뿌린 사진 때문에 당한 전적도 있고 그래서, 우리가 갚아줬으면 갚아줬지 우리가 관리하는 애들이 또 당하는 모습은 나도 이사진도 사장도 절대 못 봐. 절대!"

이사는 그때의 일을 떠올리며 이마에 핏대를 세웠다. 그때의 일은 이사뿐만 아니라 PLAY 식구들에게도 쓰디쓴 기억인 것 같았다. 사람들이 침울해졌다. 특히, 해윤의 얼굴이 제일 어두웠다.

"그때 일은 제 소관이 아니라 K 엔터 미디어 팀에서 했던 일로 알고 있지만, 어쨌건 PLAY에 좋지 않은 기억을 남기게 되어서 죄송합니다."

천 실장은 한 발 물러섰지만 2년 전에 있었던 이야기까지 들추자 더욱 당황한 기색을 보였다. 그녀는 오로지 기획에 모든 힘을 쏟아부었고, 그 외의 더러운 일이나 추접한 처리는 K 엔터가 알아서 처리했다. 덕분에 그녀가 K 엔터에 있을 때까지 소속 그룹은 전성기를 누렸다. 하지만 어느 순간, 기획보다 그 이면 일처리가 엔터 권력의 중심에 와 있었다. 로드매니저에 불과했던 김 만수 실장이 기획팀으로 오게 되고 반대로 기획에만 몰두했던 천 실장이 밖으로 밀려났다.

"좋아, 어쨌든 과거의 일이니 그렇게 넘어 가주겠어. 하지만 이번 문제는 어떻게 할 셈인가? 이때도 자네가 K 엔터에서 기획담당을 하고 있었으니 잘 알지 않겠나?"

과거의 일이라 넘어가주겠다는 말에 해윤은 주먹을 꽉 쥐었다. 그녀는 눈을 세모꼴로 뜨고 상황을 지켜보았다. 원래 성격 상 한 마디라도 해야 직성이 풀리지만 어쨌든 자신의 일이 아닌 무풍지대의 일이었기에 멋대로 끼어들 수 없었다.

"네, 정혁이의 일은 제가 더 알고 있으니 정 안되면 저라도 기자를 불러 해명을 할 생각입니다."

"당사자도 아니고 대중에게 일면식도 없는 자네가 나서서 기자회견 한다 해도 그게 먹히냐 문제야. 이 바닥은 누구의 잘못, 누구의 오해, 진실 이런 건 의미가 없다는 거 더 잘 알지 않아? 더 화제가 되는 것에만 포커스가 맞춰져있지!"

이사는 답답하다는 듯 짜증을 냈다. 천 실장의 원론적인 이야기가 무슨 의미가 있냐는 반응이었다.

천 실장 역시 이 사태를 어떻게 해결해야 좋을지 난감한 얼굴이었다.

4년 전, 자신이 경솔하게 내린 결론으로 인해 정혁은 폭행에 연루된 싸가지 없는 연습생으로 낙인찍혀 버렸다. 증거가 되는 사진이나 영상, 음성 같은 건 전혀 확인하지 않고 기사는 끊임없이 확대 및 재생산되고 있었다. 아이돌 탐구생활 Q&A 시간에 K 엔터가 흘린 질문과 이후 K 엔터의 성명 말고는 전혀 뒷받침 할 것이 없는데도 불구하고 말이다.

바로 상대가 현역 아이돌 중 TOP인 D-solve였기에 가능한 일이었다.

"이 분위기를 어떻게 바꾸나, 이 걸 생각해보라는 겁니다! PLAY 주가가 떨어지면 전부 외부에서 들어온 사람 탓인 줄 아세요! 사장이 애초에 우리 엔터에서 키우지도 않은 녀석들을 관리해주겠다는 것부터 탐탁지 않았어."

이사는 책상을 몇 번이나 후려치며 회의실 구석구석이 쩌렁쩌렁 울리도록 소리쳤다. 분위기는 갈수록 험악해졌다.

그때 해윤의 휴대폰이 울렸다. 그녀는 혼란스러운 틈을 타 뒤쪽으로 천천히 몸을 빼며 발신자를 확인했다. PLAY로 옮기기 전 무풍지대를 챙겨주던 매니저, 다행이었다.

***

"바쁜데 제가 너무 급하게 보자고 한 건 아닌지…."

다행은 해윤보다 더 주변을 의식하며 조심스럽게 입을 열었다. 엔터 건물 근처에 있는 작은 카페에서 만났다.

"아니에요, 갑자기 보자고 해서 좀 놀라긴 했지만 매니저 씨… 아니, 이제 다행 씨라고 부를게요. 괜한 일로 사람을 오라 가라 하는 스타일 아니라는 거, 잘 아니까."

해윤은 싱긋 웃었다. 아이돌 시절, 스마일 퀸이라는 별명이 괜히 붙은 게 아니었다. 다행은 잠시 넋을 놓고 그녀를 보다가 자신의 가방 안에 손을 집어넣었다. 하지만 바로 꺼내지 못하고 뭔가 망설이는 표정을 지었다.

다시는 얽히고 싶지 않다고 생각했었다. 그냥 사장의 요구를 충족시켜줄 정도로만 발을 담그자, 그게 자신의 목표였다. 그러나 며칠 동안 연예기사에서 무풍지대, 특히 정혁과 D-solve의 4년 전 관계에 대해 악질적으로 얽는 기사를 마냥 보고만 있을 수가 없었다.

불과 몇 개월 전만 해도 죽고 못 사는 D-solve와 라이언이었다. 그러나 베스트 뮤직 25 촬영 날이 그녀 인생의 분기점이 되고 말았다. 그날 이후로 D-solve와 연관된 모든 것들에 혐오감이 들었다.

"왜요? 무슨 일 있어요? 왜 다 죽어 가는 얼굴을 하고 있어요?"

자꾸 망설이며 주춤거리는 다행을 보자 해윤은 답답하다는 듯 캐물었다.

"말해요, 이제 무풍지대와는 관계도 없고… 뭐 딱히 나랑 연락할 일도 없을 텐데 굳이 나오라고 한 거라면 뭔가 이유가 있는 거잖아요?"

고민될 수밖에 없었다. 다행 자신이 가지고 있는 영상은 철저히 팬시점에서 찍힌 영상이니까. 이게 밖으로 노출되면 D-solve 팬덤에 문제가 생길 게 분명했다. 그냥, 좋아하는 연예인을 그만 좋아한다는 수준을 넘어서서 안티보다 더한 행동하는 것이니까….

다행은 베스트 뮤직 25 사건 이후로 더 이상 라이언의 팬일 수 없었다. 그가 싫어졌다기보다는, 뭔가 봐서는 안 될 것을 본 것 같은 느낌이 들었다. 그동안 그를 좋아했고, D-solve를 좋아한 자신의 추억과 시간, 그리고 거기에 엮인 친분들을 생각해서 조용히 팬 활동을 접고 싶었을 뿐이었다.

하지만 지금 하려는 것은 단순히 접는 게 아니라 D-solve와 라이언, 그리고 K 엔터의 행위를 폭로하는 것과 다를 바 없었다.

"…다행 씨. 나 그렇게 한가한 사람 아니에요. 지금! PLAY는 비상에 걸린 상태고요. 그게 하필 내가 주선해서 들어오게 한 그룹의 문제라서… 나도 그냥 편하게 엔터에 들어갈 입장이 아니라고요. 그런데 이렇게 사람 불러서…"

"알아요."

다행은 오랜 고민 끝에 대답했다. 가방 속에 있는 한 쪽 손이 땀으로 축축하게 젖어 있었다. 더 고민하다가 물러나기 전에 마음을 확실히 결정해야만 했다.

"그래서요?"

해윤이 살짝 장난스럽게 물었다.

"그래서 온 거예요! 지금 PLAY 엔터도, 무풍지대도 전부 난감한 상황이라는 거 알고 왔다고요…."

다행은 축축했던 손을 가방에서 빼냈다. 해윤에게 뭔가를 건네기 위해 그녀를 향해 자신의 팔을 쭉 뻗었다.

"이게 뭔가요?"

해윤은 다행과 테이블 위에 있는 다행의 손을 번갈아 보며 물었다. 해윤의 질문에 다행은 뭔가를 덮고 있던 손을 들어 올렸다.

그 안엔 까만 USB하나 놓여있었다.

***

"이게 뭐예요?"

해윤은 정말 궁금하다는 표정으로 USB를 들고 이리저리 돌려봤다. 내용물을 볼 수 없는 입장에서 그럴 만했지만, 왜 이걸 주냐는 표정이었다.

"지금 K 엔터에서 공격받는 그 이야기들 있잖아요…."

"네."

"그거 해명 같은 거 하지마세요."

해윤은 다행의 말에 이해할 수 없다는 표정을 지었다.

"절대, 절대… 하지 마요."

"그게 도대체 무슨 말이죠? 그럼 차정혁이 폭행사건에 휘말려서 K 엔터 연습생에서 쫓겨났다는 사실을 그냥 그대로 두란 말인가요?"

"해명할수록 가십에 더 휩싸일 거예요, 해명할수록 K 엔터에서 계속해서 물고 늘어질 거고요, 기자도 여론도 그냥 더 자극적인 걸 원해요. 진짜 폭행을 했는지, 누가 피해잔지, 진실이 뭔지… 그런 건 솔직히 관심 없어요. 정말 그 그룹을 응원하는 팬을 제외하고는요. 대부분은 그냥 누가 이기는지 보자 하는 거고요. K 엔터와 PLAY 엔터, 업계의 두 공룡의 기 싸움에서 누가 승리할 것인가, 그게 궁금한 거예요."

해윤은 가만히 다행의 이야기를 들었다. 긴급회의에서 이사가 했던 이야기와 일맥상통했다.

-이 바닥은 누구의 잘못, 누구의 오해, 진실 이런 건 의미가 없다는 거 더 잘 알지 않아? 더 화제가 되는 것에만 포커스 맞춰져있지!

"그럼, 어떻게 하라는 거예요? 뭐 뾰족한 방법이라도 있어요?"

해윤은 그제야 다행을 향해 빙긋 웃으며 약간 안도하는 표정을 지었다. 다행이 생각보다 머리도 잘 돌아가고 쇼 비즈니스 바닥의 생리를 잘 안다고 생각했기 때문이었다. 해윤의 말에 다행은 턱 끝으로 USB를 가리켰다.

"PLAY 엔터도 SNS나 미디어 관리팀 있죠? 그럼 U TV채널에다가

저 안에 든 내용물을 틀어요. 기왕이면 채널 구독자수가 제일 많은 걸로요."

"이 안에 있는 거? 바로 체크할 거긴 하지만… 무슨 내용이 있는 건데요?"

"휴…."

다행은 잠시 까페 천장을 쳐다봤다가 고개를 내려 커피를 한 모금 마셨다. 나름 결정했다고 생각했지만 아직도 완전히 마음을 굳히진 못한 느낌이었다.

"K 엔터가 방송국 PD와 엮여 있는 거, 그리고 D-solve 라이언의 언행, 뭐 그런 게 담겨 있을 거예요. 그걸로 지금 무풍지대와 차정혁에 대해 떠도는 말을 다 잠재워요. 불필요한 해명을 할 시간에 그것보다 더 자극적인 거, 것보다 더 큰 걸로 덮는 게 가장 현명해요."

다행은 말을 다 끝내고 의자에 등을 기댔다. 온몸에 힘이란 힘은 모두 빠져나간 것 같았다. 증거들은 완전히 자신의 손에서 떨어져나갔다. 지금이라도 없던 일로 돌이키려 해봤자, 이 모든 것을 해윤이 들은 이상 방법이 없었다.

다행의 이야기를 다 들은 해윤은 씁쓸하게 USB를 잡았다. 갑자기 그녀의 두 눈가 붉어지며 촉촉해졌다. 그런 해윤의 모습에 다행은 당황한 듯 뒷목을 문질렀다.

"왜, 왜 그래요? 내가 뭐 잘못이나 실수라도 했어요?"

"아뇨, 그런 거 전혀 없어요."

"그런데 표정이 왜 그렇게 안 좋은 거예요?"

울음을 참는 듯한 얼굴을 한 해윤의 모습에 다행은 안절부절 못하며 눈치를 살폈다. 해윤은 눈가에 작게 고인 눈물을 손끝으로 닦아내며 어색한 웃음을 지었다. 그녀도 민망한 듯했다.

"미안, 미안해요. 이렇게 고마운 자료를 받아들면서 내가 추태를 보였네…."

"도대체 왜?"

다행의 말에 이젠 해윤이 머뭇거리며 말을 할지 말지 고민했다. USB를 받아든 손에 힘을 잔뜩 준 탓에 힘줄이 돋아 있었다.

"2년 전에도, PLAY BOYS 옆에 다행 씨 같은 매니저가 있었다면 얼마나 좋았을까, 그런 생각이 들어서요."

"네?"

"아니지, 내가 다행 씨 같은 역할이 되거나 그런 뒷배가 되어줬어야 했는데…."

작게 한숨을 내뱉던 해윤의 눈시울이 다시 붉어졌다.

2년 전의 PLAY BOYS라면, PLAY 엔터에서 야심차게 선보인 보이그룹이었었다. 그때의 그들은 기억하는 사람은 이제 거의 없을 정도지만…. K 엔터만큼이나 공룡기업이자 쇼 비즈니스업계의 탑인 PLAY는 여자 아이돌 그룹을 성공시키는 데엔 나름의 전략과 노하우가 있었다. 하지만 어떻게 된 일인지 남자 아이돌 그룹은 만드는 족족 K 엔터 쪽 애들에게 밀리거나, 망했다. 방송국 예능 PD들과 K 엔터 간의 밀약으로, 타 기획사에서 나온 남자 아이돌을 배척하는 분위기가 방송국 전반에 팽배해 있기 때문이기도 했다.

오랜 시간동안 공을 들여 만든 PLAY BOYS는 등장부터 센세이셔널 했다. 첫 등장부터 전형적으로 또래나 연하의 팬들을 공략하기보다는 연상의 누나 팬들을 타깃으로 잡아 섹시한 노선을 탔다. 짐승 같은 거친 느낌과 연하 특유의 보호본능, 이 두 가지의 매력적 요소를 갖춘 PLAY BOYS는 등장하자마자 아이돌 판에 지각변동을 일으켰다.

20대 이상의 D-solve팬들이 대거로 PLAY BOYS에 옮겨갔다는 이야기까지 나왔다. 그렇게 K엔터의 효자그룹인 D-solve를 누르고 세대교체가 이뤄지나 싶었다. 그런데 어느 날, 연상의 팬들을 다수로 하고 있는 PLAY BOYS에 큰 시련이 찾아왔다.

누가 어떻게 알아낸 건지 아니면 꼬리가 길어져 밟히고 만 것인지 모르겠지만. 큰 사랑을 받던 Milky Way의 해윤과 PLAY BOYS의 리더가 사귄다는 소문이 떠돌기 시작했다. 같은 소속사라는 것만으로도 서로에게 마이너스가 되는 요소였으나 특히 PLAY BOYS에겐 치명적이었다. 연상의 팬을 타겟으로 하고 있는 PLAY BOYS 리더가 연하, 귀여운 이미지의 대명사였던 해윤과 열애 중이라는 것은 그룹이 잡은 컨셉, 기획에 전혀 부합되지 않은 것이었기에…. 그 둘의 열애설은 PLAY BOYS에게 타격이 컸다.

PLAY 엔터 측은 좀 더 자신 있는 쪽을 그대로 두고, 예측할 수 없는 부분을 접기로 결심했다. 바로, Milky Way와 해윤을 밀어주는 쪽으로 노선을 정한 것이다.

"그때, PLAY BOYS에는 왜 다행 씨 같은 똑똑한 사람이 주변에 하나도 없었을까요?"

"그건…."

다행은 더 말을 잇지 못했다.

'그건, 누군가를 진정으로 사랑하고 누군가를 매몰차게 배신하면 할 수 있는 일들이니까요….'

다행은 속으로 말을 삼켰다. 그게 최선이었다.

"알았어요, 다행 씨 말대로 할게요. 나 믿고 맡겨도 돼요. 그리고 여태까지 신기하게도 다행 씨가 먼저 손 내밀었던 거 한 번도 실패해본 적 없으니까, 이번에도 반드시 잘 풀릴 것 같은 예감이 드네요."

해윤은 찻잔에 남은 차를 한 번에 들이키고 USB를 챙겨들었다.

"참 웃기죠? 이건 무슨 USB로 맺어진 인연도 아니고…."

해윤의 말에 다행도 한쪽 입 꼬리를 올리며 피식거렸다. 다행이 생각해도 그녀의 말대로 둘은 USB로 얽힌 이상한 관계였다. 자리에서 슬슬 일어나려던 해윤은 갑자기 행동을 멈추고 다행을 쳐다봤다.

"혹시, 다행 씨 무풍지대 매니저 그만두고 다른 일 하고 있어요?"

그녀는 고개를 끄덕여야 할지 아니면 저어야 할지 순간 고민했다. 어쨌건 그녀의 신상이 사장에게 잡혀있으니 온전히 자유롭지 못한 건 맞는 거다. 다행은 고개를 끄덕였다. 그러자 해윤이 아쉽다는 듯 아랫입술을 깨물었다.

"혹시 나중에 지금 하고 있는 일이 끝나면… 내 매니저 해볼 생각 없어요? 연봉 잘 쳐줄 게요."

다행은 해윤의 제안에 긍정도 부정도 없이 그냥 환하게 웃기만 했다. 어쨌건 자신이 그렇게 무능력한 사람은 아니라는 소리니까, 이제 정말 일어서려는 해윤의 모습을 잠자코 지켜보던 다행도 가방을 챙겼다. 어서 이곳에서 사라지는 게 상책일 것 같았다.

"아, 그런데 정말… 잠깐! 마지막, 마지막 질문."

해윤이 가던 길을 돌아 갑자기 다행 앞으로 나왔다.

"이거 건네주는 게 무풍지대의 과거 매니저로서 한 행동이에요? 아니면, 차정혁에 대한 사적인 감정이 있어서 그런 거예요?"

사적인 감정이란 말이 해윤의 입에서 나오자 다행의 표정이 급격하게 어두워졌다. 그냥 말없이 가방을 챙기며 자리에서 일어서려고 하자, 해윤이 다행의 팔목을 잡으며 다시 입을 열었다.

"추궁하려는 게 아니라 콜라보 할 때부터 그냥 묻고 싶었어요. 왜, 여자로서 느끼는 촉이라는 게 있잖아요. 그래서 내가 계속 조심하라고 했던 거였고…."

"그때부터 아무런 사이 아니었어요. 제가 그랬었잖아요.…정혁인 나한테 의지하려고 그렇게 행동했던 거였을 뿐… 그냥 과거 매니저로서 마지막까지 최선을 다하자는 마음에 들고 온 거예요."

다행은 해윤이 더 추궁하기 전에 얼른 나가야겠다고 마음먹었다. 혹시나 D-solve와 라이언의 이야기까지 나온다면 다행은 감당할 자신이 없었다. 얼른 일어나 카페 밖으로 나갔다.

초겨울을 알리는 차가운 공기를 다행은 폐부 깊숙이 들이마셨다. 해윤에게 했던 마지막 대답이 가슴을 콕콕 찔러댔다. 반은 거짓, 반은 진실. 누가 강요한 것도 아닌 스스로가 한 대답이었지만….

추진력 좋은 해윤에게 전적으로 모든 걸 맡겼다. 다행은 이제 자신이 할 수 있는 일은 거의 다 했다고 생각했다. 이지이지사장이 나중에 이 일을 알면 자신을 더 추궁할진 모르겠지만 현재로선 이게 최선이었다.

***

K 엔터가 '연습생 폭력사건 전말'에 관해 성명을 발표하겠다고 말한 시간보다 두어 시간 앞서 PLAY 측에서 기자회견을 잡았다. 기자회견의 주요 내용은 과거 K 엔터에 있던 천 실장의 증언과 정혁의

연습생 시절에 대한 해명이었다.

업계는 긴장했다. 양쪽 공룡들이 어떻게 나올지 모두 주목하고 있었다. 덩달아 기자들이나 방송계는 신이 났다. 어떻게 하면 이 두 기획사를 그럴듯하게 붙여볼까 최대한 자극적이게 헤드라인을 뽑아냈다. K 엔터 측 역시 자신들보다 먼저 기자회견을 잡은 PLAY의 결정에 태클을 걸거나 시간을 변경하지 않았다. 어떤 태도로 나올 건지 지켜보겠다는 입장 같았다.

기자회견장엔 천 실장과 PLAY이사만 자리를 잡고 앉았다. 정혁의 얼굴이 보이지 않자, 기자회견장은 잠시 사람들의 웅성거리는 소리로 들어찼다. 한 기자가 더는 참지 못하고 입을 열었다.

"무풍지대 차정혁 군은 이 자리에 안 나오는 건가요?"

천 실장은 뭔가 생각하는 것처럼 잠시 그 기자를 응시하더니 천천히 질문에 대답했다.

"일단 저희 입장부터 먼저 말씀드리고, 그건 그 다음에 그에 대해 답해드리겠습니다."

천 실장의 정중한 태도에, 기자들도 더는 함부로 질문하지 못했다. 일단 입장을 설명한다고 하니, 어떻게 나오나 지켜보자는 분위기가 조성됐다.

기자회견 시작되자 갑자기 회견장의 불이 모두 소등되었다. 기자들은 도대체 무슨 일인지 궁금해 하며 웅성거렸다.

"지금 뭐하는 거야?"

갑자기 드리워진 어둠으로 인해 참석한 사람들은 당황할 수밖에 없었다.

팟!

천장에서 스크린이 내려왔다. 그리곤 스크린에 천천히 영상이 뜨기 시작했다. 누군가가 라이언의 뒷모습을 촬영한 영상이었다. 영상은 정확히 2년 전, 베스트 뮤직 25의 녹화 방송 무대였다. 다행이 스탭 카드를 몰래 목에 걸고 스탭인 척 가장해서 찍었던 그 영상이었다.

[아, 존나 맘에 안 드네….]

라이언의 입에서 상스러운 말이 나오자 기자들 사이에 간간히 탄식이 터졌다. '신사적이고 멋있는 이미지였던 라이언이 어떻게 저런 말을 할 수 있을까?' 모두가 이런 생각을 하고 있었을 것이다. 보통 분칠한 것들 믿지 말라는 소리를 하며 앞뒤가 다른 게 연예인이라고 하지만 유독 이미지 관리에 철저했던 라이언이었다. 기자든 카메라 앞에서 절대 예의에 어긋나는 행동, 말은 하지 않았을 뿐만 아니라 기부 같은 좋은 일에 늘 앞서서 움직였던 남자였으니까.

라이언이 곧 D-solve의 이미지였고, D-solve가 곧 라이언이나 다름없었다.

그는 다행이 뒤에 찍고 있다는 걸 의식하지 못한 것 같았다. 다행이 개인적으로 파일을 추출할 때만 해도 이런 소리들을 다 잡아낼 수 없었다. 기술의 한계가 있었다. 그러나 PLAY 기술팀에 USB가 건너가자, 라이언의 말, 탄식, 욕설 등 모든 음성 파일을 추출해 낼 수 있었다.

[재, PLAY BOYS 쟤네 언제까지 이미지 관리되는지 보자….]

영상에서 라이언은 PLAY BOYS의 녹화 무대를 쳐다보고 있었다. 그는 이를 갈며 이야기했고, 그 말소리는 생생하게 영상을 타고 나왔다.

"아, 이거 K 엔터에서는 알고 있습니까?"

영상을 보는 와중, K 엔터 쪽과 친분이 있는 기자 하나가 불만에 섞인 목소리로 입을 열었다.

"우리는 해명을 들으러 여기 왔지, 이런 영상…."

"거기 좀 앉아요, 잘 안보이잖아!"

K 엔터에 우호적인 기자가 계속해서 문제제기를 하자 그 뒤에 있던 다른 기자가 짜증을 냈다. 다행의 말대로 해명은 크게 관심 없는 일이 되고 말았다. 아니, 다시 말하자면 더 흥미롭고 자극적인 사건을 찾아냈다는 소리였다.

다들 숨죽이며 라이언의 또 다른 모습이 어디까지일지 궁금해 하고 있었다. 영상 속의 그는 굉장히 거만했고, PLAY 엔터의 PLAY BOYS를 티가 나도록 싫어하고 있었다는 게 주요 장면들이었다.

그때, 한창 PLAY BOYS 녹화 중에 라이언이 담당 PD와 이야기하는 모습이 영상에 나왔다.

[K 엔터에서 준, …알고 계시죠? 지난번에도 …에서 …사장님, 그러니까… PLAY 쪽 애들은 알아서 해결하세요….]

다행이 추출해낸 영상에선 이 정도밖에 들리지 않았지만, 기술팀의 노력이 몇 스푼 얹어지자 기자들은 하나같이 놀라며 입을 막았다.

[K 엔터에서 준 그거, 확실히 받으셨어요? K 엔터 쪽에서 갔다는 거 알고 계시죠? 지난번에도 강남 콤마에서 사장님이랑 같이 한 잔 하셨잖아요. 잊으시면 안 돼요, 그러니까… PLAY 쪽 애들은 PD님께서 알아서 해결하세요.]

***

[K 엔터에서 준 그거, 확실히 받으셨어요? K 엔터 쪽에서 갔다는 거 알고 계시죠? 지난번에도 강남 콤마에서 사장님이랑 같이 한 잔 하셨잖아요. 잊으시면 안 돼요, 그러니까… PLAY 쪽 애들은 PD님께서 알아서 해결하세요.]

이 영상은 상상할 수 없을 정도로 엄청난 파장을 가지고 왔다. 라이언과 K 엔터의 행위는 범죄라고 할 수 있었다.

"TV 꺼…."

정혁은 숙소 거실에 앉아 가만히 TV를 보다가 고개를 돌렸다. 저 영상이 어디에서 난 것인지 대충 짐작이 갈 것 같았다.

"왜? 아직 계속 기자회견 중인데…."

상현이 고개를 돌려 정혁의 눈치를 한 번 보더니 TV를 끄지 않고 꿋꿋하게 시청했다. 기자회견이 진행되면 진행될수록 K 엔터와 라이언의 실체가 낱낱이 까발려졌다. 베스트 뮤직 25 뿐 아니라 그들이 직 · 간접적으로 맺고 있는 PD의 숫자가 적지 않다는 것도 유추할 수 있었다. 충분히 업무상배임의 여부까지 따져볼 수 있는 사안이었다.

하지만 이런 상황에서 정혁은 오로지 다행만이 떠올랐다. 저 영상을 보고 떠올릴 수 있는 사람은 그녀 뿐이었다.

과거 연습생 폭행사건에 휘말린 건 썩 기분 좋은 일은 아니었으나 그에 대한 해명이나 나름의 변명은 다 생각하고 있었다. 하지만 어제 해윤이 회의실에 갑자기 들어와 기술팀에 USB를 넘기면서 분위기가 급속도로 반전됐다.

오늘 기자회견에 나오지 말라는 통보는 물론이고, 갑자기 실시간 검색어에 K 엔터와 PLAY의 기자회견이 오르락내리락 하더니, 방금 화면에서 본 일들이 연쇄적으로 터졌다.

그 자료를 누가 넘겼는지 알 수 있었다. D-solve의 오랜 팬이자 라이언의 충실한 팬 · 김다행.

그녀가 D-solve를 버리고 자신을 도와주었다는 게 아직도 실감이 나지 않았다. 빨리 그녀를 찾아야겠다는 생각뿐이었다.

"어딜 가는 거야?"

다행을 찾기 위해 급히 나서는 정혁을 향해 태영은 뾰족하게 말했다. 태영 역시 어렴풋이 기자회견의 영상이 다행에게서 나왔을 것이라고 생각하고 있었다.

태영의 물음에도 정혁은 대답을 하지 않은 채 급히 주차장으로 나왔다.

"야, 거기 서! 할 말 있어."

태영은 기어이 주차장까지 따라 나와 정혁의 어깨를 잡았다.

"지금 너랑 이런 실랑이 할 시간 없어, 이거 놔."

"난 할 말 있어. 지금 김다행 찾으러 가는 거지?"

태영의 입에서 다행의 이름이 나오자, 정혁의 눈빛이 변했다.

"그 영상, 다행 씨 아니면 절대 나올 수 없어. 카메라 앵글을 보면 딱 알잖아."

"그만해!"

정혁은 참다못해 결국 태영에게해 소리를 질렀다.

"더 이상 그 입에 걔 이름 담지 마. 어디서부터 무슨 마음을 품었는지 모르겠지만, 내가 먼저 발견했고, 내가 먼저 진가를 알았어. 내가! 그 마음 돌리기 위해 애썼던 것도 나야. 그러니까 더는 걔에 대해서 말하지 마."

정혁이 단호하게 말했다. 하지만 태영은 그 말에 전혀 수긍하지 못하겠다는 표정을 지으며 그를 막아섰다.

"그렇게 못하겠다면 어쩔 건데? 다행 씨가 무슨 전시되어 있는 상품이야? 먼저 발견하고, 네가 먼저 애썼다고 해도 다행 씨가 너를 받아들이지 않으면 어쩔 건데?"

"너만 이런 식으로 짜증나게 방해하지 않으면 돼!"

정혁은 거칠게 태영을 밀고 스포츠카 안으로 몸을 집어넣었다. 태영은 정혁을 잡으며 그가 움직이지 못하게 막으려했으나, 그는 곧바로 핸들을 꺾어 주차장 밖으로 나갔다.

***

"말해주세요, 아저씨."

"무슨 말?"

"김다행, 걔 지금 어디에 있어요? 네?"

"…걔는 왜 갑자기 들먹이는 거야? 이제 너네 매니저도 아니잖아."

"보셨잖아요, 오늘 기자회견."

이지이지 사장은 한동안 말이 없었다. 확실히 그런 자료를 넘길만한 사람은 다행 말고는 없었다.

"약삭빠른 계집애."

"아저씨!"

사장은 낮게 읊조리다 피식, 웃었다. 뭔가가 떠오른 듯한 얼굴을 하고 있었다.

"어쩐지 나에게 쭉정이 같은 걸 넘겨줘서, 이딴 거라도 써먹어야 하나 말아야 하나 고민했었는데, 진짜 알맹이를…."

"그게 무슨 말이에요? 아저씨가 걔한테 뭘 시켰어요?"

"시끄러워! 나 그렇게까지 쓰레기는 아니거든?"

정혁은 의자에 느긋하게 앉아있는 사장 앞으로 성큼 다가갔다. 그리고는 거의 빌듯 사장에게 말했다.

"어차피 아저씨가 안 가르쳐줘도 내가 반드시 알아내려면 얼마든지 알아낼 수 있어요. 하지만 지금은 그럴 시간이 없기도 하고, 아저씨하고 싸우고 싶지도 않아요. 아저씨, 제발! 오늘 정말 걔 아니었음 전 또 몇 년간 방황했을 거예요. 4년 전 그 때처럼… 아니, 어쩌면 다시는 연예계 활동 못할 지도 모르는 거 걔가 구해준 거라고요!"

정혁의 말을 잠자코 듣고 있던 사장은 천천히 책상 서랍을 열었다. 그 안에서 뭔가를 꺼내 정혁에게 건네주었다.

"여기다, 뭐 네가 얼마나 그 계집애한테 크게 빚졌기에 그걸 갚으려고 하는 건지는 잘 모르겠다만… 빚은 꼭 갚아야 하는 법이니까, 찾아가 봐."

사장이 던진 것은 건물 마스터키였다. 정혁은 카드를 챙겨들며 사장에게 꾸벅 인사를 했다. 다행을 바로 만날 수 있을 거라 생각하니 심장이 뻐근해지는 것 같았다. 정혁은 급히 몸을 돌려 사장실을 나가려했다. 그러자 뒤에서 사장이 발걸음을 멈추게 만들었다.

"차정혁."

정혁은 출입문으로 향하고 있던 몸을 돌려 그를 잠시 바라보았다.

"너…."

"네?"

"너 그 계집애 좋아하고, 뭐 둘이 그런 사이는 절대 아니지?"

예상치도 못한 질문이 들어오자 정혁은 뭐라고 대답해야할지 난감한 표정으로 사장을 잠시 바라보았다.

"너는 지금 빚 때문에 이렇게 나를 들들 볶고, 마스터키를 받아가는 거지?"

다시 한 번 물었다.

"걔에 대해 이상한 감정을 숨기고, 나한테 빚이니 뭐니 말하는 건 아니지?"

사장은 아예 정혁을 향해 확답을 받기 위해 닦달하고 또 닦달하는 것 같았다.

"빨리 대답해! 의원님이 널… 어떻게 생각 하시는지 알지?"

정혁은 사장에게 뭐라고 말해야할지 망설여졌다. 심지어 할아버지까지 들먹이니 꿀 먹은 벙어리처럼 아무 말도 나오지 않았다. 사장은 아니라고 말하라 하지만 그건 모두 사실이었으니까. 그게 자신의 마음이었으니까. 다행을 좋아하고 사랑하고 그게 결국 사장이 말하는 이상한 감정이 아니면 뭘까.

입을 몇 번 달싹이던 정혁은 그냥 아무것도 못들은 척, 사장실에서 나왔다. 어설프게 대답하는 것보단 아예 아무 말 없는 게 나았다. 초겨울의 바람은 차가웠다. 그러나 다행이 어디 있는지 알게 된 이상 그리 차갑게 느껴지지 않았다.

***

일이 생각보다 커지자 다행은 겁이 났다. 누가 봐도 팬이 찍을 법

한 영상이었기 때문에다. 카메라의 앵글이 오직 라이언의 얼굴, 그리고 뒤통수만 향하고 있었으니까.

"내가 내 발등 찍은 거지 뭐, 어휴…."

개입하지 않기로, 그렇게 마음먹었었다. 하지만 정혁이 저렇게 당하는 꼴을 차마 두고 볼 수 없었다. 어떤 방식으로든 그를 도울 수밖에 없었다.

솔직히 4년 간 라이언을 정성을 다해 좋아했었다. 그러나 그의 진짜 모습은 몰랐다. 영상을 다시 돌려보기 전까지… 아니, 원래 저 모습이 라이언이었는데 자신이 좋아하는 그 감정에 함몰되어 모른 척 외면하고 있었는지도 모른다.

그리고 정혁이 K 엔터의 연습생이었다는 사실도 몰랐었다. 속았다는 생각까지 들었다. 하지만 그래도 최소한 정혁이 사람을 패고 다닐 놈은 아니라고 믿고 싶었다. 한편으론 라이언에게 속았던 일이 반복될까봐 걱정되는 마음도 있었다.

"정말, 사람 일은 알다가도 모르겠다. 나도 사람 보는 눈 더럽게 없고…."

다행은 쓰레기봉투를 들었다. 분리수거도 해야 했고, 먹을 것도 사와야 했다. 당분간 밖으로 나가긴 더 힘들 것 같았다. 다른 한 손에 이것저것 재활용쓰레기가 모여 있는 박스를 들었다. 문을 열고 나가기 버거웠다. 갑자기 숙소시절에 정혁과 함께 쓰레기를 버리러 나가던 게 떠올라 괜히 울컥해졌다. 울적한 마음을 떨치려고 이상한 말을 잔뜩 내뱉었다.

"에휴, 이래서 얼굴에 분칠한 것들은 믿을 수가 없다니까!"

"누굴 믿을 수 없다는 거야?"

양손에 쓰레기를 든 채 겨우 빠져나왔다 싶었더니, 눈앞에 정혁이 서 있었다.

"너, 너 뭐야?"

전혀 예상하지 못한 일이라, 다행은 몸이 딱딱하게 굳었다. 여길 어떻게 안 거지? 당황한 눈빛으로 녀석을 훑었다.

"뭐긴 뭐야, 너 어떻게 사는 지 좀 들어가 보자!"

"미쳤어? 감히 어딜 들어오려고!"

다행은 양손에 쓰레기봉지와 재활용박스를 든 채 입구를 가로막았다.

"…너 왜 이래?"

"너 지금이 어느 땐데 이러고 있어?"

자신이 USB를 건넨 후부터 엔터계가 한바탕 뒤집어졌다는 걸 기자회견을 통해서 보았다. 그럼에도 불구하고 자신에게 찾아온 정혁의 얼굴에 여유가 넘치자 기가 막혔다.

"K 엔터 측에서 이제 어떤 카드를 꺼낼지…."

정혁은 자신의 손가락을 들어 입술 근처에 올렸다. 조용히 하라는 의미였다. 다행은 순간 흥분해서 말실수한 건 없는지 주변을 둘러보았다.

"일단 안에 들어가서 이야기하자."

진지한 눈빛으로 바뀐 정혁이 다행의 어깨를 잡았다. 그리곤 그녀가 들고 있던 쓰레기봉지를 뺏다시피 받아 들었다. 다행은 정혁의 반응에 저도 모르게 주춤거리며 오피스텔 문을 열었다. 아마도 정혁이 그동안 할 이야기가 많았을 거라 생각이 들자 다행도 정혁에게 이것저것 묻고 싶은 게 생겼다. 복도에서 괜히 서서 언성을 높이거나 괜히 말실수라도 했다간 정혁에게 더 좋지 않을 거 같아 급히 집 안으로 들어갔다.

띠리리릭

"너…."

"알아, 무슨 얘긴지 안다고."

정혁은 눈을 깜빡이며 수긍의 뜻을 나타냈다. 그러면서도 입은 여전히 웃고 있었다. 복도에 있을 때는 세상 진지한 사람처럼 무게를 잡더니, 안에 들어오자마자 장난스러운 얼굴을 하자 다행은 기가 막혀 헛웃음이 터져 나왔다.

"너 지금 웃음이 나오니?"

"알아…."

"지금 이렇게 돌아다닐 때냐고!"

"그래, 네 말이 맞아."

"PLAY에선 무슨 지시 없어? 얼굴 봤으니까 얼른 돌아가, 숙소에 가있어. 여긴 또 어떻게 알았담? 어휴…,"

"…다행아."

입꼬리를 늘어뜨리며 미소를 짓던 정혁이 갑자기 표정을 딱딱하게 굳혔다. 실시간 변하는 그의 모습에 다행은 당황스런 얼굴로 왜냐고 라고 묻고 싶었다.

그때, 갑자기 정혁이 다행의 양 어깨를 꼭 잡더니 그녀를 자신의 품안에 가뒀다.

"왜, 왜 그러는 건데?"

"다행아."

"…."

"진짜 보고 싶었어."

***

"진짜 보고 싶었어."

정혁은 다행을 가만히 바라보며 말했다. 말을 하면서도 속에서 뭔가 울컥하는 뜨거운 것이 올라오는 것 같았다. 그의 말에 다행은 대답을 해야 했지만, 적당히 둘러댈 말이 없어 눈만 굴리다가 결국 고개를 옆으로 돌려버렸다.

"네가 앞으로 어떤 말을 하고, 어떤 행동을 해도 이젠…."

이야기를 하다말고 정혁은 잠시 말을 멈췄다. 양 손으로 그녀의 어깨를 강하게 부여잡았다. 다행은 정혁의 갑작스런 스킨십에 조금 놀랐지만, 거부하지 않았다.

조금 솔직하게 말하면, 그 품이 그리웠었다.

"…어째서 그런 선택을 한 거야?"

정혁은 자신의 품 안에 꼭 끌어안고 있던 다행은 몸에서 떼 내며 조심스럽게 물었다. 그러나 다행은 정혁의 질문에 약간 당황한 듯 몸을 살짝 빼냈다. 그가 무슨 이야기를 하려는 지 미리 눈치를 채기도 했다.

"네가 정말 좋아했던 그룹이었고, 좋아했던 사람이었잖아."

"그, 그건…."

정혁의 입에서 D-solve에 대한 말이 나오자 다행은 당황하며 그의 몸에서 벗어나기 위해 팔을 비틀었다.

"대답해줘, 제발."

"무슨 대답을 원하는 거야…."

"네가 원래 좋아했던 그룹을 저버리고 나를 선택한 거…."

정혁은 언제부터 알고 있었을까, 도저히 감을 잡을 수 없었다. 자신이 D-solve와 라이언의 충실한 팬이었다는 사실을 언제 들켰던 건지.

"…너 언제부터 알고 있었어?"

다행은 난감한 얼굴을 한 채 차마 정혁을 눈을 쳐다보지 못하고 되물었다. 그가 자신에게 배신감을 느끼진 않았는지 걱정 됐다. 그와 처음 만났을 때, 멋진 외모에 감탄은 했었지만 속내에선 라이언의 매력에 발끝만치도 못 미칠 거라고, 그렇게 생각을 하고 있었는데, 그런 마음을 그는 이미 알고 있었다니?

다행은 민망한 마음에 고개를 푹 숙였다. 차마 정혁의 얼굴을 제대로 쳐다보지 못할 것 같았다.

"괜찮아, 이미 예전부터… 아주 오래 전부터 알고 있었어."

그런 다행의 마음을 이해한다는 듯, 빠져나가려는 그녀의 몸을 더욱 꽉 붙들었다. 정혁의 눈이 이제는 모든 걸 다 터놓고 이야기를 하고 싶다고, 그렇게 말하고 있었다.

그가 처음부터 알고 있었다는 사실과, 그걸 알고 있음에도 자신이 어떻게 하는지 지켜보고 있었다는 사실에 여러모로 부끄러운 나머지 다행은 계속 몸을 비틀며 고개를 숙였다.

"다 지난 일이잖아. 지금은, 지금은… 네가 나를 구해줬잖아. 구렁텅이에 빠질 뻔 했던 나를."

정혁이 조심스럽게 말했다. 다행의 치부를 최대한 건드리지 않기 위해 애쓰듯….

정혁의 말에 다행이 고개를 들어 그를 바라보았다.

"구제는 무슨, 내가 무슨 신도 아니고…. 됐어, 이런 이야기 할 거면 빨리 가!"

저런 이야기를 들으니 민망했다. 정혁의 벙커라고 말했던 다락에서 서로의 진심을 내보인 줄 알았더니, 각자 마음 속 한편에 숨기고 있던 사연들이 너무 많았다.

"싫어, 하고 싶은 이야기가 많아. 오늘은 안 갈 거야."

투정부리듯 이야기하는 정혁의 모습에, 다행이 콧방귀를 뀌었다.

"말도 안 되는 소리 하지 말고, 빨리 가! 너 지금 이럴 때가 아니라는 거 알잖아."

다행은 철없는 동생을 대하듯, 그를 재촉했다.

"가라는 소리는 그만 하고, 묻고 싶은 게 있어."

"또 뭘…."

"아까 내가 물었던 질문. 그거 아직 대답 안 해줬잖아."

아마도 그에 대한 답변을 듣고 싶어 하는 것 같았다.

'자신이 원래 좋아했던 그룹을 저버리고 기꺼이 차정혁을 선택한 것', 다시 묻는 다면 분명 십중팔구 그 질문일 것이었다.

정혁의 말을 떠올린 다행은 또 다시 얼굴이 달아오르는 것 같았다. 일일이 설명하지 않아도 적당히 알아줬으면 좋을 텐데, 굳이 그걸 다시 묻는 걸 보면 차정혁의 성격도 보통은 아니었다.

"그냥, 마음이 옮겨간 거지…."

"응?"

정혁은 다행의 대답을 정확하게 들었음에도 불구하고 미소를 지으며 또 다시 물었다. 백번을 들어도 천 번을 들어도 다시 듣고 싶은 마음은 여전했다.

"왜 자꾸 물어!"

"묻고 싶으니까, 그러니까… 그 마음이 이제 나한테 있는 거 맞지? 그래서 USB넘긴 거지?"

정혁은 긍정을 갈구하듯 묻고 또 물었다. 다행은 정혁의 물음에 작게 고개를 끄덕였다. 그는 다행을 다시 힘주어 안았다. 대답에 확신을 얻은 정혁이 그녀를 번쩍 들었다.

"야, 너 지금 뭐하는 거야?"

번쩍 들어 올린 정혁은 그녀를 안고 침대로 향했다. 말하지 않아도 이제 뭘 원하는지, 정혁이 온몸으로 말하고 있었다.

"갑자기 그러지 마, 무섭단 말이야…."

다행은 귓가로 작게 속삭였다. 그녀는 예상하지 못했다는 듯 정혁의 팔을 꼭 그러쥐었다. 조그마한 손이 작게 떨리고 있었다. 그녀를 침대에 내려놓은 정혁은 천천히 그녀의 이마에 입술을 갖다 댔다. 다행은 앞으로 일어날 일을 상상이라도 하듯 눈을 꼭 감았다. 그녀의 속눈썹이 잘게 떨고 있었다.

"괜찮아, 내 얼굴 좀 봐줘. 눈 뜨고…."

정혁이 그녀의 귓가에 다시 속삭였다. 겁내지 말라고 토닥이는 것 같았다.

"…모, 못 뜨겠어. 부끄러워…."

다행은 눈을 더 세게 감으며 고개를 옆으로 돌렸다. 정혁은 닦달하지 않았다. 그는 그녀의 등을 따스하게 쓰다듬었다.

"뜨고 싶지 않으면… 감고 있어도 괜찮아."

작게 속삭이는 말소리에 이완되었던 근육들이 다시 움츠러들었다.

"다행아…."

정혁은 침대위에 팔을 쭉 뻗어 다행의 머리를 자신의 팔위에 눕혔다. 다행은 정혁의 손길대에 몸을 맡기고, 가만히 눈을 감은 채 몸을 움직였다. 자신의 몸에서 정혁의 손길이 떨어져 나가자 자연스럽게 힘이 풀렸다. 팔베개를 한 채, 둘은 침대 위에 가만히 누워 창밖에 깜깜해진 하늘을 바라보았다.

벙커에서 이야기하던 그날 밤 같았다.

"내가 네 꿈을 이루는 거, 도와주겠다고 그렇게 약속했는데…."

"그렇게 만들어줬잖아."

"아니, 내가 한 건 없어. 전부 네 능력이었고, 그것 때문에 PLAY에서 너희들을 데려간 거고…."

"그런 얘긴 하지 마."

정혁은 다행의 볼에 가볍게 입을 맞췄다.

"연습생 시절 얘기 안 한 거 정말 미안해, 이번 일이 터졌을 때 넌 너대로 놀랐지? 내가 K 엔터 루키였다는 거, 그리고 거기서 방출됐다는 거…."

"조금, 조금…."

둘은 잠시 조용히 창밖을 바라봤다. 그러다가 다행이 먼저 입을 열었다.

"우리가 이지이지 대출에서 처음 만나기 전에…."

아주 오래 전 이야기 같은데, 그게 고작 3개월 전이라니…. 다행은 쓰게 웃었다.

"그때 난 뭐 이런 놈이 다 있나 싶어서 화만 냈었어. 그리고… 베스트 뮤직 25 녹화 때 라이언한테 무작정 화를 내는 너를 보고는 열등감 덩어리라고 생각했었지….”

“뭐? 열등감 덩어리? 이게!”

정혁은 다행의 이야기에 울컥한 척하며 간지럼을 태웠다.

“아하하하, 하지 마! 하지….”

간지러운 느낌을 참지 못하고 다행이 침대를 데굴데굴 구르며 정혁의 손길을 벗어나려 애썼다. 그러자 그는 다시 그녀의 어깨를 잡고 자신 쪽으로 끌어당겨 안았다.

“이지이지 대출에서 처음 만난 걸로, 너는 기억하지?”

“…그럼?”

“난 그 전에… 널 이미 봤어.”

말을 끝내자마자, 정혁이 다행의 입술에 자신의 입술을 포갰다. 그는 살짝 벌어져있는 다행의 입술 안으로 천천히 자신의 것을 밀어 넣었다. 다행의 입 안에서 작은 신음소리가 흘러나왔다.

“사랑해.”

정혁이 작게 속삭였다. 다행은 몸을 움직여 그의 품 안에 들어갔다.

“하나만 약속해줘.”

“뭔데?”

“이제 떨어지지 마, 누굴 찾겠다고 내 옆에서 사라지지도 말고. 내가 다 알아서 할게. 그러니까 온갖 걱정, 고민 혼자서 끌어안고는 그거 해결하겠다고 내 눈앞에서 사라지는 짓 하지 마. 알겠지?”

정혁의 목소리에 물기가 어린 것 같았다.

“응….”

다행 자신도 모르게 감정이 북받쳤다. 양팔로 그를 감고 더욱 세게 끌어당겨 안았다.

"정말 사랑해, 정말…."

다행은 눈을 꽉 감은 채 정혁의 귓가에 속삭였다. 그도 알겠다는 듯 다행 위로 올라가 그녀의 몸을 빈틈없이 덮었다.

***

PLAY 엔터가 내보낸 영상은 엄청난 후폭풍을 가지고 왔다.

K 엔터는 업계에서도 탑이니 그 정도의 뒷거래는 있었을 거다, 라고 사람들이 대충 예상은 했으나, D-solve는 달랐다. 특히 라이언의 이미지는 수습할 수 없을 정도의 상태가 되고 말았다.

[영상이 진짜 맞나요? 어휴, 팬은 아니지만 그래도 방송에서 바른 청년, 아름다운 청년, 뭐 이런 이미지로 유명하지 않았나요? 역시, 연예인 이미지에 속으면 안 된다고 하더니….]

핵폭탄 급 스캔들에 대해 한 연예 프로그램은 시민들의 인터뷰와 댓글을 모아 소개하기도 했다. 심지어 연관 뉴스로 업계의 관행, 특히 대형 기획사와 그 안에 들지 못하는 중소 기획사의 보이지 않는 차별을 특집으로 보도하기도 했다.

여론이 K 엔터와 D-solve에 완전히 등을 돌리자, 그들이 폭로하려고 했던 정혁의 연습생 시절 문제는 아예 거론조차 되지 않았다.

"라이언, 너 미디어 팀에 뭔 짓 했어? 어? 이 새끼야…."

김만수 실장은 작업실 문짝이 부서져라 쾅, 소리를 내며 열었다. 그는 라이언의 멱살을 잡으며 앉아있던 그를 끌어올렸다. 덩치가 산만한 그에게 잡힌 라이언은 휘청거리며 바닥으로 쓰러졌다.

"너 때문에 사장님이 검찰에 출석하셨잖아! 이 새끼야, 누가 네 마음대로 그런 짓 하래? 어? K 엔터가 네 맘대로 되는 곳인 줄 착각하고 있나본데!"

"…대책을 세우라면서요, 그래서 그랬어요."

"말대답 하지 마라, 죽고 싶지 않으면."

김 실장은 반박하는 라이언의 눈을 뚫어져라 쳐다보며 협박했다. 하지만 라이언은 김 실장의 눈을 피하지 않고 오히려 자신은 억울하다는 표정을 지었다.

"차정혁인지 뭔지 그 새끼랑 연습생 시절에 그렇게 얽혔다는 거, 사실대로만 이야기해라. 나한테도 어설프게 거짓말 쳤다간 니 얼굴 알록달록하게 만들어 줄 테니. 팩트만 이야기 해. 팩트만."

K 엔터의 소문 중 하나가 바로, 로드매니저 출신인 김 실장이 과거 조직 생활에 몸담은 적이 있었다는 것이었다. 뜬소문임에도 불구하고, 아주 없는 말은 아닌 것처럼 느껴지지 않게 만드는 것은 김 실장의 언행 때문이었다.

"사실을 이야기 한다고 해서 뭐가 달라집니까?"

바닥에 내팽개쳐진 라이언은 자리에 일어나 묻은 먼지를 털었다. 그러자 김 실장이 다시 그를 노려보며 말을 이어나갔다.

"정확히 알아야 다시 판을 짤 거 아니야, 이 새끼야! 다음 타자가 있어야 엔터에서도 시원하게 니들을 버리지. 아오, 씨!"

김만수는 있는 대로 짜증을 냈다. 그는 K 엔터의 미래를 위해, D-solve의 이미지를 위해서라기보단 자신이 구멍 난 배에 타고 있는 건 아닌가 하는 불안감이 더 큰 것 같았다.

"그때 있었던 일들은 빠짐없이, 사실대로 이야기해야 나도 차정혁인지 무풍지댄지 뭔지 걔네들을 처리할 수 있으니까, 말해. 거짓말 하나라도 섞었다간 바로 주먹 올라간다. 알겠냐?"

김 실장의 이야기가 끝나기 무섭게 라이언이 고개를 들며 말했다.

"그럼, 우선 그때 같이 방출됐던 박수한, 그 자식부터 찾아야겠어요."

***

한 이불을 덮고 있다는 것 자체가 신기했다. 다행은 천장을 가만히 바라보며 이게 현실인지 아니면 아직 꿈에서 깨지 못한 것인지 분간이 되지 않아 오른 팔을 꼬집었다.

"아야!"

꿈이 아닌 건 맞는 듯 했다.

"크큭, 뭐해?"

옆에서 곤히 자고 있는 줄 알았던 정혁이 작게 웃었다. 그는 곁눈질하더니 짓궂은 표정을 지으며 그녀를 살포시 안았다.

"부끄러워…."

지난밤을 떠올리던 다행은 믿기지 않는 듯, 몸을 웅크렸다.

"사랑하는 사람끼리 하나로 이어졌는데, 부끄럽다는 말보단, 더 사랑해라고… 말하면 안 돼?"

정혁은 계속 부끄러워하는 다행의 머리 밑으로 자신의 팔을 넣어 그녀를 끌어안았다. 목소리에 섭섭함이 살짝 묻어있었다.

"응…."

품안에서 꼼지락 거리며 다행이 고개를 끄덕거리자 정혁은 귀여워죽겠다는 듯 이마에 키스했다. 그렇게 한참 동안 안고 있다가 그가 조심스럽게 입을 뗐다.

"어젠 너무 정신도 없고, 너한테 와야겠다는 생각 때문에 차근차근 못 물어봤어."

"응? 뭘?"

"우리가 언제 처음 만났는지 기억하냐고 했잖아?"

"혹시 나 어디서 본 적 없어? 이거 시즌2 시작이냐?"

다행은 작게 한숨을 쉬며 정혁의 얼굴을 꼬집었다. 그리곤 답답하다는 듯 말했다.

"언제 만났긴, D-solve 컴백 무대! 네가 다리만 안 걸었어도 무사히 도망갔을 텐데, 덕분에 이지이지 대출에 끌려갔잖아!"

다행은 그때를 떠올리며 분하다는 얼굴로 정혁의 가슴을 툭 쳤다. 그녀의 대답에 정혁은 약간 당황한 얼굴로 어색하게 웃었다. 조금 전까지만 해도 기대에 찬 눈빛을 보내던 그였다.

정혁의 표정이 미묘하게 바뀌자 다행은 도대체 왜 저러는 건가 싶은 생각이 들었다. 그러나 이미 시간이 너무 지체되어 있었고, 여기서 더 그와 장난칠 시간이 없었다.

"…이제 가야지. 지금 당장 스케줄은 없더라도 PLAY에 가서 스탠바이 하고 있어."

다행은 자리에서 벌떡 일어나 누워있는 정혁의 어깨를 치며 재촉했다. 자신 때문에 혹시라도 문제가 생기면 절대 안 될 일이었다. 하지만 정혁은 조금 전부터 뭔가를 생각하는 듯 가만히 천장만 바라보았다.

"왜? 무슨 문제 있어?"

아무 반응 없는 정혁의 모습에 다행은 천천히 그의 머리를 쓸어 넘겼다.

"왜?"

"…아무 것도 아니야."

정혁은 쓴 웃음을 지으며 자리에서 일어났다. 그의 표정에 다행 역시 개운치 않은 기분이 들어 잠시 주춤거렸다. 그러다가 뭔가 짚은 듯 그의 얼굴을 보며 물었다.

"혹시 아까 나한테 한 질문이랑 관련 있는 거야?"

"…어?"

정혁은 다행의 말에 얼굴에 생기를 띠며 그녀를 바라보았다. 하지만 다행은 아무리 더듬어 봐도 그가 뭘 이야기하고자 하는 건지 감을 잡을 수 없었다. 그래서 그 틈에 이전부터 그에게 묻고 싶었던 걸 말해야겠다고 생각했다.

"나도 너한테 묻고 싶은 게 있어."

"뭘?"

정혁은 뭔가 다른 생각을 하고 있다가 다행의 이야기에 정신을 차렸다.

"3개월 전인가… 그때 너희 할아버지 만났어."

"뭐?"

정혁은 전혀 예상하지 못한 이야기를 들었다는 듯, 놀란 눈으로 다행을 봤다.

"아니, 뭐 별건 아니라서… 미리 이야기 못해서 미안해."

"뭐, 뭐라고 했는데?"

다행은 망설여졌다. 기회를 제대로 잡지 못하면 조부가 원하는 대로 한다는 게 무슨 의미인지, 할아버지가 여전히 너를 반대하고 있는 건지, 그리고 너에게 위해를 가하는 것들은 무엇인지…. 궁금한 것과 묻고 싶은 것이 머릿속 한 가득이었으나 감히 입으로 내뱉을 수가 없었다.

"그냥, 하나 밖에 없는 손자가 잘 하고 있냐고… 그런 거 물으셨어."

"거짓말…."

정혁은 다행의 말을 믿지 못하겠다는 듯 눈을 가늘게 떴다. 그러나 고민 끝에 다행은 굳이 그날의 오갔던 이야기를 모두 내뱉고 싶지 않았다.

"정말!"

다행의 말을 믿지 못하던 정혁은 그냥 가만히 그녀를 끌어안았다.

***

혹시나 들킬까봐 다행은 오피스텔 문 밖으로 나갈 수 없었다.

"지하까지 같이 가자, 설마 여기서 나 보내려는 거야?"

정혁은 짓궂은 얼굴로 다행의 팔을 잡아끌었다. 그러나 다행은 문 밖에 누가 없는지 몇 번이나 살피며 밖으로 차마 얼굴을 내밀지 못했다.

"아무도 없어."

"휴, 잠깐만 있어봐!"

다행은 잠시 정혁을 세워두고 급하게 안으로 들어가 마스크와 모자를 챙겼다. 마스크는 정혁의 것까지 함께 챙겼다. 이렇게 하지 않으면 안 될 것 같았다.

젊은 사람들 중에는 무풍지대 얼굴을 아는 이가 꽤 많았다. 거기다가 무풍지대가 '중소 아이돌'의 성공 사례 같은 걸로 인식이 되어

버리는 바람에, 그에게 감정이입을 하는 이도 꽤 늘었다.

다행은 이제 막 피어나는 인기에 조금이라도 해를 끼치기 싫었다. 급히 마스크를 쓰며 정혁에게도 하나를 내밀었다.

"야, 이런 거 써봤자 더 눈에 튀기만 해! 하하하, 귀여워…."

그는 아무렇지도 않게 다행의 머리를 헝클어놓았지만, 다행은 이상하게 찝찝했다. 무슨 일이 터진 것도 아니었지만, 그냥 몇 번이나 조심해야지 하고 마음속으로 되뇌었다.

정혁과 다행은 나란히 마스크를 하고 눈만 빠끔 내민 채, 조심스럽게 지하주차장으로 내려갔다. 다행은 챙이 넓은 모자로 눈마저 반쯤 가렸다.

"이제 가, 지금 숙소랑 소속사에서도 난리겠다."

"아니야, 이번 주까진 일부러 스케줄 안 잡았어."

"…K 엔터 영상 때문에?"

"응. 괜히 어쭙잖게 스케줄 잡았다가 우리 쪽에도 비난여론이 떨어질 수 있으니까, PLAY에서도 이번 주까지만 사태를 지켜보고 스케줄 잡자고 하더라고."

"다행이다…."

"풉, 네가 네 이름을 그런 식으로 이야기 하니까 웃기다."

정혁은 차에 타기 직전 다행의 앞에 서서 그녀의 볼을 살짝 쓰다듬었다. 가기 전에 다시 키스하고 싶어 하는 표정으로 그녀를 넌지시 쳐다봤다.

"안 돼, 밖이야! 밖에선 안 돼!"

다행은 곧바로 그의 눈빛을 읽고는 고개를 저었다. 매순간 살얼음판을 딛는 기분이었다. 정혁을 좋아하지만, 그를 많이 아끼고 사랑

하지만, 다행 자신도 한 그룹의 팬으로서 4년간 지내왔었던 경험이 있기에 정혁은 물론이고 무풍지대 멤버의 스캔들이 너무나 치명적이라는 걸 잘 알았다.

"휴, 왜 그렇게 몸을 사려? 여기 이 건물 통째로 아저씨 거라서 아무나 못 들어와."

"그래도 안 돼."

다행이 마스크를 쓴 채 고개를 숙이자 그녀의 얼굴은 완전히 그림자에 갇혀 아무것도 보이지 않았다. 정혁은 못내 마음이 쓰여 캡 모자를 쓴 그녀의 머리를 끌어안았다.

"알았다, 알았어. 아무 것도 안 할게."

삑, 하는 신호음이 울리자 스포츠카 라이트가 번쩍 켜졌다. 정혁은 운전석으로 가며 다행을 향해 손을 흔들었다. 그렇게 가는가 싶더니, 정혁이 다시 밖으로 나와 다행의 손을 잡았다.

그는 다행의 손 위에 카드 한 장을 올려놓았다.

"스케줄 정해지는 대로 다시 올게, 아마 모레쯤? 그러니까 먹고 싶은 거 있음 마음껏 사먹고, 바람도 좀 쐬고, 그리고 과일이나 채소 같은 거도 꼭 챙겨 먹어. 숙소에 있을 때는 그런 걱정은 없었는데, 이젠 걱정 되네…."

다행은 카드를 가만히 들여다보았다. 그러자 정혁이 씩, 웃으며 다시 운전석으로 들어가 시동을 걸었다. 스포츠카는 그대로 요란하게 오피스텔 주차장을 벗어났다. 다행은 그제야 쓰고 있던 마스크를 벗었다. 잔뜩 졸아있던 심장에 다시 피가 도는 기분이었다.

"휴…."

전생에 무슨 짓을 했기에 현재 이렇게 늘 고민하고 눈치보고 조심해야하는 건지, 다행은 스스로 생각해도 어이가 없어서 웃음이 났다.

따르르르릉

주차장에서 올라가려고 하던 찰나, 다행의 핸드폰이 정신없이 울렸다. 다행은 양쪽 주머니를 뒤적거리다가 소리가 나는 핸드폰을 찾아냈다. 사장이 준 핸드폰이었다. 혹시나 정혁에게 걸려온 전화일까 싶어, 자신의 개인휴대폰을 먼저 들여다봤지만 벨소리는 다른 쪽에서 났다.

걸려온 전화의 주인은 다름 아닌 태영이었다.

"여, 여보세요?"

[다행 씨, 잘 지내고 있어요?]

담담한 태영의 목소리에 다행은 그가 도대체 무슨 용건으로 전화를 한 건지 궁금해졌다. 어색해하는 다행에게 그는 천천히 말을 이어갔다.

[다행 씨, 정말 오랜만이죠?]

"아, 네… 그런데 무슨 일로 갑자기 연락을 했어요?"

이유도 없이 갑작스럽게 자신의 번호로 연락이 온 태영에게 다행은 말을 돌리지 않고 곧바로 물었다. 매니저에 잘리기 직전, 태영의 SUV를 타고 상현과 함께 일탈했던 게 마지막이었다. 그러고 난 후, 오랜만에 걸려온 전화라 다행은 꽤 어색했다. 하지만 옛날 일이었다. 이젠 아무렇지 않았다. 그냥 그가 자신에게 용건 같은 게 있을 리가 없을 텐데, 도대체 무슨 일 때문에 연락을 한 건지 그걸 알고 싶을 뿐이었다.

[만나서 이야기 하는 게 좋을 거 같은데요?]

"응? 만, 만나서? 왜 만나자는 건지…."

다행이 태영의 제안에 제대로 답을 하기도 전에 태영이 오피스텔 지하주차장 안에서 모습을 드러냈다.

"시간, 장소에 부담 가질 필요 없어요. 지금 옆에 있으니까."

귓가에 대고 있던 핸드폰을 서서히 내리며 태영은 천천히, 다행이 있는 쪽으로 걸어왔다.

***

"언제부터 거기 있었던 거야?"

다행은 창백해진 얼굴로 더듬더듬 물었다.

"아까부터, 쭉."

"그럼…."

"다 봤죠."

태영은 능글맞게 말했다. 다행은 자신이 알고 있던 태영이 맞나 싶은 생각이 들었다.

"…뭐, 뭘 봤다는 건지…."

자신 있게 말하는 그의 태도에 다행은 도리어 아닌 척, 그의 심중을 떠보았다.

"왜 이러는 거야?"

"들켜서 놀란 거예요?"

태영은 약간 심통을 부리듯 미간을 살짝 찌푸렸다. 하지만 여전히 장난 가득한 시선으로 다행을 바라보고 있었다. 다행은 순간 그런 태영의 모습에서 자신에게 적대적이고 오만한 상현의 모습을 떠올렸다. 그러나 상현은 자신이 상처받을까 두려워 썼던 가면이었고,

정작 그의 본모습은 성인이라기엔 미성숙하고 겁이 많은 소년 같았다. 하지만 태영은 처음 자신에게 보여줬던 이미지와 너무 다른 얼굴을 하고 있었다.

마치, 라이언의 진짜 모습에 충격 받았던 그때처럼….

사실 태영이 어느 순간부터 미묘하게 태도를 달리하고 있다는 걸 다행도 모르진 않았다. 멤버들과 의견이 맞지 않을 때마다 조율하고 대화하려는 태도에서 어느 순간 화부터 내고 있는 그의 변화를 느꼈다. 하지만 지금의 그는 또 다른 얼굴을 하고 있었다. 자신을 바라보는 태영이 불과 4개월 전 만났던 그 태영과 동일한 사람인가 싶을 정도로 낯선 얼굴이었다.

"뭘 들켰다는…."

"휴, 그때도 주차장이었는데… 이번에도 주차장이네?"

태영은 머리를 쓸어 넘기며 빙긋 웃었다. 그러나 눈은 얼음장처럼 차가웠다.

"차정혁 그 자식하고는 데뷔하기 전부터 사귀고 있었죠?"

다행이 용건이 뭐냐고 바로 물었듯, 태영도 길게 이야기하지 않고 곧바로 직구를 던졌다.

"그건…."

"매니저로서 올바른 행동은 아니었죠, 하하하."

태영의 말에 다행은 자신도 모르게 뒷걸음을 쳤다. 조심스럽게 딛고 있던 살얼음판에 균열이 오는 것만 같았다.

"…지금 왜 이런 이야기를 하는 건데?"

잔뜩 경계를 하며 다행은 태영과 두어 걸음 떨어졌다. 의식하거나 일부러 의도한 것도 아닌데, 이상하게 그녀의 몸이 비상 신호를 보내고 있었다.

“왜 이런 이야기를 꺼내는 거냐면….”

“….”

“이제 그만 헤어지라고 말하는 거죠.”

태영은 다시 한 번 웃었다. 이번엔 가지런한 이까지 드러내며. 실외도 아닌데 갑자기 주차장에 한기가 도는 것 같았다.

“무슨 말을 하는 건지….”

“몇 번을 얘기해야 알아들을 것 같아요?”

태영이 한 걸음 다가오자, 다행은 반대로 그가 다가온 만큼 뒤로 물러섰다.

“무슨 이야기를 하고 싶은 건데, 뭘 말하려고 나한테 지금 이러는 건데….”

“헤어져요, 차정혁이랑.”

***

숙소로 돌아온 정혁은 자꾸만 불안해하던 다행을 떠올렸다.

-안 돼! 밖이야, 밖에선 안 돼!

그 뺨에 입을 맞추고 싶은 욕구를 참느라 애써야만 했다. 하지만 극도로 조심하는 다행의 모습에, 그녀가 원하는 대로 해줄 수밖에 없었다. 행여 누구에게라도 들킬까 전전긍긍하던 모습이 자꾸만 떠올랐다.

“휴….”

대충 차를 주차시키고 밖으로 나가려던 차, 숙소 밖에 기자들이

진을 치고 있는 모습을 발견했다. 그는 재빨리 뒷문을 이용하여 숙소로 들어갔다.

"야, 너 어디 있다가 지금 들어온 거야!"

정혁이 문을 열고 들어오기 바쁘게 상현이 소리를 질렀다. 정혁은 개인적인 호출을 받은 적이 없어, 별일 없을 거라 생각했었다. 그러나 상현이 저렇게 호들갑을 떠는 걸 보고 그는 무슨 일이라도 생겼냐는 듯, 미간을 찌푸렸다.

"왜? 무슨 일 있었어? 이번 주에는 공식적으로 스케줄 없는 걸로 했잖아."

"…그래서 너는 이런 상황에서 외박을 하냐? 이 자식아!"

몇 개월 전만해도 이 이야기를 꺼내야 할 사람은 다른 멤버였을 텐데, 상현이 외박을 운운하니, 정혁은 저도 모르게 웃음이 픽 터져 나왔다.

"웃어? 너 지금 웃음이 나와?"

"무슨 일인데, 무슨 일로 이러는 건데 도대체?"

"도대체 무슨 일 때문에 그러는 건지는 모르겠는데…."

"본론만 말해, 자꾸 이상한 소리 하지 말고!"

"…태영이가 그만하고 싶단다."

"뭐?"

잠시 정적이 흘렀다. 정혁은 자신이 무슨 말을 들은 건지 잘 이해가 되지 않는다는 표정으로 상현을 쳐다봤다.

"뭘 그만하고 싶다는 소린데?"

"뭐긴 뭐야, 우리 그룹! 무풍지대 이거 말이야! 리더라는 놈이 진짜…."

상현은 머리를 쥐어뜯으며 소파 위에 털썩 내려앉았다.

"그래, 내가 데뷔무대 엉망으로 만든 거 알겠는데! 지금 돌아가면서 나 벌주는 거냐? 아님, 그냥 다들 가수하기 싫다고 지금 돌아가며 깽판 치는 거야, 뭐야?"

"야, 너 무슨…."

"그래, 내가 베스트 뮤직 25에서 제대로 못했던 거, 그거 다 내 탓이라고! 근데 너는 연습생 시절에 그런 일이 있었다고 왜 우리한테 말 안했어, 어?"

상현은 그동안 사태에 대해 참았던 감정을 모두 토해내듯 따졌다.

"내가 초반에 맘 좀 제대로 못 잡았다고 이제 좀 그룹이 잘 되어가고 있다싶었는데… 누구 하나 사고 쳐서 수습하면 또 다른 새끼가 난리고! 도대체 왜들 그러는 건데? 이럴 거면 너, 우리한테 왜 같이 연예인하자고 그랬냐? 어? 말 좀 해봐!"

상현의 닦달에 정혁은 당황스러운 눈빛으로 그를 내려다 봤다. 도무지 가늠을 할 수가 없었다. 엊그제 주차장에서 부딪힌 이후로 별다른 일은 없었다. 태영이 분명 다행에게 관심을 보인 건 사실이지만, 탈퇴까지 운운하며 이런 식으로 나올 것이라곤 상상도 못했다.

"아오, 모르겠다. 일이 안 터지는 날이 없네! 정혁이 네가 태영이 만나서 이야기 좀 잘 해봐. 그 자식 원래 안 그러던 녀석이잖아. 학창시절에도 우리한테 고집 부린 적도 없고, 가끔씩 말을 좀 차갑게 하긴 했어도 이렇게 극단적으로 나올 애가 아닌데…,"

상현이 우울한 표정으로 주머니를 뒤적거렸다. 그가 주섬주섬 꺼낸 것은 쪽지였다.

"이거…."

"이게 뭔데?"

"태영이가 읽어보면 알 거라 그랬어. 야, 니들 둘이 뭐하는 거냐? 학교 다닐 때도 이런 짓 안했잖아! 진짜 둘 다 나이 먹고 왜 이래?"

상현은 자기가 할 일은 다 끝났다는 듯 자리에 일어났다. 쪽지를 받아든 정혁이 그 자리에 털썩 앉았다. 잠깐 넋을 놓고 있다가 급히 쪽지를 펴보았다.

[네가 그만 안 두면, 내가 그만 둔다]

"뭘 그만 두라는 거고, 뭘 그만 둔다는 거야? 하!?"

***

"헤어져요, 차정혁이랑."

"뭐?"

"헤어지라고."

다행은 기가 막혔다. 물론, 아이돌이 일반인과 연애를 한다는 건 위험한 일이었다. 그러면 안 되는 것이기도 했다. 하지만 박태영이 자신에게 헤어지라 마라 할 권리는 없다. 만약 다행과 정혁의 연애가 무풍지대에 금전적 피해를 입혔다면, 그래서 그런 이유로 뭐라고 하는 거라면 받아들일 수 있다 해도….

"그렇게 못하겠다면, 어쩔 건데."

다행은 태영을 향해 고개를 빳빳하게 치켜들었다. 주눅 들고 싶지 않았다. 지난밤 정혁과 보낸 그 소중한 시간을 계속 이어가고 싶었다.

"못하겠다면… 어쩔 수 없네요."

태영은 휴대폰을 꺼내들었다. 동영상을 틀어 다행에게 화면을 보여줬다. 화면을 본 다행은 당황하며 휴대폰을 뺏으려 했다. 하지만 다행보다 이십 센티 이상 큰 태영이 재빨리 휴대폰을 다른 손으로 바꿔들며 다행의 손을 피했다. 덕분에 그녀의 손은 갈 곳을 잃은 채 허공에서 허우적댔다.

"이건 싫어요? 다행 씨가 봐도 이거 밖으로 내보내면 좀 시끄러워질 것 같죠?"

"…원하는 게 뭐야? 도대체 무슨 이유로 이러는 건데!"

"둘이 헤어지라고, 말 했잖아요."

"우리가 사귀거나 헤어지거나, 너한테 득이 되는 게 뭐가 있다고 그러는 건데! 무풍지대한테 해가 갈까봐?"

"…크큭, 나 무풍지대는 망하든 뜨든 하나도 상관없어요."

"그런데… 갑자기 연락해서는 왜 이러는 건데?"

"내가 둘이 붙어있는 거 보기 싫으니까, 내가 다행 씨 좋아하니까."

태영의 말에 다행은 전의를 상실한 눈빛으로 그를 보았다. 언제부터 그가 자신을 좋아하고 있었던 걸까? 전혀 눈치 채지 못했다. 정혁과 붙어있을 때 마다 화를 냈던 것도 그 때문이었을까? 평소에 절대 그런 행동을 하지 않을 태영이었는데, 갑자기 일탈하듯 차를 몰고 멀리 도망갈 때부터였을까?

그는 상현에게 조언하듯 말했다.

-돈 없고, 빚 많고, 세상 쓸모없는 여자들을 제일 조심해.

모두 다행을 향한 이야기였다. 그 이야기에 가장 큰 상처를 받았던 것 또한 다행이었다. 그런데 갑자기 자신을 좋아한다니, 제일 조심해야할 여자한테 좋아한다니, 믿을 수가 없었다.

다행은 얼빠진 표정으로 태영을 한참 바라보다가 입을 열었다.

“정혁이랑 못 헤어지겠다면….”

“그렇다면 조금 전에 내가 찍은 동영상, PLAY 엔터에도 보내고, 기자한테도 보내고 또… 이지이지 사장님한테도 보내야겠죠?”

태영 역시 웃음을 걷어내고 진지한 얼굴을 했다. 그런 그가 너무 무서웠다. 뒷걸음질 치던 다행은 잠시 숨을 고르고 쓰고 있던 마스크와 모자를 다 벗었다.

“어차피 거기 찍힌 내 모습, 그거 내가 누군지 정확하게 안보여. 차정혁 얼굴도 그렇고. 그리고 이런 거 잘못했다가 K 엔터에서 일부러 사주한 사람이라고 오해받을 수도 있어. 지금 여론이 K 엔터한테 굉장히 불리하거든.”

“…그럴 수도 있지만, 또 그 여론이라는 게 손바닥 뒤집듯이 바뀌기도 쉬워요. 적당히 기자들 매수해서 적당히 사실관계를 꾸미고 적당히 바꾸면 되는 거니까….”

“박태영! 너 왜 이래? 너, 너도 무풍지대 아니야? 너는 무슨 K 엔터 소속이니? 왜 차정혁을 못 잡아먹어서 안달이냐고!”

“둘이 헤어지고, 나한테 와요. 그러면 내가 다행 씨 원하는 대로 해줄게요.”

다행은 기가 막힌다는 눈으로 태영을 보았다. 대체 어디서부터 정혁에게 심사가 뒤틀려있었던 건지, 도무지 말이 통하지 않았다. 저 정도의 협박이나 위협으로 정혁을 떠나고 싶지 않았다. 그냥 그러고 싶지 않았다. 단순히 지난밤의 약속 때문만은 아니었다. 그와 한 약속 말고도 다행은 이미 스타 차정혁에게도 푹 빠져있었다.

“내가 원하는 게 뭔데? 내가 원하는 게 뭔지 알고 그렇게 말하는 거야?”

"빚, 이지이지에 다행 씨 앞으로 달려있는 10억. 그거 일단 먼저 해결해주면 되겠어요?"

갑작스레 빚이라는 말이 나오는 순간, 다행의 눈은 갈 곳을 잃은 듯 흔들렸다. 구차하게 살고 싶진 않았지만, 다행의 24시간을 늘 옥죄는 돈이었다.

"어때요? 그거 말고도, 당장 여기서 벗어나서 다행 씨가 필요한 거 다 만들어줄게요. 공부가 하고 싶으면 다시 공부 시작해요. 아직 어리니까, 아빠를 찾고 싶다면 내가 찾아줄게요. 또 뭐가 필요해요?"

"…그만, 그만해."

다행은 버거웠다. 평생을 갚고 또 갚아도 죽을 때나 다 갚을 수 있을까 싶은 그 돈을 '원한다면'이라는 조건 하나로 해결해준다고 하니 기가 막혔다. 네 명의 남자들을 처음 만났을 때부터 꽤 잘살 거라는 생각은 했었지만, 10억이라는 돈을 말 한마디로 해결해줄 정도로 부자일거라곤 생각지 못했다.

"결정해요, 아니면 시간을 줄까요?"

"아니, 됐어. 난 이미…."

다행은 주차장 천장을 한 번 쳐다보았다. 그녀는 이를 악물었다. 왜 자신이 가난하게 태어났는지, 그것도 하필이면 빚보증이나 서는 남자의 자식으로 태어났는지, 오만가지 생각들이 머릿속에 엉켜 머리가 혼란스러웠다.

"결정했어."

다행은 태영을 똑바로 쳐다봤다.

"좋아요. 나는 그래도 생각할 시간을 주려고 했는데, 마음에 드네요."

"니가 마음에 들고 말고 할 거 없어. 어차피 내 뜻이니까."

"그래서 어떻게 할 생각인가요?"

다행은 아랫입술을 꾹 깨물었다. 건방진 자식, 협박과 다를 바 없는 걸 물으며 시간을 주겠다는 자세가 기분 나빴다.

"차정혁하고 헤어질게. 그렇게 하면… 넌 그 동영상으로 어떻게 해보려는 생각 접어. 그럼 되겠지? 그 정도로만 해둬. 난 이제 무풍지대를 응원할 거야. 너희들 방해하고 싶지 않아."

다행은 태영의 어깨를 살짝 두드렸다. 그에게 더 이상 헛된 생각은 버리라는 의미였다. 정혁과 더 이상 만나지 않겠다는 확답을 받아놓고도 태영의 얼굴은 그리 썩 기뻐 보이지 않았다.

"내가 다행 씨가 원할 만한 것들을 다 제시했는데도, 나한테 온다는 선택지는 없나요?"

조금 전까지 여유 넘치던 얼굴은 더 이상 보이지 않았다. 씁쓸하게 웃으며 이야기하는 그를 보자, 다행은 아주 잠깐 애잔한 마음이 들었다.

"난 너를 좋아하지 않아."

"당신이 좋아하던 라이언과 닮지 않았나요?"

태영은 씁쓸하게 말했다.

"라이언은 라이언일 뿐이고, 너는 그냥 너야. 라이언과 닮았고 느낌이 비슷했고 그래서 너를 보면 라이언이 연상되긴 했지만, 하지만… 닮았다고 해서 너를 좋아하는 건 아니야."

다행은 고개를 잠시 고개를 숙였다. 사실 태영을 처음 만났을 때, 그의 말처럼 그에게 묘한 감정을 가진 건 사실이었다. 그러나 분위기와 외모가 비슷했을 뿐이었다. 그냥 거기에서 모든 것이 끝이었다. 하지만 정혁과는 간단하게 끝낼 수 있을까. 태영의 말대로 그와 깔끔하게 헤어질 수 있을까….

다행은 태영의 고집이 황당했고, 그의 협박에 기가 막혔다. 일단 눈속임으로나마 잠시 동안 정혁과 떨어져 있어야겠다고 결심했다.

"이제 답변이 다 된 거 같으니까, 가. 너도 나랑 오래 붙어 있어봤자 좋을 거 없어. 여기 누군가가 또 너처럼 이런 모습을 찍을지도 모르니까 얼른 숙소로 돌아가. 그리고 무풍지대 활동 잘하고, 부탁할게."

이야기를 마친 다행은 온몸에 힘이 쭉 빠졌다. 이럴까봐 다시는 이 녀석들과 얽히지 않으려는 마음을 먹었다. 하지만 정혁을 생각하면 이것도 참아야 한다는 생각에 다행은 아랫입술을 다시 씹었다. 발을 옮겨 엘리베이터로 몸을 향하려던 찰나, 태영은 기어이 마지막 한마디를 폭탄처럼 내던졌다.

"선택은 하나 밖에 없었어요, 나를 선택하는 거. 하지만 상관없어요. 어차피 그딴 연예인인지 아이돌인지 그만둘 거니까."

***

수한을 찾아내는 일은 간단했다. 라이언은 자신의 맞은편에 앉아 있는 녀석을 보자 웃음이 터져 나왔다. 수한은 자주 라이언에게 손찌검을 당했던 기억 때문인지 버릇처럼 그를 똑바로 보지 못했다.

"무슨 일로 부른 건데요? 저는 이제 더 이상 그쪽 일과 관련 없습니다."

4년 만에 K엔터 회의실로 돌아온 수한은 수척해 있었고, 전과는 비교할 수 없이 찌들어 있었다. 그는 XX정유라는 글자가 박힌 작업복을 입고 있었다.

"알아, 나도."

라이언은 그때의 일을 증언해줄 사람이 나타난 것 자체가 만족스러운 표정이었다. 그는 그간 수한이 어떤 고생을 했는지 무슨 일이 겪었는지에 대해선 전혀 신경 쓰지 않는 듯했다.

"아는 분이 절… 왜 찾은 겁니까?"

수한은 아무렇지 않게 말하는 라이언을 보고 다시 주먹을 불끈 쥐었다. 4년 전 일이 다시 떠올랐다. 하지만 사람의 관성이란 생각보다 무서운 것이었다. 그 시절, K 엔터의 절대적 지지를 받고 있던 라이언에게 감히 반항하지 못했던 것처럼 지금도 그랬다.

"4년 전, 기억하지?"

"…이제 와서 그걸 왜 묻는 겁니까?"

수한은 거만한 라이언의 태도에 참아왔던 화를 터뜨렸다. 그러자 라이언은 기분 나쁜 미소를 지으며 두 손을 들어 진정하라는 제스처를 취했다.

"오버하지 말고!"

"이게 오버하는 걸로 보여요? 씨X"

수한이 씹어뱉은 문자는 4년간, 그가 나름 거친 생활에 노출되어 있었다는 걸 반증하고 있었다. 험한 말 한 번도 제대로 하지 못할 정도로 연약한 소년이었으나, 환경과 자리는 늘 그런 것들을 쉽게 바꿔놓았다.

"와, 많이 컸다? 수한아?"

육두문자를 내뱉는 수한을 보며 라이언은 한쪽 입꼬리를 바싹 끌어당겼다. 그건 경고의 신호와도 같았다.

"…그러게 왜 쓸데없는 일로 사람을 오라 가라…."

"그러게, 내가 왜 4년 전 연습생들을 집합시켜서 네가 지금 뭘 하고 있고 어떻게 사는지, 무조건 찾아내라고 했을까."

"하!"

라이언은 수한의 기분을 더 긁을지 아니면 이쯤에서 본론을 꺼낼지 잠시 고민했다.

'더 긁어야 이 새끼가 자신들의 계획대로 고분고분 따라와 주겠지?' 수한과 정혁이 같은 방을 썼다는 걸 다른 연습생을 통해서 들었었다. 라이언은 예상한 것보다 그들이 더 친밀한지 아니면 서먹서먹한지, 그것도 아니면 자신이 모르는 뭔가가 있는지. 쉽게 가늠하기 어려웠다.

"…4년 전에 내 말대로 입 닫고 가만히 있었으면 방출되는 일도 없었을 거고, 이렇게 고생하면서 살지도 않았을 거 아니야."

라이언은 수한의 상처를 더 후벼 파기로 결심했다.

"응? 안 그래? 내가 조용히 차정혁 작사노트랑 믹스테이프만 들고 오라는 걸 네가 들키지만 않았어도 그런 일은 없었을 거 아냐, 응?"

4년 전, 그 일을 다시 언급하자 수한은 라이언을 노려보았다.

"오, 새끼 눈깔 봐라…."

수한이 불편한 심기를 드러낼수록 라이언은 만족스러웠다. 자꾸만 수한의 상처를 긁어 그의 분노를 이용하겠다는 생각이었다. 수한은 참다못해 자리에서 벌떡 일어났다.

"용건 없으면 이만 가보겠습니다. 교대시간이 다 되어 가네요."

자리에 일어나 회의실 문으로 향하던 수한을 보고 라이언은 느리게 이야기했다.

"너는 다시 음악 안 하고 싶어? 계속 그렇게 밑바닥 인생 살 거야?"

수한은 몸을 돌려 라이언을 다시 한 번 노려보았다.

"너, 그거 알아? 너랑 같이 방출 됐던 차정혁. 그 새끼 지금 PLAY에 있어. 요즘 TV를 잘 안보나 보지? 그 새끼 완전 잘나가."

수한의 표정이 미묘하게 일그러졌다. 화를 내야할지 아니면 소리를 질러야할지 어찌해야할지 모르겠다는 얼굴을 하고 있었다.

"그런데, 수한아 그것도 알고 있니? 너 방출시켰던 천 실장 그 사람 지금 여기 없어."

"뭐?"

천 실장이라는 말에, 수한이 당황한 눈으로 라이언을 봤다.

"그 사람 지금 PLAY에 갔단다. 거기다가 차정혁을 전담으로 봐주고 있지. 아예 키워주려고 작정하고 말이야. 너무 억울하지 않니? 네가 입 열도록 부추기건 그 자식인데, 넌 지금 길바닥 생활을 하고 있고 그 새끼만 저 하고 싶은 음악하고 있잖아. 세상 참 불공평하지?"

라이언의 마지막 말에 수한은 세상이 무너지는 듯, 절망스러운 얼굴을 했다. 그와 동시에 분노로 이글거리는 그의 눈빛을 읽어냈다.

***

태영의 쪽지를 확인하고 나서 한동안 정혁은 자신이 어떻게 해야할지 머리가 복잡해졌다. K 엔터에 갑자기 자신의 연습생 방출 사건을 들먹인 것도 다행 덕분에 가까스로 잠재울 수 있었다. 하지만 이번엔 내부에서 문제가 터졌다.

"박태영…도대체 뭐가 불만이야…"

정혁은 PLAY로 가기 직전에 다시 쪽지를 펼쳐보았다.

[네가 그만 안 두면, 내가 그만 둔다.]

자신에게 '그만 안 두면' 이라는 소리는 분명, 김다행과 관련된 이야기라는 걸, 그리고 태영이 '그만 둔다'는 말은 무풍지대를 때려치우겠다는… 결국은 그 말이었다.

"미친 새끼…."

차안에서 그는 쪽지를 신경질적으로 구겼다. 그 모습을 옆에서 지켜보던 해욱이 느릿하게 입을 열었다.

"태영이는 안 들어왔어."

해욱도 상황을 모두 파악한 듯 앞으로 어쩔 거냐는 눈으로 쳐다봤다.

"몰라. 일단 다음 주부터는 신곡 녹음도 해야 하고, 지금 K 엔터랑 엮인 일 때문에 분위기가 좀 전환되면 다음 스케줄에 들어가야지, 이러고 있을 여유 없어."

"정혁아…."

이를 악물며 단호하게 말하는 정혁을 보며 해욱이 잠시 머뭇거리다 결국 입을 열었다.

"이제 모든 게 다 밝혀졌고, 자유로워진 거 맞아?"

어떤 빈정거림도 없이 해욱은 정말 있는 그대로 정혁을 향해 진지하게 물었다. 여태까지 상현이나 태영은 자신을 닦달하거나 화를 냈어도, 해욱은 좀처럼 의견을 낸 적도 없고 묵묵히 따라주기만 했다. 그런 그가 자신의 의중을 떠보듯 묻자, 정혁은 약간 놀란 눈으로 그를 보았다.

"무슨 말이야?"

"사실 네가 K 엔터 연습생이라는 건 알고 있었지만, 너한테 그런 일이 있는 줄은 난 정말 몰랐어. 그땐 너… 학교도 자주 빠졌고, 우리하고 관계도 조금 소원하던 시절이었으니까."

"미안하다, 말 못해서…."

"나한테 미안할 건 없는데, 앞으로 또 어떤 일이… 그것도 우리가 모르는 일이 있을지 알 수가 없으니…."

해욱은 뭔가 더 이야기를 하고 싶은 눈치였다. 하지만 딱딱하게 굳은 정혁의 얼굴을 보고는, 간간히 한숨을 내쉬었다.

"…며칠 전에 태영이 집에서 이제 장난질 그만하고 유학가라고 했었나봐."

태영의 소식을 전하자 정혁은 다시 한 번 더 놀란 눈으로 해욱을 쳐다보았다. 정혁은 뒤쪽 자리에서 자고 있는 상현을 한 번 흘끔 바라보다가 다시 고개를 돌렸다.

"일단 둘이 만나서 이야기를 한 번 해봐…."

해욱의 마지막 말이 계속해서 정혁의 귓가에 맴돌았다. 과연 그 자식과 만난다고 해서 이야기가 잘 되기나 할까? 김다행 문제를 거론하며 또 성질이나 부리진 않을까….

여태까지 트러블이 생긴 적이 없었는데, 어쩌다가 이렇게 틀어져 버린 건지… 정혁은 생각하면 생각할수록 머리가 복잡해졌다. 태영의 본 모습이 뭔지, 알 수가 없었다.

"K 엔터 사장이 검찰조사를 받게 된 이후로 아직 뚜렷한 움직임은 없습니다."

오늘도 PLAY는 회의를 계속 진행했다. 천 실장은 이사진에게 앞으로의 스케줄과 방향을 설명했다.

"다 좋은데, 난 좀 의구심이 드네."

"무슨…."

"저 녀석들이 이렇게까지 해서 관리 받을 가치가 있는 녀석인지 말이지…."

PLAY 이사 중 하나가 얼굴에 불만을 가득 담은 채 무풍지대 멤버들을 턱 끝으로 가리켰다.

"우리 소속도 아니잖아."

K 엔터와 방송국 사이의 어두운 거래가 담긴 영상이 일파만파로 퍼진 이후에 PLAY 역시 그 문제에서 완전히 자유로운 게 아니라는 것이 내부감사로 밝혀졌다. 오히려 이런 분위기가 제 살 깎아먹기는 아니냐는 이야기까지 적잖게 나왔다.

"소속만 아닐 뿐 활동에 의해 발생하는 수익, 기타 저작권 관리, 그 외의 제3자 계약 문제에서는 전부 우리 소속사의 권한이기 때문에…"

"내 말은, 단순히 수익문제를 논하자는 게 아니야! 이렇게까지 해서 우리가 리스크를 안을 필요가 있냐, 이 말이라고!"

타격을 받으면 자연스럽게 PLAY의 주식에도 좋은 영향이 오지 않을 거라는 계산에서 나온 말이었다.

"이사님 말씀도 맞습니다. 하지만 PLAY는 여태까지 성공한 남자 그룹이 없었던 게 사실입니다. 그리고 엔터 업계에서 큰 수익을 가지고 오는 쪽은 여자 그룹보다는 남자 쪽이죠. PLAY가 여기서 더 치고 나아가려면 간판 급 남자 아이돌 그룹이 있어야 합니다."

천 실장은 엔터간의 수익이 비교 분석되어 있는 표를 스크린에 띄웠다. 숫자에 민감한 이사들은 실장의 설명에 다시 입을 꾹 다물었다. PLAY의 약점을 조목조목 짚는 것에 딱히 반박할 수 없었기 때문이었다.

"그래서… 솔직히 우리 쪽도 스캔들에 휘말린 거나 마찬가지고, 또 방송 쪽 지인들에게 지금 상황을 물어보니 PD들 역시 PLAY를 좀 껄끄러워 한다고 하는데, 그건 어떻게 처리할 생각입니까?"

다른 이사 하나가 천 실장을 향해 물었다. 그녀도 그 질문을 기다렸다는 듯, 말이 끝나기 무섭게 답변했다.

"저도 바로 다음 스케줄을 잡는다거나 쉬지 않고 신곡을 발표하는 것은 무리가 있다고 생각합니다. 또 K엔터에서 어떤 공격할 거리를 가지고 나올지 알 수가 없기 때문에…."

천 실장은 잠시 숨을 고르고 다시 입을 열었다.

"하지만 이쪽도 쉴 수는 없습니다. 그래서 지금 바로 할 수 있는 게 팬클럽 창단과 팬미팅입니다."

그녀는 확신을 가지며 단어 하나하나에 힘주어 말했다.

천 실장의 계획에 멤버 셋은 전혀 예상하지 못한 일이라는 듯 서로를 바라보았다. 자신들의 노래가 거리에서 흘러나오고 조금씩 인기를 얻다보면 팬도 생길 거라 어렴풋이 상상은 해봤다. 그런데 직접 팬을 만난다는 이야기가 믿기 않았다. 다들 당황한 얼굴이 됐다.

"팬클럽은 언제 꾸릴 예정인가?"

"창단식은 뭐 어떻게 준비할 건지…."

"팬클럽 구성이나 시그널, 응원봉 같은 구체적인 건 팀을 꾸려서 준비하고 있나요?"

천 실장이 계획을 이야기하자 이사진들이 눈을 빛내며 각자 궁금한 점을 각자 물었다. 천 실장은 막힘없이 술술 답변했다. 이미 그녀는 K 엔터 일이 터지기 전부터 미리 준비하고 있었던 것 같았다.

"이미 공식홈페이지를 통해서 팬클럽 가입을 시작되었고, 그 숫자를 추산해보니 가까운 시일에 곧바로 팬미팅을 가질 수 있을 것 같습니다. 그리고 만들 수 있는 작은 포토카드나 굿즈 등은 이미 수요를 파악해서 제작 중입니다."

"오…."

상품을 팔 수 있을 정도로 수요가 있다는 소리에 이사진의 눈이 커졌다. 태영을 제외한 무풍지대 멤버들은 자신들에게 그만큼의 팬이 있다는 게 믿겨지지 않을 뿐이었다. 특히 상현은 이 상황들이 믿을 수 없다는 듯, 한껏 들뜬 표정이었다.

"좋습니다, 그렇게 진행하세요. 하지만 PLAY는 언제까지나 우리 소속, 우리의 자본, 우리의 이익이 우선이라는 걸 절대 잊지 마세요."

가장 까다롭게 생긴 이사 하나가 쓰고 있던 날렵한 금테 안경을 코 위로 밀어 올리며 경고의 말을 남겼다. 천 실장은 진중하게 고개를 끄덕였다. 회의를 마친 후 굉장히 들떠보이던 상현은 갑자기 얼굴을 굳혔다.

"태영이 이 새끼를 어떻게 해야 하냐?"

엊그제부터 숙소에 들어오지 않고, 좀처럼 연락도 닿지 않았다.

"상현아, 네가 다시 한 번 연락 해봐."

정혁은 골치 아픈 듯 미간을 잔뜩 찌푸리며 상현에게 부탁했다.

"아직 엔터 쪽에서 눈치 채지 못한 거 같은데… 최대한 빨리 알아내야 해. 안 그러면… 이것 때문에 또 시끄러워질 거 같아."

정혁의 말에 상현은 고개를 끄덕였다. 그도 그렇게 생각하고 있었다. 자꾸 일이 터져봤자, 엔터 이사진 및 임원들에게 좋지 않은 인상만 심어줄 것이다.

태영은 연예계나 가수에 크게 미련이 없어보였지만, 상현은 달랐다. 최근 엄마에게 연락이 왔었다. 물론 안부를 묻는 게 다였지만, 상현은 이상하게 뿌듯했다. 스스로의 힘으로 뭔가를 일구고 있는 게 느껴졌기 때문이다.

"알았어, 그 자식 본가에 들어간 거 아니면, 분명 걔네 호텔에 죽치고 있겠지…."

태영을 찾아내겠다고 결심한 상현은 자리에서 벌떡 일어났다. 당장이라도 알아볼 참이었다.

"야, 상현아. 굳이 안 가도 될 것 같다."

밖으로 나가려던 상현은 회의실로 들어오는 태영을 발견했다. 3일 만에 나타난 태영의 모습에 정혁은 벌떡 일어나 그에게 다가갔다. 둘 사이에 묘한 긴장감이 흐르자 상현과 해욱이 둘을 떼어놓으려고 애썼다. 계속 이렇게 서로 간에 반목만 생겨봤자 해결될 수 있는 일이 없었다. 태영의 팔을 잡으며 정혁은 이야기를 좀 하자고 그를 붙들었다. 태영 역시 정혁의 말을 순순히 들으며 회의실에서 빠져나갔다.

"둘이 치고받고 싸우면 어쩌지…."

상현은 회의실에서 나가는 둘에 시선을 고정한 채 불안한 얼굴을 했다.

"네가 그만 안두면, 내가 그만 둔다… 도대체 무슨 의도 그러는 거야?"

"말 그대로."

태영은 따지는 묻는 정혁에게 담담한 얼굴로 대답했다.

"뭐? 때려치우고 싶으면 당당하게 마무리하고 때려치우든가! 이딴 식으로 쪽지 한 장 남기고 나가면 다들 그랬구나, 이럴 줄 알았어?"

태연하게 말하는 태영의 모습에 정혁은 열이 올라오는 것 같았다. 가뜩이나 흉흉한 분위기에 내부단속도 제대로 못한다는 소리를 들을까봐 더욱 전전긍긍할 수밖에 없었다.

"넌, 네가 하고 싶은 대로 다 하고 다니면서, 너처럼 대단한 꿈도 없고 대단한 목표도 없는 사람들은 네가 멋대로 구는 걸 그냥 참고 봐줘야 하냐?"

예상 못한 태영의 반응에 정혁은 한 대 맞은 기분이었다. 얘기 좀 하자며 데리고 나올 때도 분명 다행이 주된 화제가 될 것이라 예단하고 있었다. 하지만 전혀 다른 말이 나오자 정혁은 잠시 어떻게 대답을 해야 할지 몰라 사고가 정지된 느낌이었다.

"그게 무슨 말이야…."

태영은 작게 한숨을 내쉬었다. 오피스텔 지하주차장에서 다행과 하던 이야기가 떠올랐다.

-선택은 하나 밖에 없었어요, 나를 선택하는 거. 하지만 상관없어요. 어차피 그딴 연예인이지 아이돌인지 그만둘 거니까.

-그게 네 대답이야?

자신을 하찮게 바라보던 그 눈빛.

-고작… 내가 차정혁을 좋아하니까, 그게 꼴 보기 싫고 마음에 안 들어서 그만 두겠다고?

-그건….

-박태영, 내가 왜 차정혁을 좋아하는 줄 알아? 걘 매사 하고 싶은 걸 이루기 위해, 좋아하는 걸 반드시 가지기 위해, 늘 최선을 다해.

내가 반한 건 그런 점이야. 그런데 넌 니가 지금 뭘 하는 건지, 그게 어떤 영향을 줄지 그런 거 하나도 따져보지 않으면서 고작 협박처럼 하는 이야기가 그만 둔다? 돈 많은 사람들은 주어진 선택지를 아무렇게나 선택하고 아무렇게나 버릴 수 있어서 참 좋겠다.

다행은 자신을 한심하게 보고 있었다.

-차라리 내가 차정혁하고 연애하고 뒤로 몰래 만나고 그러는 게 너희 팀에 방해가 되고 언제든지 위험요소가 되어서 싫다고 하면 그래, 니가 원하는 대로 만나지 않을 게. 무풍지대가 완전히 성공해서 서로가 이룰 수 있는 것들 다 이루고 아이돌로서 정점에 설 때까지 얼씬하지도 않을 거야. 그런데 네가 원하는 대로 돌아가지 않는다고 고작 한다는 이야기가 그만둘 거야?

쉬지 않고 몰아붙이는 그녀의 말에 할 말을 잃은 채, 움직일 수 없었다. 그녀는 다시 태영을 한 번 쳐다보더니 더 이상 이야기할 것이 없다는 표정으로 엘리베이터로 향했다. 그때 태영은 다시 외쳤다.

-꿈이 없어도 상관없다면서! 모든 사람이 이상이 있고 꿈을 꿔야만 하냐고 그랬잖아! 그렇게 위로 해줬으면서… 어째서 난 아닌 건데?

비명 같은 말소리에 다행은 몸을 돌려 태영을 봤다. 마치 노려보듯 쳐다보며 그 앞으로 성큼성큼 걸어갔다.

-맞아, 누구나 꿈을 가져야 하는 것도 아니고. 누구나 다 이상을 추구하며 살아야 하는 것도 아니야. 하지만 난….

뭔가가 울컥 치밀어 오는 듯, 그녀는 숨을 고르고 다시 태영을 향해 입을 열었다.

-난, 최소한 내가 저지른 일에 대해선 늘 책임을 지며 살았어. 그러니까, 너도 그런 최소한의 성의는 보여야지.

태영은 아직도 그 충격이 가시지 않은 얼굴로 정혁과 마주했다.

"내가 멋대로 해서 화가 많이 났었냐?"

정혁은 넋이 나가있는 태영에게 조심스레 말을 걸었다. 어느 순간부터 서로의 사이에 균열이 일어났는지 모르겠지만, 서로 모르던 성격과 관심 밖의 일들을 하나씩 알아가는 기분이었다.

"됐어."

"너, 이 쪽지대로 할 거야? 집에서 유학… 가라고 했다며."

정혁은 확실히 짚고 넘어가야겠다고 생각한 듯 구겨질 대로 구겨져 너덜거리는 쪽지를 그 앞에 내밀었다. 태영은 그 쪽지를 보자 헛웃음이 튀어나왔다.

"맘대로 생각해."

"야!"

"아, 진짜 지긋지긋하다. 정말. 그래 알았다 알았어."

태영은 어이없다는 듯 웃었다.

'그래, 저런 녀석이라서 김다행이 선택한 거겠지' 입 안에 쓴 맛이 한가득 감돌았으나 예전처럼 지독하게 미워하고 싫어하는 마음은 어느 정도 누그러진 것 같았다. 언제 다시 이 마음이 솟아오를 진 모르겠지만.

***

PLAY 엔터와 천 실장은 무풍지대를 잠시 동안 방송에 내보내기보단 최대한 오프라인에 돌리기로 결정했다. PLAY 엔터의 자본력과 그동안 여자 아이돌을 띄운 기획력으로 무풍지대를 빠르고 확실하게 서포트했다. 그 결과, 팬미팅은 속전속결로 잡혔다.

팬클럽 창단식은 미팅 후에 가지는 걸로 스케줄을 미루고 일단 무풍지대에게 들어온 광고주의 스폰서 받아 팬미팅을 가지기로 했다. 미팅 후 간단한 사인회까지, 프로그램은 능숙하고 짜임새 있게 만들어졌다. 입담이 좋은 사회자가 미팅을 물 흐르듯 이끌자, 멤버들도 자연스럽게 팬미팅을 즐기자 반응도 좋았다. SNS에서는 미팅 실시간 현장사진이 끊임 없이 업로드 됐다.

"나 생각보다 정말 이쪽 체질인가 봐."

미팅을 끝내고 대기실에 앉아 잠시 숨을 돌리던 상현이 황홀한 표정으로 웃었다.

"미친놈!"

해욱이 고개를 절레절레 흔들었지만, 다른 스탭과 멤버들은 웃었다.

"역시 카사노바답다. 팬들이 몰리니까 아주 그냥 정신을 못 차리더라!"

태영이 비웃듯 말했지만, 상현은 전혀 개의치 않는다는 듯 고개를 끄덕였다.

"내가 왜 처음에 열심히 안하고 다행이 누나 속을 썩였는지, 처음부터 잘 했음…."

갑자기 다행의 이름이 나오자 약속이나 했다는 듯 세 명의 멤버들이 갑자기 입을 꾹 닫았다. 하지만 상현은 아랑곳하지 않고 계속해서 다행을 언급했다.

"누나 매니저 그만두고 얼굴도 한 번 못 봤네, 지금이라도 연락해서 오라고 할까? 스탭한테는 미리 이야기해두고!"

"그만해라."

태영은 정혁이 입을 열기도 전에 딱 잘라 말했다.

"왜?"

"우리가 팬 미팅도 했다는 걸 알면, 엄청 자랑스러워할걸?"

"그냥, 더는 괴롭히지 마."

여태까지 다행에 대해 말하지 않던 해욱이 덧붙이듯 말했다.

"우리 때문에 그동안 많이 괴로웠던 사람이야, 이제 그만해."

해욱의 말에 상현은 비 맞은 똥개처럼 축 늘어져 침울하게 거울을 바라보았다. 태영도 상현, 해욱도 모두 그렇게 말하고 난 후 조금 우울한 표정을 지었다. 그러나 정혁만큼은 개의치 않은 얼굴로 다음 타임에 있을 사인회를 준비했다.

"피도 눈물도 없는 새끼."

"뭐?"

상현이 정혁을 보고 뭐라 한 마디 하자, 손가락으로 자신을 가리키며 지금 날보고 한 소리냐는 듯 물었다.

"됐다, 됐어."

***

미팅이 끝나고 잠시간의 휴식시간을 가진 다음, 곧바로 사인회가 시작되었다. 인터넷으로 접수를 받은 숫자보다 현장에서 접수받은 숫자가 두배 이상 많아, 시작 전에 작은 해프닝까지 발생했다. 예상을 훨씬 웃도는 인파에 PLAY 엔터 관계자들은 흐뭇함을 숨기지 못했다. 아이돌이지만 섹시함과 성숙한 이미지로 대중에게 어필했던 터라, 팬들의 연령층이 다양했다.

"팔 아파…."

일일이 악수해주고 사인을 해주던 상현이 행복한 비명을 질렀다.

"좀만 참아, 그 정도도 못하냐? 팬들은 몇 시간 전부터 저렇게 서서 기다리고 있는데?"

상현의 저격수인 해욱이 한심하다는 눈빛을 보냈다. 멤버들 모두가 예상하지 못한 팬 숫자에 당황하면서도 즐거워했다.

K 엔터와 분쟁이 생긴 일 이후에 가진 사인회라 괜히 주눅이 들 법도 했으나, 팬들의 열광적인 반응에 그런 생각마저 모두 털어냈다. 특히 정혁은 자신의 연습생 시절에 있었던 일까지 드러나 멤버뿐만 아니라 앞으로의 활동까지 진지하게 고민을 하던 중이었다. 그러나 사인을 받으러 온 팬들이 그를 격려하자, 울컥하는 일이 몇 번이나 있었다. 그동안의 고생을 위로받는 듯했다.

정혁은 잠시 다음 팬이 들어오기 직전에 핸드폰을 꺼내 메시지가 들어왔는지 확인하며 다행에게 연락했다.

[왔어? 아니면 아직 도착 안 했어? 어디쯤에 있는지 이야기해줘, 스탭 보낼게.]

조심스럽게 다른 사람이 눈치 채지 못하도록 다행에게 메시지를 보낸 후, 주변을 쭉 둘러보았다. 아직 그녀는 도착하지 않은 것 같았다. 다시 펜을 손에 쥐며 종이가 몇 장 남았는지 세어봤다. 그때 정혁의 머리 위로 익숙한 목소리가 울렸다.

"팬입니다, 여기 사인 좀 해주세요."

정혁은 펜을 들고 종이를 받아들자 팬이 여자가 아닌 남자라는 사실을 깨달았다. 자신에게 남자 팬도 있다는 사실에 흐뭇해하며 얼굴을 확인하려던 찰나, 다시 상대의 목소리가 울렸다.

"앞으로 좋은 일만 있을 거라는 문장 하나 적어주시고요, 이름은 박. 수. 한입니다."

***

"이름은 박. 수. 한입니다."

검은 모자를 꾹 눌러 써 얼굴이 거의 보이지 않는 사내가 정혁 앞에 서서 종이를 내밀었다. 이름을 듣는 순간, 정혁의 얼굴이 딱딱하게 굳어졌다.

"방금 뭐라고 말씀하셨어요?"

"박수한이요, 제대로 잘 적어주시면 좋겠어요."

조심스럽게 말하는 사내의 목소리에 정혁은 잠시 손에 펜을 놓고 멍하니 바라보았다. 옆에서 해욱이 정혁을 쿡 찔렀다.

"너 뭐해? 빨리 빨리 안하고…."

정혁은 해욱의 말에 다시 정신을 차리고 펜을 쥐었다. 수한에게 말을 해야 할지 말지 고민하던 찰나, 아주 낮은 목소리의 수한이 정혁에게 먼저 말을 걸었다.

"잘 지내고 있구나?"

펜이 미세하게 떨렸다. 정혁은 무슨 말을 해야 할지 난감한 얼굴로 수한을 쳐다봤다. 여전히 모자 때문에 눈이 보이지 않았다. 그가 어떤 눈빛을 하고 있는지, 어떤 마음으로 자신을 바라보는지 가늠하기가 어려웠다.

"…너는 잘 지내고 있어? 어때? 여전히 음악은 하고 있지?"

"…그렇게 보이냐?"

종이를 돌려받은 수한의 손 역시 미세하게 떨리고 있었다. 정혁은 다시 수한을 올려다보았다. 검은 그림자로 드리워진 얼굴에서 익숙한 목소리가 흘러나왔다.

"세상은 그렇게 공평하진 않은 것 같다. 같이 나왔는데도 불구하고… 너는 여기 있고, 나는…."

정혁의 사인을 받기 위해 줄 서있던 팬이 재촉하듯 수한에게 눈치 주자, 그는 황급히 자리를 떠났다.

"수한…."

"야, 차정혁. 뭐하냐?"

도망치듯 자리를 뜬 수한의 뒷모습은 한참이나 바라보던 정혁은 해욱의 닦달에 급히 정신을 차리고 다음 차례의 팬이 내민 종이에 사인을 했다. 그러나 머릿속에서 수한의 모습을 지울 수가 없었다.

4년 전에도 왜소한 체구였다. 연습생 시절에 늘 체중감량, 몸매유지가 강요되던 사항이었으니 수한의 몸 상태가 어떤지 잘 알았다. 오죽하면 기획사에서 수한에게는 몸을 더 키우라고 강요했다. 하지만 쉽지 않았다. 그랬던 녀석이었는데, 오늘 본 수한의 몸은 그때보다 훨씬 더 말라보였다. 정혁은 그게 계속 마음에 걸렸다.

"…누나!"

그때 테이블 맨 끝에서 누군가가 반가워하는 소리가 들렸다. 예쁘게 차려입고 화장까지 곱게 하고 온 다행의 모습이었다. 그런 다행을 보고 반가워하는 상현에게 다행은 입술에 검지를 갖다 대며 조용히 하라는 신호를 보냈다. 상현의 목소리에 잠시 팬들은 술렁였지만 금세 다시 잠잠해졌다.

"좋아? 멋져 보인다. 그런데 티는 내지 마. 알았지?"

한 번도 보여주지 않았던 다행의 모습에 상현은 완전히 놀란 눈을 하고 고개를 끄덕거렸다. 질릴정도로 많은 여자를 만났던 상현이었다. 하지만 저렇게 한껏 꾸민 다행의 모습은 처음 봤을 뿐만 아니라 자신이 만났던 그 어떤 여자보다 예뻤다.

"누나 오늘 진짜 예뻐."

"나도 알거든, 킥킥…."

다행은 슬며시 웃으며 상현에게 윙크를 했다. 상현은 기분 좋게 종이에 사인을 하며 다행에게 넘겨주었다. 그동안 그녀도 반대편 끝에 앉은 정혁을 흘끔 바라보았다. 태영도, 해욱도 앞에 서 있는 팬들에게 사인을 해주느라 정신이 없었지만, 다행을 신경 쓰는 눈치였다.

해욱과 태영에게 차례대로 사인을 받은 다행은 드디어 정혁 앞에 섰다. 뭔가 감회가 남달랐다. 벙커에서 꼭 가수로서 성공하고 싶다며 이야기했던 그날들이 너무나 오래전 일 같았다. 하지만 이제 떠오르는 스타가 되어 엄청난 팬들을 데리고 미팅과 사인회를 가지는 모습에 다행은 뭔가 울컥한 기분이 들었다. 그녀는 정혁에게 대단하다고 어깨라도 두드려주고 싶은 심정이었다.

"사인 해주세요. 무풍지대 팬, 김다행으로요…."

다행이 종이를 내밀며 정혁을 쳐다보자 그는 넋이 나간 사람처럼 동공이 풀린 채 종이와 다행의 얼굴을 번갈아 보았다.

"너 무슨 일 있어?"

다행의 물음에 정혁은 고개를 살짝 젓더니 뭔가 좋지 않은 일이 있는 사람처럼 우울한 표정으로 펜을 움직였다.

"왜 그래…."

다음 차례로 기다리고 있는 팬이 신경 쓰여, 다행은 뭔가 더 이야기 하고 싶었지만 빨리 자리를 옮길 수밖에 없었다. 네 명의 사인이 담긴 종이를 챙겨 들고 뒤쪽으로 빠지면서도 정혁에게서 눈을 뗄 수 없었다.

어두운 얼굴의 정혁이 계속 신경 쓰였다. 이렇게 좋은 날에 저런 얼굴을 하고 있을 사람이 아니었으니까. 추첨으로 뽑힌 마지막 팬까지 사인을 마치고 난 후, 스텝들과 간단하게 인사를 마치고 비로소 다행과 멤버, 그리고 PLAY에서 붙여준 로드매니저만 남았다. 로드매니저는 다행이 전 매니저라는 이야기를 듣자 크게 경계하지 않고 내일 스케줄만을 알린 후, 먼저 엔터로 들어가겠다고 했다.

"누나, 오늘 숙소에 갈래요? 우리끼리 파티를…."

상현이 어색한 분위기를 깨고 먼저 다행 가까이 다가가 말을 걸었다. 하지만 다행은 고개를 저었다.

"안될 것 같아, 약속도 있고…."

"무슨 약속?"

사실 약속 따윈 없었다. 그저 다행 스스로 이젠 한 발 물러설 때라고 느낀 것일 뿐이었다. 태영이 눈을 뾰족하게 뜨며 다행을 쳐다봤다.

"야, 너희들 이제 시작이야. 이제부터 시작인데 무슨 파티를 하자는 거야? 으이구! 좀 있으면 팬클럽 창단도 하고, 그러면 여기서 더 인기 얻을 거고, 그땐 정말 정신도 없을 시간이 온다고. 이럴 때 일수록 연습…."

"누나!"

상현이 눈을 흘겼다.

"누나, 또 연습 이야기 하려고 하지?"

"그래, 당연하지! 니들 연습하고 안 하고 얼마나 중요한지 알지?

팬들이 다 알아봐!"

상현은 교과서 같은 소리를 한다며 투덜거리며 다행을 흘겨보았다.

"암튼, 이번에 팬 미팅 한 거 보니까 조만간 다음 싱글 발표할 거 같더라. 오늘은 얼른 일찍 자두고 내일 PLAY에서 나올 이야기 기다려 봐!"

다행은 확신하듯 말했다. 멤버들도 파티를 생각하다가 다행의 이야기를 듣자 뭔가 수긍하는 표정이었다. 하지만 정혁은 듣는 둥 마는 둥 하고 있었다. 그의 얼굴에 그늘이 내려있었다.

"저, 정…."

"자, 다들 이야기 들었지. 나는 잠깐만 이야기 하고 들어갈 테니까, 곧바로 숙소로 가서 쉬어. 아까 로드매니저도 내일 PLAY에서 다음 스케줄과 앞으로 음반 이야기 때문에 할 게 많다고 하니까."

이야기를 끝낸 정혁이 다행의 손을 잡고 급히 미팅 장 밖으로 나갔다.

***

"잠깐만!"

다행은 성급히 밖으로 나가는 정혁에게 왜 그러는지 묻고 싶었다.

"아무래도 예감이 안 좋아."

계속 표정이 어둡던 정혁은 결국 다행의 손을 잡고, 속내를 털어놓았다.

"뭐가? 아까부터 얼굴이 안 좋던데, 왜 그래? 무슨 일인데?"

"내가 모르는 뭔가가 있어."

"응? 무슨 예감? 무슨 일 있어?"

운전석에 앉아서 멍하니 앞을 바라보던 정혁이 갑자기 괴로운 듯 고개를 숙였다.

"왜 그래, 정혁아…."

"분명히 라이언 그 새끼가 들쑤신 것 같아."

라이언의 이름이 정혁의 입에서 나오자 다행은 당황스러운 눈빛으로 그를 바라보았다. D-solve와 라이언에 대한 애정을 지우고 마음을 정리하는 중이었으나 남아있는 추억들은 다 없애기엔 시간이 걸렸다. 다행이 그의 말에 미지근하게 반응하자 정혁은 약간 실망스러운 눈빛으로 그녀를 보았다.

"혹시 아직도 팬으로서 좋아하는 거야?"

"아니, 아니야. 그렇지만 아직 완전히 다 잊었다고…."

"그 새끼가 그렇게 비열하게 했던 걸 알면서도, 다 잊지 못했다고? 말이야 그게?"

날이 서있는 정혁의 말에 다행은 기분이 나빠졌다. 라이언의 치부를 꺼내면서까지 도와줬는데 왜 그렇게 말하는 걸까?

"왜 말을 그렇게 하니? 나도 정리할 시간이 필요해. 그건 네 마음대로 되는 게 아니야."

다행도 참다못해 정혁의 반응에 기분 나쁘게 대답했다. 그러나 그녀의 마음을 알지 못하는지 정혁은 여전히 실망스럽다는 눈으로 다행을 바라보았다.

다행 역시 답답했다. 정혁이 왜 그런 이야기를 꺼냈는지 전후사정을 좀 더 차근차근 이야기 해줬으면 했다. 그게 아니라면 자신이 정리될 때까지 조금 기다려주었으면 하는 마음이었다.

차 안 공기가 냉랭해졌다. 정혁이 시동을 걸었다. 다행의 오피스텔로 가는 동안 둘은 아무 말도 없었다. 누가 먼저 미안하다고 사과만 했어도 금방 녹을 상황이었으나, 둘 다 그렇게 하지 않았다.

"다 왔어, 들어가."

오피스텔 앞에 도착한 정혁은 다행을 차가운 눈으로 바라보았다. 다행은 그의 눈빛 때문에 조금 울적했지만 지금 상황에서 사이좋게 말할 기분이 아니었다.

"알았어."

문을 열고 나가려던 순간, 정혁이 조금 미안한 말투로 입을 열었다.

"지금은 기분이 좀 그래서, 뭔가 이야기하고 풀고 할 수 있는 상황이 아니야. 다음에 내가 그렇게 말했던 자세한 이유, 상황 같은 거 다 털어놓을 게. 다음에…."

다행도 괜한 말로 오해를 쌓을 바에야 차라리 다음에 솔직히 이야기 하는 게 좋다고 생각했다.

"그래, 나도 그렇게 할게. 다음엔… 우리 서로 있었던 이야기나 털어버릴 일들에 대해 하나씩 이야기하도록 하자."

다행의 말에 정혁도 공감한다는 의미로 고개를 끄덕였다. 그렇게 연인은 다음을 기약했다. 그러나 이날 이후, 정혁과 다행 사이에 다음은 없었다.

일은 곧바로 터졌다.

***

"팬 미팅 이후에 음원이 더 높아진 거 보면 분위기가 그래도 좀 전환된 거 같으니까, 다음 싱글을 준비하는 방향으로 갈 거야."

천 실장은 단호하게 말했다. K 엔터에서 정혁의 연습생일로 거론했을 때만 해도 여러 부분에서 당황하는 모습을 보였었다. 하지만 한 번의 시련을 겪고 난 후, 더 단단해진 얼굴로 나타난 천 실장은 앞으로의 계획을 차근차근 풀어냈다.

며칠 전 있었던 팬 미팅이 성공적으로 끝나자 팬클럽 창단식도 더욱 속도가 붙었다. PLAY에서는 남자 아이돌의 첫 성공에 들뜬 분위기였다. 하지만 정혁은 그럴 기분이 아니었다. 수한이 모습을 드러낸 것 자체가 앞으로 무슨 일이 있으리라는 예고장과도 같았다. 마음 같아선 자신이 연습생 시절에 있었던 일들을 먼저 기자회견이라도 하고 싶은 심정이었다.

"차정혁, 지금 내 말 듣고 있어?"

술렁이는 회의실 분위기와 정반대로 뭔가 다른 곳에 정신이 나가 있는 정혁의 모습을 발견하자 천 실장이 질타하듯 물었다. 그녀의 질문에 정혁은 고개를 끄덕이며 다 듣고 있다는 답을 했다.

"근데 왜 넋 나간 얼굴이야?"

"잠깐, 실장님에게 드릴 말씀이 있어요."

정혁은 서너 명의 기획담당자와 로드매니저, 그리고 세 멤버를 향해 양해를 구했다. 아무래도 천 실장에게만 수한의 이야기를 하는 게 낫다고 판단했다. 그가 그렇게 나오자 다들 알겠다는 얼굴로 천 실장과 정혁만 남기고 밖으로 나갔다.

"무슨 일인데?"

천 실장은 심각한 이야기를 하려는 정혁의 얼굴에서 이상하게 4년 전의 일이 떠올랐다. 그녀 역시 불길한 마음을 애써 눌렀다.

"수한이 녀석이…."

수한의 이름이 나오자 실장의 안색이 어둡게 변했다. 정혁은 눈치를 살피며 다시 말을 꺼냈다.

"사인회에 나타났어요."

"걔가 왜? 도대체 뭐 때문에?"

천 실장은 히스테릭하게 반응했다. 그녀 역시 단순한 문제가 아니라는 걸 눈치 챘다.

"아무래도…."

정혁은 미간은 찡그렸다. 그 표정에서 말하지 않아도 이미 나올 말이 예상됐다.

"K 엔터가 끝까지 우릴 물고 늘어질 모양이에요…."

정혁의 말이 무섭게 미디어 관리팀에서 급히 회의실로 들어왔다.

"실장님, 이거 어떻게 해야 할지 당황스러워서…."

SNS 올라온 글 하나가 화제를 일으키며 실시간 검색어에 떴다.

[라이언, K 엔터 루키, D-solve, 차정혁]

검색어 순위는 들쭉날쭉한 상태였지만, 필시 좋은 의미로 뜬 게 아님은 분명했다.

"이게 도대체 어떻게 된 일이야?"

천 실장은 정혁의 얼굴과 직원의 얼굴을 한 번씩 번갈아 보며 짜증을 토해냈다. 정혁은 자신이 할 이야기가 있다는 내뱉은 것과 동시에 일이 터진 게 너무 공교로운 나머지 헛웃음이 나왔다.

"하…."

직원은 화면을 돌려 누군가가 SNS에 올린 장문의 글을 천 실장에게 보여주었다. 바로 K 엔터 루키 팬 페이지에 올라온 수한의 글이었다.

"수한이 걔가 이거 예고하려고 너한테 찾아왔었던 거니? 걔가 뭐라고 했었니?"

글을 대충 훑던 천 실장이 다급하게 정혁을 향해 물었다. 그러나 그녀의 물음에도 정혁은 고개만 가로저을 뿐, 대답하지 않았다.

"내가 지금 삼잰가? 하…."

천 실장은 기가 막히다 못해 무너져 내릴 것 같은 얼굴로 자리에 털썩 주저앉았다. 한 번은 괜찮았다. 한 번까지는 어떻게든 막을 수 있었다. 그러나 두 번은 안 된다. 연예계에 있어 스캔들은 그런 것이었다. 한 번도 치명적이지만, 물리적인 힘으로든 국면의 전환이든 뭐든 적당히 희석시켜 버리면 다시 일어설 가능성이 있었다. 대부분의 기획사에 미디어전담팀을 둔 것도 그런 용도였다. 루머는 지우고, 스타의 부정적인 면을 관리하며 좋은 점은 적극적으로 어필하는 것.

하지만 수한의 SNS 글로 인해 정혁은 결국 발목을 잡히고 말았다. '방출 연습생'이라는 이미지로 말이다.

"정혁아, 내가 볼 때 넌 그냥 TV에 나올 운명이 아닌가 보다. 그치?"

천 실장은 허탈한 미소를 지었다. 어떻게 케어를 해줘야 할지 눈앞이 캄캄하긴 PLAY나 천 실장이나 마찬가지였던 것이다. 아니, 이대로라면 PLAY에서도 위험부담을 떠안기 싫어 관리를 포기할 가능성이 높았다.

정혁은 입술을 깨물었다.

"그 새끼를 만나봐야 할 거 같아요…."

"누구? 라이언? 아니면 박수한? 그때 도대체 너희들한테 무슨 일이 있었던 거니?"

천 실장은 직원이 주고 간 패드 화면과 정혁의 얼굴을 번갈아 보았다. 그녀의 표정이 심각했다.

“내가 K 엔터에서 성공만 맛보다 보니, 애들이 어떤 식으로 상처를 주고받는지에 대해서 너무 무심했어. 그게 결국 이런 식으로 돌고 돌아 내 목을 조일거라곤 생각도 못했네, 하….”

천 실장은 의자에 털썩 소리 나게 앉으며 한 손으로 이마를 짚었다.

수한의 글은 대략 그러했다. 자신도 정혁과 같은 연습생 출신이었으며, 심지어 같은 숙소를 쓰는 룸메이트였다. 또한 D-solve 데뷔조에 있었던 사람이었다. 그러나 라이언의 압력과 폭행에 장시간 노출되며 의지도 무너지고 정의도 무너진 상태였다. 그때 정혁이 자신과 라이언 사이에 개입해왔고 아무것도 모르던 그는 계속 자신에게 내부고발을 하라고 종용해서, 계속해서 고민했다. 일이 잘못되면 D-solve 데뷔 조에서도 탈락할 수 있으니. 하지만 정혁은 자신이 고민할 시간도 주지 않은 채, 라이언이 자신의 곡을 강탈했다는 이유를 들어 K 엔터 실장에게 라이언의 행동들을 까발렸다.

내부고발을 강요하는 정혁이 D-solve데뷔가 이루어졌을 때, 라이언과의 힘겨루기로 자신을 이용하는 것 같은 느낌을 지울 수 없어 둘의 진흙탕 싸움에서 빠지려고 했다. 그러나 실장이 편을 들어주지 않자, 정혁은 자신을 끌어들여 폭력의 피해자와 고발자라는 유리한 위치를 점하려고 했다. 실장은 결국 데뷔가 확실한 라이언의 손을 들어줬고, 자신과 정혁은 분란을 일으킨 괘씸죄로 K 엔터 루키에서 방출되고 말았다는 내용이었다.

“이 글을… 수한이 본인이 쓴 거 같아? 아니면 누가 사주한 거 같아?”

천 실장이 정혁에게 물었다. 4년 전 일들이 아예 기억나지 않는다는 표정이었다.

"글쎄요, 라이언이 시켰다고 보기는 어렵고… 그가 사주한 부분도 있을 거고, 수한이 저에게 느끼는 섭섭한 부분도 들어갔다고 생각합니다."

적절하게 거짓과 진실이 섞여 들어가 있었다. 아니, 8할의 거짓 속에 2할의 진실을 대충 섞으니 그럴듯한 호소문이 나왔다.

"너, 알지? 이런 식으로 이미지 박히면… 앞으로 어떻게 케어해도 꼬리표 달고 다닌다는 거…."

천 실장은 고개를 가로 저었다.

"매력을 어필해야하는 역할인데, 지금 SNS에 글 올라온 것만 보면 하하, 앞으로 너는 교활한 이미지로 밖에 안 보겠는데?"

천 실장은 패드를 회의실 책상에 던지듯이 올려놓고 양손으로 이마를 짚었다. 어떤 식으로 해결해야 할지 막막했다.

"제가 한번 알아볼게요."

"네가 뭘 알아봐! 아무 짓도 하지 마, 뭐 하려고도 하지 마. 괜히 들쑤셨다가 일 크게 만들지 말고!"

천 실장이 정혁을 가로막았다. PLAY의 의중을 물어보고 천 실장은 자신이 나서야 한다고 판단한 것 같았다. 정혁은 더는 말하지 않았다. 자신이 이 일을 해결해야 한다고 생각하는 건 둘 다 마찬가지였다.

제 10화

천만다행, 계를 타다

[D-solve 라이언이 문제인 거야? 아니면 무풍지대 차정혁이 문제인 거야?]

[요즘 아이돌은 정치질도 잘해야겠네]

[악의적인 소문 신고합니다]

[D-solve가 그동안 다 뒤집어 쓴 거야?]

[어제 팬 미팅 했던데, 이름이 무풍지대면 뭐해? 바람 잘 날이 없네. 야, 이름 바꿔라]

"이게 뭐야…."

다행은 자주 들어가던 아이돌 포럼과 페이지를 훑으며 한숨을 내쉬었다. 박수한의 글은 파급력이 만만치 않았다. 아니, 현직 아이돌 D-solve와 관련된 일이기에 더욱 난리가 났다. 라이언과 K 엔터가 방송국 PD와 엮여서 난리법석이던 때, 최대한 조용하게 사건이 지

나가기만을 기다리던 D-solve팬들은 박수한의 글로 정당성을 부여받자 모든 공격을 퍼붓는 것 같았다. 여태까지 받았던 수모를 갚겠다는 의미처럼 보였다.

이미 D-solve와 관련된 일을 하나씩 정리해가던 다행으로선 또다시 터진 문제에 속수무책일 수밖에 없었다. 갑자기 며칠 전에 있었던 사인회에서 어두웠던 정혁의 얼굴이 떠올랐다. 그를 도와줘야만 할 것 같은데 도저히 방법을 강구할 수 없어 눈앞만 캄캄했다. 다행은 재빨리 휴대폰을 꺼내들었다. 정혁에게 연락을 했다. 어떻게 된 일인지 내용을 알고 싶었다.

[고객님의 전화기가 꺼져있어….]

자신이 이 지경에 이르렀다는 사실을 알 정도라면 분명히 PLAY와 무풍지대에는 난리가 났음이 분명했다.

"도대체 무슨 일이야, 저 자식은 누구기에 갑자기 튀어나와서…."

어떻게든 문제를 해결하고 싶었다. 지난번 U TV에 올렸던 영상처럼. 그를 도와주고 싶었다. 하지만 '수한'이라는 남자에 대해 다행은 아는 정보가 없었다. K엔터에서는 D-solve를 제외하고 어떤 가수에도 관심이 없었다.

다행은 양손으로 머리를 헝클어뜨렸다.

"…안 되겠다."

다행은 옷을 챙겨 입었다. 다시는 숙소 근처에 가지도 않을 것이라고 다짐했지만, 그래도 가봐야 할 것 같았다. 자신이 나타나면 놀랄지도 모르지만, 얘기를 들어봐야 뭔가 해결할 수 있을 것 같았다.

겉옷을 막 챙겨 입고 나가려던 다행이 다시 들어와 마스크와 모자를 주섬주섬 꺼내들었다.

"기자라도 와 있으면 큰일이니까…."

무풍지대는 충분히 유명해진 상태고, 앞으로도 그럴 것이었다. 거기다가 지금 D-solve와 연결되어 있으니 더 기자들이 붙을지도 모른다. 뭐라도 하나 더 가리기 위해 땀이 날 정도로 눌러쓰고, 뒤집어썼다.

대충 변장을 끝낸 후 급히 문을 열어 나가려고 했다.

"어? 왜 문이 안 열리지?"

오피스텔 현관문에 뭔가가 낀 듯 문이 열리지 않자, 다행은 있는 힘껏 문을 밀어 재꼈다. 그러자 문 앞에서 누군가가 쓰러져있었다.

"뭐, 뭐야?"

섬뜩한 기분에 다행은 더 힘껏 문을 밀었다. 뭔가 기분이 이상했다.

"아으, 누가 남의 집 문 앞에…."

잔뜩 힘을 줘서 연 문 앞에는 정혁이 고꾸라져 있었다.

"엇, 차정혁! 너 뭐야?"

정혁은 다행의 이야기가 전혀 들리지 않는 듯, 몸을 숙인 채, 일어나질 않았다.

"차정혁! 야, 정혁아! 너 왜 그래?"

다행은 열린 문 사이로 겨우 몸을 빼내서 쓰러져있는 정혁 앞에 다가가 그를 일으켜 세웠다.

"정혁아! 왜 그래? 무슨 일이야?"

다행은 깜짝 놀라며 정혁을 일으키기 위해 그의 몸에 양팔을 끼어 넣었다. 멀쩡한 줄 알았던 정혁의 몸에서 뜨끈한 무언가가 흐르고 있었다. 확인 해보니, 배에서 피가 흐르고 있었다.

"차정혁! 이게 대체 뭐야? 흐흑…."

다행이 기겁하며 한쪽 손을 꺼내 주머니를 뒤지며 휴대폰을 찾았다. 손에 피가 흥건해서 휴대폰을 제대로 잡지 못하고 자꾸만 떨어뜨렸다.

"…저, 정혁아! 제발 정신 차려, 정신…."

반쯤 감은 눈으로 자신을 쳐다보는 정혁의 모습에 다행은 입술이 찢어져라 깨물었다.

"도, 도와주세요! 도와주세요, 제발…."

다행은 비명섞인 목소리로 울면서 외쳤다. 하지만 오피스텔 복도는 쥐새끼 한 마리 볼 수 없을 정도로 조용했다.

"…제발, 도와줘요! 누구 없어요?"

다행은 휴대폰을 겨우 움켜쥐고 반응이 없는 정혁을 흔들며 비명을 질렀다.

***

"네가 뭘 알아봐! 아무 짓도 하지 마. 뭐 하려고도 하지 마. 괜히 들쑤셨다가 일 크게 만들지 말고!"

경고하듯 외치는 천 실장의 말에 정혁은 그녀를 흘끔 쳐다봤다. 마치 자신의 생각을 들킨 것처럼 속 안이 괜히 뜨끔했다.

"수한이 걘 내 선에서 알아서 처리할 거야. 그리고 PLAY에 부탁해서 이번 주 안에 기자회견 할 거야. 진짜 K 엔터에서 작정하고 날 보내버리려고 하는 건지, 아니면 널 보내버리려고 하는 건지 모르겠다. 이번엔… 진짜."

천 실장의 양 볼이 붉게 물들었다. 그녀는 머리끝까지 화가 치솟을 때마다 얼굴이 붉어졌다. 타인에게 감정을 숨길 줄 모르는 사람이었다. 4년 전, 그때도 그랬었다.

"수한이를 제가 만나보면…."

"안 돼! 섣불리 만났다가 오히려 책만 더 잡힐 수 있어, 그런 무모한 짓 하지 마!"

천 실장은 몇 번이나 정혁의 눈을 바라보며 신신당부했다.

"약속해, 네가 먼저 K 엔터나 박수한한테 연락 취하지 않기로. 그냥 가만히 있어, 4년 전에… 내가 너희들 이야기를 귀담아 듣지 못해서 미안하다. 그러니깐 지금은 내가 나서서 해결할 거야. 그러니 이번엔 제발, 알겠지?"

그녀는 정혁에게 다시 한 번 당부를 한 뒤에야 회의실을 나갔다. 홀로 남은 정혁은 또 다시 앞길이 막힌 것 같아 가슴이 답답했다. 4년 전의 일들이 다시 하나씩 떠오르는 것만 같았다.

"진짜 미쳐 버리겠네…."

마치 이 세계의 모든 기운들이 자신이 가수로서는 성공할 수 없도록 막는 것만 같았다. 해윤과 작업할 때까지만 해도 아무 일없던 것들이 하나씩 터지고 있었다.

정혁은 고민했다. 수한의 연락처를 찾아서 그와 개인적으로 이야기를 하는 게 맞을지, 아니면 천 실장 말대로 가만히 있을지….

'어떻게 사인회에 온 거지?'

4년 전, K 엔터에서 방출된 이후로 완전히 자취를 감췄는데, 이제 와서 갑자기 모습을 드러내는 게 뭔가 이상했다. 결국 모든 의문점은 라이언과 이어져 있었다.

"그 자식이!"

정혁이 휴대폰을 꺼내들었다. 그 순간, 약속이라도 한 것처럼 휴대폰이 울렸다. 처음 보는 번호였다. 스팸이 아닐까 잠시 고민하던 정혁은 통화버튼을 누르며 전화를 받았다.

"여보세…."

[오랜만이지? 아, 오랜만은 아닌가? 오늘 쓴 글은 잘 읽어 봤어?]

목소리를 듣는 순간, 그가 누군지 그 번호가 어디서 온 건지 단번에 알 수 있었다.

박수한이었다.

***

[오랜만이지? 아, 오랜만은 아닌가? 오늘 내가 쓴 글은 잘 읽어 봤어?]

수한의 목소리는 지난번 사인회보다 가볍게 느껴졌다.

"그래…."

정혁은 끓어 오르는 화를 누른 채 최대한 담담하게 수한의 전화를 받았다.

[기분이 어때? 사인회에서는 꽤 좋아 보이던데….]

묘하게 비꼬는 그의 말투가 정혁의 신경을 건드렸다.

"그래, 기분 좋았지. 내 생애 처음 있는 사인횐데, 나란 인간한테도 팬이 있어서 와 준건데, 좋지 안 그러냐?"

수한의 행동과 전화 속 이야기에 심사가 완전히 틀어진 정혁 역시 곱게 말하지 않았다. 그 역시도 수한이 어떤 부분에서 상처를 받는지, 어떤 것에 약한지 알고 있기 때문이었다.

[하, 그래. 기분이 참 좋았구나….]

정혁의 예상대로 수한에게 생채기 내는 데 성공한 것 같았다. 그러나 그게 오히려 역효과를 가져올 것이라고는 예상하지 못한 것 같았다.

"그래, 멋대로 SNS에 싸지르고 나니까 기분이 어때?"

정혁은 수한에게 물었다. 글을 보고나서 바닥으로 곤두박질치는 자신에게 '기분이 어때'라고 물었던 수한에게 그대로 돌려주듯이….

[그게 나한테 할 말이야?]

비아냥 섞인 말이 나올 것이라 생각했던 정혁은 수한의 반응에 약간 당황했다. 수한의 목소리에서 억한 심정이 전해져왔기 때문이었다.

"그럼 넌? 너는 이런 글 올려도 될 자격이 있고?"

[적어도 너보다는, 너보다는 있어!]

수한은 억울한 감정을 토하듯 내뱉었다. 하지만 정혁은 수한이 SNS에 글을 올렸을 때부터 녀석을 만나면 가만두지 않겠다고 벼르고 있었다.

"뭐가 있는 건데? 니가 그때 내 주장에 똑바로 발언만 했어도, 라이언만 처벌받을 수 있었어. 우리는 결백했다고. 그런데 뒤늦게 말 바꾼 새끼가 누군데!"

[너라면… 네가 내 상황이었다면 그렇게 쉽게 결정 했을까?]

수한의 말 한마디 한마디엔 여러 감정이 녹아 있었다. 꾹꾹 눌러 담은 듯한 그 말에 정혁은 잠시 동안 말을 잇지 못했다. 그래도 SNS에서 공개적으로 자신을 비난한 글에 대해선 여전히 화가 났다.

"쉽게 결정은 못하더라도, 이제 와서 너처럼 비겁하게 행동하진 않았을 거다."

[비겁?]

수한의 목소리가 떨렸다.

"그래, 비겁. 그때 일을 지금에 와서 꺼내는 것도 비겁하고 그것도 모자라서 또 라이언 그 자식에게 붙어먹은 것도 비겁하지….”
수한과 정혁은 한 치도 물러섬이 없었다. 서로가 서로를 정신없이 헐뜯을 뿐, 한참동안 말이 없었다. 그러는 동안 정혁은 다시 울컥하는 마음이 치솟아 올랐다.
‘저 새끼는 어째서 또 라이언한테 당하는 거야? 4년 전도 모자라서 또….’ 미웠지만 한편으로 딱한 심정에 정혁은 수한이 걱정됐다. 그에게 뭔가 한 마디 하려는 순간, 수한 쪽에서 먼저 입을 열었다.
[잠깐 만나자, 너한테 줄 거 있어]
직접 만나자는 말에 정혁은 순간 판단이 제대로 서지 않았다.
-네가 뭘 알아봐? 아무 짓도 하지 마. 뭐 하려고도 하지 마. 괜히 들쑤셨다가 일 크게 만들지 말고!
-안 돼, 섣불리 만났다가 오히려 책만 더 잡힐 수 있어. 그런 무모한 짓 하지 마!
자신에게 그렇게 신신당부하던 천 실장의 목소리가 귓가에 들리는 것 같았다.
[왜, 자신 없어? 내 얼굴 볼 자신 말이야]
대답 없는 정혁을 향해 수한은 다시 입을 열었다.
[내 얼굴 볼 용기도 새끼가 비겁이니 뭐니 그렇게 멋대로 지껄이냐?]
수한은 계속해서 정혁을 자극했다. 천 실장의 경고가 자꾸만 흐려지는 것 같았다.
“좋아, 어디서 볼까?”
정혁은 결국 4년 전 일을 자신의 선에서 정리하기로 마음먹었다. 그래야만 할 것 같았다.

***

수한이 말한 장소는 과거 연습생 시절에 자주 가던 공터였다. K엔터 근처에 있던 주차장 겸 공터로, 부지 가격이 꽤나 나가는 데도 불구하고 주인이 개발할 생각이 없는지 주차장처럼 쓰고 있었다. 4년 전엔 오다가다 할 일이 없는 학생들의 운동장으로도 사용되었는데 지금은 자동차로 들어차, 주차장 역할만 간신히 하고 있었다.

정혁은 스포츠카 백미러를 통해 수한의 모습을 한참 지켜봤다. 그는 여전히 모자를 쓰고 있었다. 사인회 때보다 조금 더 크고 깊은 챙이 달린 모자였다. 얼굴을 알아보기 더 어려웠다. 껄끄러운 녀석을 만나기에 이 장소가 나름 적합하다는 생각이 들었다.

"오랜만이다."

백미러에 수한의 모습이 가까워지자 정혁은 차 밖으로 나왔다. 수한의 몸은 연습생 시절보다 더 야위어있었다. 정혁이 먼저 건네는 말에도 수한은 딱히 대답이 없었다. 수한의 얼굴은 모자 챙 때문에 반쯤은 가려져 있었다. 거기에다 마스크까지 끼고 있는 그는 서늘한 기운을 풍겼다.

"줄 게 있다며, 그래서 보자며?"

답이 없는 수한을 향해 정혁이 다가갔다. 공터 한 중간에 멀뚱히 서 있는 수한과 그에게 다가가는 정혁, 둘 사이 간격이 조금씩 좁혀졌다.

"니 얼굴을 볼 용기 내서 여기까지 나왔는데, 넌 왜 말이 없어?"

정혁은 슬슬 짜증이 났다. 요지부동하지 않는 녀석의 모습에 진짜 수한이 맞나싶은 의구심마저 들었다.

"할 말 없음 돌아간다. 어차피 일은 터졌고, 여기서 너랑 입씨름

해봤자 달라질게 뭐가 있겠냐."

몸을 돌려 다시 자신의 차로 향하던 정혁에게 수한이 입을 열었다.

"넌 네가 잘못한 거 하나도 모르겠어?"

"…잘못?"

한참 만에 입을 연 수한이었으나 정혁은 그의 말에 기가 막힌 표정으로 반문했다.

"그래."

"내가 무슨 잘못?"

"하…."

"감추고 덮어두려고 하는 인간이 잘못이지. 그리고 거기에 흔들리고 이용당하는 인간이 멍청한 거 아니냐?"

라이언과 수한을 저격하는 말이었다. 수한의 눈동자가 살짝 흔들렸다.

"멍청하다…."

"그래, 4년 전 일을 SNS… 그것도 아이돌 포럼에 보란 듯이 올려? 그렇게 내가 못마땅하고 나에게 감정이 쌓였으면 그 전에 날 찾아내서 아작을 내지, 그동안 어떻게 참고 살았냐?"

정혁은 수한을 책망하듯 이를 악물고 이야기했다. 4년 전, 있었던 그날이 다시 떠오르는 것 같았다.

얼굴에 멍 자국을 달고 왔던 수한과 계속된 은밀한 소문, 그리고 작업실 캐비닛을 몰래 뒤지던 녀석… 라이언의 폭행, 천 실장의 방관과 무책임함. 하지만 그 잘못을 결국 왜 모두 자신이 짊어져야만 하는 건가 싶어 억울했다.

"네가… SNS에 올리기 전에 진짜 억울했다면, 그 일을 누가 꾸몄고 누가 주도 했는지 그리고 누굴 가장 먼저 탓했어야 했는지부터 시작해야지. 이제 와서 모든 잘못을 나한테 돌려? 거기에 거짓말을 잔뜩 섞어서 비방하는 글을 올리고?"

정혁은 말하는 내내 속이 뒤틀렸다. 이제 겨우 자리 잡고 물살을 타려고 했는데, 연거푸 터지는 스캔들에 지치기도 지쳤다. 언제쯤 다행에게 정상의 자리에 선 모습을 보여줄 수 있을지 조바심이 났다. 사사건건 자신을 막는 라이언에 대한 지독한 살의가 샘솟았고, 그에게 휘둘리는 수한에게 한심하다는 생각까지 들었다.

"4년 전이나 지금이나 넌 여전히 달라진 게 없다. 여전히 나약하고, 여전히 휘둘리고… 생각도, 주관도 없어. 용기도 없고. 결국 남 발목 잡는 거만 잘하지…."

정혁이 수한을 향해 다가갔다. 모자 속에 숨어있는 수한의 얼굴을 제대로 보며 녀석에게 주먹이라도 한 방 날려주고 싶었다.

"언제까지 그렇게 살 건데? 언제까지 라이언한테 끌려…."

훅! 슈슉!

수한에게 바짝 다가서 뭐라고 한 마디 더 하려던 순간, 정혁은 자신의 복부 쪽에 뜨끈한 열기가 감도는 것을 느꼈다.

"이게 무슨…."

수한의 손에는 날카로운 휴대용 칼이 들려 있었다. 그리고 그 끝엔 붉은 핏방울이 맺혀 있었다.

"너 미쳤어? 지금 뭐 하는 짓이야?"

깊게 베이진 않았지만 옷에 피가 묻을 정도로 상처가 났다. 정혁은 상처를 감싸 쥐며 수한을 향해 소리쳤다. 그러자 수한은 모자를 살짝 젖히며 자신의 얼굴 드러냈다.

"아프지?"

서늘하게 웃는 수한의 얼굴에 정혁은 살짝 뒷걸음질 쳤다. 수한의 모습은 나이보다 훨씬 찌들어 있었고, 얼굴 한쪽에는 화상으로 인한 작은 흉터가 있었다.

"정혁아, 나는 말이야… 아예 가수의 꿈마저 버렸어."

휴대용 칼을 든 수한은 뒷걸음치는 정혁과 반대로 그 앞에 한 걸음 성큼 다가섰다.

"정의구현? 비겁? 그래, 난 비겁해."

아예 모자를 벗어 던진 수한은 슬프게 웃었다.

"먹고 사는 게 달려있었어…. 당장 눈앞에 가수의 길이 뻔히 보이는데, 4년 전도 그렇고 지금도 그렇고 가수만 시켜준다면 라이언 그 새끼 가랑이 사이를 기어 다닐 수 있어. 데뷔만 할 수 있다면, 그까짓 굴욕이 무슨 상관이야?"

"으읏, 그럼…."

정혁은 칼날이 스친 부위를 잡으며 신음을 삼켰다.

"그럼, 지금 와서 내 앞길을 방해하는 건 뭔데? 그깟 정의고 나발이고 상관 안한다며! 왜… 윽! 라이언 바짓가랑이 붙잡으며 다시 가수 시켜달라고 그렇게 매달려보지, 왜!"

"하하하, 너라면 이 얼굴로 가당키나 하겠어?"

수한은 화상 흉터를 더듬으며 한 걸음 더 정혁 앞으로 걸어 나왔다.

"넌 방출되고 어떻게 살았는지 모르겠지만, 난 가수의 길이 거기서 끝났어. 그리고 돈을 벌어야 했지, 원래 하류의 삶은 이런 거거든. 넌 돈 많은 부모님 덕에 네 꿈을 펼칠 수 있는 환경까지 조성되어 있었으니까 모를 거다. 그러니까 정의실현이니 뭐니, 비겁하지 않는 삶이니, 하는 소리나 내뱉었겠지….”

휴대용 칼을 잡고 있던 수한의 손이 허공을 향해 높게 솟구쳐 올랐다.

“허, 헉….”

그의 손은 정확히 정혁의 복부를 향하고 있었다.

푸욱!

“읍!”

“아프지? 그래, 더 아파라. 네가 4년 전에 그 잘난 척만 안했어도 난 D-solve로 데뷔 했을 거야. 그랬다면, 찢어지게 가난한 우리 집도! 병원비 때문에 검사 한 번 받으러 가는 것도 절절 매던 우리 아버지도, 집구석에서 가출한 내 동생도 모두 해결 됐을 거야. 알아?”

“으흐….”

“내가 그렇게 부탁했었잖아, 제발 한 번만 눈감아 달라고… 그냥 모른 척 해달라고! 그런데도 헤집었던 건 너야, 분란을 일으켜서 라이언을 화나게 하고, 천 실장을 귀찮게 만들어서… 결국! 난 꿈도 미래도 다 잃고 아무것도 못하게 됐어. 여전히 진흙탕 속에서 아무것도 못하도록 묶어 둔 건 너라고! 그런데 너는, 넌… 용서 안 할 거야!”

정혁의 복부에 깊게 칼을 찔러 넣었던 수한은 말을 다 마치자, 휴대용 칼에서 손을 뗐다. 그리고는 이성을 찾은 듯 천천히 뒷걸음질 쳤다.

“헉!”

핏물이 샘솟듯 분출하자 수한은 겁을 잔뜩 집어먹고 땅에 떨어진 모자를 주워들었다.

“…히익!”

그는 그제야 정혁의 상태가 심상치 않음을 느끼고 급히 그 자리에서 부리나케 도망쳤다. 수한의 모습이 사라지고 난 후, 정혁은 복부 쪽에 견딜 수 없는 통증을 느꼈다. 바닥에 떨어진 휴대용 칼을 보는 순간 눈앞에 현기증이 올라왔다. 주머니에서 휴대폰을 꺼내 119를 누르려고 했으나 손가락이 움직이질 않았다. 119를 불러봤자 일만 더 커질 것 같은 예감이 들었다. 그는 겨우 발을 움직여 차로 향했다.

"…가자, 김다행한테…."

머릿속에 떠오르는 사람은 오직 하나 뿐이었다. 멀지 않은 곳에 그녀가 있는 것만 같았다. 그리고 그녀 곁으로 가면… 이 아픈 통증도 다 없어질 것만 같았다.

***

"…저, 정혁아! 제발 정신 차려, 정신…."

오피스텔 문 앞에서 다행은 정혁을 잡고 그의 복부를 계속 지혈했다. 119에 신고할까 생각도 잠시 했었지만, 아무래도 이지이지 사장에게 먼저 연락하는 게 더 빠를 듯했다. 이 상황을 빠르게 정리하고 해결하는 쪽은 언론 노출이 쉬운 119보다 그쪽이 나았다.

"제발, 제발… 잠들면 안 돼. 나를 좀 봐. 내 눈 보여?"

다행은 갑자기 3개월 전, 잠시 만났던 정혁의 할아버지가 떠올랐다. 해줄 수 있는 모든 걸 다 해줄 것이라고. 부모 없는 정혁에게 위해를 가하는 것은 모두 없앨 수도 있다고 으름장을 놓던 그 얼굴이 떠올랐다.

"이런 모습을 아시면 난리가 날거야, 정혁아… 제발 눈 좀 떠. 제발…."

정혁은 겨우 힘을 내서 눈을 떴다. 다행은 동공이 풀린 정혁의 눈을 계속 확인하며 그의 얼굴을 쓰다듬었다.

"좀만 참아, 조금 있으면 사장님 오실 거야. 내가 구급차 못 불러서 미안해, 정말 미안해…."

다행은 아랫입술을 깨물며 터져 나오는 울음을 계속해서 참았다.

"할아버지가 너 이렇게 만든 사람 반드시 가만히 안 두실 거야, 꼭 찾아낼 거야… 흐흑…."

입에서 무슨 이야기가 나오는 건지 다행도 알지 못했다. 그냥 마음속에 내키는 대로 아무 말이나 튀어나오는 것 같았다.

"너희 할아버지가 어떤 사람인데, 사장님이 어떤 사람인데… 너 이렇게 만든 자식 가만 안 둘 거야. 반드시, 반드시… 어흐흑…."

다행의 얼굴에 흐릿해진 눈을 가까스로 맞추며 정혁은 고개를 가로 저었다. 하지만 정혁의 속을 모르는 다행은 그저 피에 젖은 옷가지로 복부를 꾹 누르며 울고 또 울었다.

"…어?"

쿵쿵쿵쿵쿵

오피스텔 엘리베이터 문이 열리자마자, 한 번에 다 셀 수 없을 정도의 사람들이 쏟아져 나왔다.

"…사장님?"

이지이지 대출에서 흔하게 봤던 검은 정장의 남자들과 흰 가운을 입은 의사, 그리고 그 옆에 간호사 한 명… 마지막으로 사장의 얼굴이 보였다.

"빨리!"

사장이 인상을 잔뜩 찌푸리며 소리 질렀다. 그러자 검은 정장 차림의 남자들이 일사불란하게 움직이며 다행의 품안에 쓰러져있는 정혁을 조심스럽게 실었다. 그 옆으로 의사와 간호사가 붙었다.

"사, 사장님!"

눈앞에서 정혁이 사라지는 모습을 보자 다행은 다급하게 뛰며 쫓아가려 했다. 그러나 사장이 팔을 쭉 펴며 다행을 가로막았다.

"사장님, 정혁이 어디로 데려가는 거예요?"

눈물범벅이 된 다행은 손으로 얼굴을 닦아내며 사장의 팔을 잡았다. 제발 자신도 데려가 달라고 하고 싶었다.

"휴…."

길게 한숨을 내쉬던 사장은 고개를 가볍게 좌우로 흔들었다.

"사장님, 정혁…."

"저 녀석 어디서 발견한 거냐?"

"걱정이 돼서 SNS를 봤거든요, 숙소에 가봐야 할 거 같아서 나왔는데… 문 앞에 쓰러져 으흑, 쓰러져…."

뒤죽박죽, 대체 무슨 말을 하고 있는지 다행 스스로도 알 수가 없었다. 그냥 입에서 나오는 대로 알고 있는 사실을 내뱉었다. 그렇게 해서라도 정혁 옆에 갈 수만 있다면….

"알았어, 진정하고…."

사장은 신경질적으로 머리를 쓸어 올렸다. 그는 진저리가 난다는 얼굴로 다행의 어깨를 잡았다.

"됐어, 앞으로 네가 신경 쓸 일 없어. 그리고, 빚은 다 갚았다 생각할 테니까… 이제 네가 원래 하려고 했던 일을 해라."

그는 품 안에서 봉투를 하나 꺼냈다.

"의원님과 내 마음이다. 이제 정혁이 옆에 있지 않아도 되니, 오늘 중으로 오피스텔 비우고. 니가 원래 살던 노량진 원룸도 원상복귀

시켜놨으니 거기로 옮겨. 애들 시켜서 짐은 따로 보내마."

사장은 볼일이 끝났다는 듯 몸을 돌려 엘리베이터로 발을 옮겼다. 사장의 이야기를 듣고 난 다행은 한 대 맞은 듯한 얼굴로 멍하니 뒷모습을 바라보았다.

"…아니야, 그게…."

엘리베이터를 기다리던 사장의 뒤를 바짝 쫓아 그의 팔을 잡았다.

"정혁이는? 저 개가 멀쩡하게 눈 뜨는 거 봐야 해요!"

사장은 다행의 얼굴을 보고 미간을 구겼다.

"이제 니가 할 일은 다 끝났다고 했잖아! 더 이상 귀찮게 굴지 말고 신경 꺼!"

다행의 눈앞이 다시 흐려졌다.

"저, 정혁아…."

***

주민 센터 민원실 순번 등이 깜빡거렸다. 47에서 48번으로 바뀌자 다행은 카랑카랑한 목소리로 다음 사람을 불렀다.

"48, 48번 분 오세요!"

모니터를 보며 키보드를 두드리던 다행은 답이 없자 고개를 돌려 민원인의 얼굴을 확인했다.

"어?"

태영이 밝은 얼굴로 웃고 있었다.

"잘 지냈어요?"

"…언제 한국에 들어온 거야?"

"오늘 새벽에…."

"야!"

다행은 새벽에 들어오자마자 태영이 여기로 왔다는 사실이 우스워 살짝 인상을 찌푸리며 웃었다.

정혁이 칼에 맞고 쓰러진 후, 다행은 정혁의 소식을 들을 수 없었다. PLAY 엔터 관리권한을 가졌음에도 불구하고 그의 상태를 알 수 없었다.

대신 소속사였던 이지이지 엔터에서 정혁이 은퇴를 선언했고, 건강상 이유라는 짤막한 응답만 남겼다. 소속사 간의 분쟁이 일어날만한 주제의 글이 SNS 상에 버젓이 돌아다니는 상황에서 은퇴를 선언했으니 팬도, 관계자도 모두 당황할 뿐이었다.

처음 분위기는 K 엔터와 D-solve쪽이 우세했다. 수한이 쓴 글 덕분에 D-solve에 대한 우호적인 여론이 형성되었다. 거기에다가 오랜 시간 활동을 했던 D-solve의 팬들이 무풍지대를 향해 악의적인 소문을 퍼뜨렸다. 그 덕에 PLAY 엔터까지 싸잡아 욕을 먹어야 했고, 더불어 남자 아이돌은 영영 키워낼 수 없는 무능한 엔터라는 오명까지 써야했다.

천 실장은 기자회견을 계획했으나, PLAY 엔터 이사진의 반대와 무언의 압력에 의해 무산되었다. 그녀는 PLAY에 자신의 자리가 남아있지 않았다고 판단한 듯, 기획실장 및 모든 자리에서 물러났다. 일이 이렇게 돌아가자 연예전문 미디어와 각종 가십 잡지는 라이언과 차정혁의 관계에 대해 떠도는 소문을 모두 엮어서 기사를 내보냈다. 그 덕에 팬들 간의 싸움은 더욱 치열해졌다. 지는 해인 D-solve가 뜨는 해인 무풍지대를 막았다며 억울함을 호소하듯 울면서 숙소 앞에 찾아오는 팬들도 종종 있었다.

그러나 이것도 그리 길게 가진 못했다. 정혁의 할아버지가 어떤 수를 썼는지, 아니면 멤버들의 부모 입김이 컸는지, 무풍지대와 관련된 기사가 싸그리 내려지고, 언급은 금지되었다. 또한 박수한에 관한 사실이 밝혀졌다.

수한은 자신이 올린 SNS 글이 전부 거짓이며, 라이언과 K 엔터의 사주로 올린 글이라 밝혔으며 차후 모든 책임과 벌은 달게 받겠다는 글을 올렸다. 결국 정혁과 무풍지대, 그리고 PLAY가 절대적 피해자라는 사실로 여론이 돌아서자 K 엔터에 관한 수사는 급물살을 탔다. 결국 라이언은 매너 있고 자상한 이미지를 지키지 못했다. 그 역시도 K 엔터 사장과 함께 수사 대상이 되었다.

수한이 정혁을 해쳤다는 것이 확실시 되는 상황에서 어찌된 일인지 수한은 경·검찰의 수배와 조사는커녕 자취를 감추고 말았다. 이 또한 정혁의 할아버지 입김이었는지 어찌된 일인지는 알 수 없었다. 단지, 정혁이 칼을 맞고 혼수상태인 상황에서도 수한이 절대 자신을 해한 사람이라고 지목하지 않았다고 했다. 다행이 아는 소식은 여기까지였다.

그리고 정혁을 제외한 나머지 멤버들은 각자가 원하는 길로 갔다.

연예인이 천직이라 말하던 상현은 PLAY에 계속 남았다. 그는 무풍지대 동정여론을 등에 업고 연기자 겸 프로그램 진행자 자리까지 꿰찼다.

다행에게 협박처럼 연예계를 떠날 거라 말했던 태영은 그 말대로 돌연 유학을 떠났다. 이미 집안에서는 몇 년 전부터 준비 중이었고, 태영이 마음의 준비가 되기만을 기다리고 있었던 것이다.

해욱은 모델로서 방향을 틀었다. 여전히 소속은 PLAY에 있었지만 어찌된 일인지 활동은 왕성하게 하지 못했다. 아마도 집안에서 사사건건 걸고 넘어 지는 것 같았다. 다행이 제일 궁금해 했던 해욱의 집안은 IT로 유명한 기업이라는 것 외에 마지막까지 아무런 정보를 얻을 수 없었다.

그 후 3년간 정혁을 보지 못했다. 그의 소식조차 듣지 못했다.

다행은 3년 동안 간간히 숙소 근처를 찾아갔다. 여전히 해욱과 상현이 그 숙소를 사용하고 있는지, 주차장에서 그들의 차를 발견할 수 있었다. 하지만 정혁은 흔적은 어디에도 찾아볼 수 없었다.

다행은 정혁이 칼에 맞고 난 후, 강제로 사는 곳을 옮겨야했다. 무풍지대 멤버 그 누구도 몰랐던 원래의 장소로 말이다. 그리고 이지이지 사장은 다행이 공무원 시험에 합격할 때까지 전액 생활비와 공부에 드는 비용은 지불하겠다고 말했다. 단, 더 이상 정혁을 찾지 않는다는 조건으로….

다행은 사장이 말한 조건을 감당할 수 없어 거절했다. 하지만 한 해가 지나고 또 그 다음 해가 지나고 3년이라는 시간이 지나고 나서야 마음을 접었다. 문득, 정혁이 자신을 찾기 꺼려하고 있을 지도 모른다는 생각이 들었기 때문이다. 그러자 그동안의 애달픈 감정은 어딘가로 쑥 빠져나가고 공허함만이 가슴 깊숙이 들어찼다.

공허함을 채우기 위해, 공허함을 느끼지 않기 위해 바쁘게 살았다. 바로, 엄마와 약속했던 공무원이 되기로 마음먹은 것이다.

그리고 오늘 아주 오랜만에 익숙한 얼굴이 자신을 찾아왔다. 아니, 정혁이 사라지던 해부터 겨울만 되면 태영이 다행을 찾아왔다. 어떻게 안 것인지는 모르겠지만, 다행이 노량진으로 들어 왔다는 걸 알고선 해마다 겨울에 그녀를 위로해주러 왔다.

"언제 들어가는데?"

"…일주일 정도 있다가 다시 들어가요."

만난 지 얼마나 됐다고 다시 출국 날짜를 묻는 다행에게 태영은 섭섭한 얼굴로 대답했다. 그러나 전혀 눈치를 못 챈 다행은 그저 빙긋 웃으며 고개를 끄덕일 뿐이었다.

"이 생활 지루하지 않아요? 나랑 같이 나가면 좋을…."

"이게 뭐가 지루해?"

다행은 턱 끝으로 민원창구 밖에 앉아있는 사람들을 가리키며 배시시 웃었다.

"매일이 다이내믹해, 재밌어. 나는 역시 사람 마주하는게 천직인가 봐."

"참나, 할 말이 없네. 하하하…."

대기시간이 길어지자 뒤에 서 있던 민원인이 헛기침을 하며 눈치를 줬다.

태영은 들고 있던 가방에서 갑자기 휴대폰을 꺼내더니, 이어폰을 연결해 다행의 귀에 꽂아주었다. 다행은 갑자기 무슨 짓이냐는 얼굴로 태영과 휴대폰 화면을 번갈아 보았다.

"요즘 미국에서 엄청 잘 나가는 아티스트튼데, 내가 자주 듣고 있거든요."

태영이 한 쪽 눈을 깜빡이며 윙크했다. 그런 그의 태도에 다행은 가볍게 혀를 찼다.

"들어보라고."

태영은 휴대폰을 아예 다행에게 넘기고는 주민 센터를 나갔다.

"박태영, 이거 들고 가야지!"

다행은 당황한 듯 그의 뒤통수에 대고 크게 소리 질렀다. 그러자 태영은 손을 흔들며 다행에게 말했다.

"그 곡 들어보고 마음에 들면, 그래서 나한테 돌려주고 싶으면 우리 숙소로 와요."

할 말만 남기고 가는 태영을 어이없이 바라보며 다행은 어정쩡한 자세로 다음 민원인을 받았다.

"뭐야, 저 자식…."

앞에서 공문서를 들고 뭔가를 설명하는 민원인의 목소리가 잘 들리지 않았다. 아마도 한 쪽 귀에 꼽고 있던 이어폰 때문일지도 몰랐다.

[그녀를 알게 된 건 4년 전, 어느 날이었지]

[반짝이는 눈으로 누군가를 바라보는데 이게 웬걸, 최악의 녀석이잖아]

[저런 녀석을 다이아몬드 같이 빛나는 눈으로 바라보는 게 너무 슬펐어]

[그래서 결심했지….]

삑!

다행은 귀 안으로 흘러들어오는 영어에 머리가 어질어질 하다는 듯 고개를 흔들었다. 휴대폰과 이어폰을 가방 안으로 치우고 민원인을 대했지만 이상하게 노래가 마음에 걸렸다.

[저런 녀석을 다이아몬드 같이 빛나는 눈으로 바라보는 게 너무 슬펐어]

'뭐지? 뭔가 익숙한데….'

***

[저런 녀석을 다이아몬드처럼 빛나는 눈으로 바라보는 게 너무 슬펐어]

"인기 있는 곡이 맞긴 하나 보네, 이렇게 중독성 있는 거 보면…."

근무 시간에도 잠시 들었던 그 몇 소절의 노래가 자꾸만 생각났다. 퇴근 후에도 다행의 귀에 맴돌았다.

[그녀를 알게 된 건 4년 전, 어느 날이었지]

[반짝이는 눈으로 누군가를 바라보는데 이게 웬걸, 최악의 녀석이잖아]

[저런 녀석을 다이아몬드 같이 빛나는 눈으로 바라보는 게 너무 슬펐어]

[그래서 결심했지….]

영어지만 쉽게 들렸다. 가수가 무슨 이야기를 하는 건지, 가사가 뭔지….

"근데 태영이는 이걸 왜 들으라고 준 거지?"

다행은 휴대폰 화면을 바라보며 자신의 휴대폰으로 가수와 프로듀서를 검색했다. 가수는 태영의 말대로 한창 잘나가는 사람이 맞는 거 같았다. 하지만 프로듀서가 누군지 나오지 않았다. 오직 가수에 대한 정보만 기재되어 있을 뿐, 작곡가도 작사가도 알 수 없었다.

"익숙한 기분이 드는 건 왜…."

다행은 다시 노래를 반복해서 들었다.

'4년 전', '빛나는 눈으로 바라보는 게'라는 구절이 자꾸만 걸렸다.

"아휴… 모르겠다, 박태영 하는 짓 보면 3년 전이나 지금이나 똑같다니까."

다행은 벌러덩 누워 원룸 천장을 가만히 바라보았다.

"4년 전…."

-우리가 언제 처음 만났는지 기억해?

갑자기 차정혁의 목소리가 귓가에 들리는 것 같았다.

-기억나? 언제 만났는지?

"미쳤나봐, 왜 그 자식 목소리가…."

다행은 갑자기 눈가에 흐르는 눈물을 닦았다. 차정혁의 목소리가 방안의 공기처럼 둥둥 떠다니는 것만 같았다.

"걔랑 내가 이지이지 대출 말고 다른데서 본 적 있었나?"

-너! 내 얼굴 똑바로 봐, 반드시 저 무대….

갑자기 7년 전, D-solve 첫 데뷔 무대 날이 떠올랐다. 그날 유난히 다행을 신경 쓰이게 만드는 남자가 있었다. 웬 미친놈이 깽판을 치려하나 하는 마음에 부회장을 불러 그를 급히 몰아내려 했었다.

큰 키, 새카만 모자와 점퍼를 걸치고 마스크로 얼굴을 가렸던 남자. 멀리서 보면 모델인 줄 착각할 정도로 늘씬한 몸과 단단한 근육을 가진 그 남자를.

"혹시?"

갑자기 머릿속에 정혁이 떠올랐다.

-너 나 본 적 없어?

-무슨 소릴 하는 거야!

-아니, 이전에 나 본 적 없냐고.

이지이지 대출에서부터 자꾸만 자신을 본 적 없냐고 닦달하던 그 녀석….

다행은 갑자기 정혁이 이 노래를 프로듀싱한 게 아닐까 하는 생각이 떠올랐다. 그녀는 급히 노래를 끄고 휴대폰에서 태영의 번호를 찾았다.

따르르르릉!

태영이 남기고 간 휴대폰이 울렸다.

"아차!"

막무가내 자신에게 휴대폰을 남기고 간 태영 덕에 질문을 할 수도 없었다. 황당한 얼굴로 태영의 휴대폰을 들여다봤다.

다행은 침대에서 벌떡 일어나 옷을 챙겨 입었다. 숙소로 직접 가서 태영을 만나 물어봐야겠다고 결심했다. 그것 말고는 이 노래의 프로듀서를 찾는 방법은 없을 것 같았다.

"내 생각이 맞다면, 그래…."

아마도 이 노래를 작사한 건 정혁일 것이고, 아마도 미국에 있을 것이고, 아마도 그와 처음 만난 건 이지이지 대출에서가 아니라….

자신의 추측이 어느 정도 선에 미치자 다행은 가슴이 미친 듯이 뛰었다. 정혁의 얼굴을 보거나, 그를 만나지도 않았는데 이상하게 심장이 아파왔다.

다행은 버스에서 내려 뛰었다. 중간에 스텝이 꼬일 뻔했지만, 태영을 만나 사실을 확인해야한다는 생각에 정신없이 뛰었다. 고급주택이 들어 서 있는 숙소 골목에 들어서자, 다행은 손으로 무릎을 짚으며 숨을 골랐다.

3년 만에 다시 오는 곳이었다. 어색한 기분이 들었다. 하지만 지금이 아니고선 확인할 기회가 없을 것 같았다. 다시 몸을 일으켜 빠르게 걸었다. 숙소가 코앞에 보였다.

"…어?"

숙소 앞에 누군가가 서 있었다. 마치 다행이 오길 기다린 것처럼.

"박태영?"

사방이 어둡고 근처에 있는 가로등 하나만이 전부라 멀찍이 서 있는 사람이 누군지 정확히 식별할 수가 없었다. 다행은 태영이라 추정되는 사람을 향해 조심스럽게 이름을 불렀으나, 상대는 대답이 없었다.

"태영이?"

괜히 민망해져 다행은 한 번 더 상대를 불렀으나, 대답이 없긴 마찬가지였다. 사람을 잘못 봤다고 자책하며 그녀는 그 옆을 지나쳤다.

그 순간….

"아직도 날 제대로 보지 않는 거야?"

저음의 목소리가 다행의 귀에 울렸다. 눈물이 고였다. 목소리의 주인공이 누군지 알았기 때문이었다. 다행은 목이 메어 아무런 대꾸도 하지 못했다.

"많이 기다렸지? 3년이나 기다리게 해서 미안해…."

상대는 몸을 돌려 다행을 안았다.

여전히 모델처럼 늘씬한 몸에 짙은 색 모자를 쓰고 있는 남자….

바로 차정혁, 그였다.

〈끝〉